HELIX SCHLAG

SEVER SQUAD
BUCH 2

A.R. KNIGHT

[1]

FEINDLICHES GEBIET

Aurora brach den Riegel in zwei Hälften und löste damit einen Energieschub aus, als sie die Stücke in ihren Mund schob. Ein Schokoladengeschmack, angereichert mit künstlichen Zusätzen, breitete sich auf ihrer Zunge aus und floss ihre Kehle hinunter. Er lieferte all die wirksamen Nährstoffe plus Koffein, die ein kampferprobter Soldat nach dem Aufwachen mitten in einer Mission brauchen könnte.

Sever Squad war jetzt seit fast zwei Tagen auf Dynas, ein Abenteuer, das mit einem Notruf von einem Planeten begann, der angeblich von niemandem bewohnt war, aber tatsächlich die Heimat von ... ja, was eigentlich? Aurora war sich immer noch nicht sicher.

Die fünf Soldaten, die von DefenseCorp entsandt wurden, um den Ruf zu beantworten, hatten ein klares Ziel: den VIP finden, der um Rettung gebeten hatte, und kein klares Endszenario: Findet euren eigenen Weg vom Planeten mit dem Zielobjekt in der Hand.

Als Aurora noch glaubte, Dynas sei unbewohnt, ergab diese Anordnung keinen Sinn. Jetzt, da sie, Gregor und

Rovo in einer verlassenen U-Bahn-Station unter dem saßen, was sich wie eine geschäftige Stadt anfühlte, roch und anhörte, erschien DefenseCorps Missionsbriefing wie eine Lüge.

Wie jedes andere galaktische Unternehmen existierte DefenseCorp, um Gewinne für seine Besitzer, Mitarbeiter und verschiedene Investoren zu erwirtschaften. Wie sie Geld damit verdienen wollten, Sever auf einen irregeführten, täuschenden Angriff ins Nirgendwo zu schicken, war Aurora nicht klar, aber sie wusste, wie sie die Antworten bekommen würde: indem sie Admiral Deepak gegen die Wand drücken und ihn mit ihrem Gewehr zum Reden bringen würde.

Rovo und Gregor teilten ihren Eifer nicht. Zumindest nicht genug, um rechtzeitig aufzuwachen. Jeder hatte sich eine Bank in der U-Bahn als Bett genommen, und Aurora hatte ihnen allen fünf Stunden zum Ausruhen gegeben. Nach einem blutgetränkten und explosionsgeprägten ersten Tag hatte das schwindende Adrenalin sie alle benommen, unsicher und erschöpft zurückgelassen.

Aurora würde verdammt sein, wenn sie zuließe, dass ihr Trupp aufgrund der üblen Auswirkungen der Erschöpfung sterben würde.

Nicht dass Aurora ihren gesamten Trupp bei sich hatte. Sie hatte den Squadfunk offen gelassen und eine Nachricht auf Wiederholung alle paar Minuten eingestellt, die Eponi und Sai, die beiden fehlenden Mitglieder, aufforderte, sich zu melden. Wenn sie das getan hätten, hätte Auroras Ohrstück sie mit einem Alarm aus dem Schlaf gerissen.

Es war nichts gekommen, was bedeutete, dass Aurora ihren Nährriegel knabberte und das plastische blau-weiße Licht beobachtete, das in Stille durch die U-Bahn-Station zog. Relative Stille jedenfalls; von oben konnte sie Motoren brummen, Schritte dröhnen und entfernte Rufe hören, die nach diesem und jenem verlangten.

Als Sever in der Station angekommen war, hatten Aurora und Gregor einen flüchtigen Blick geworfen und festgestellt, dass der einzige Eingang der Station durch ein verschlossenes Tor versperrt war, das nicht nur ihre Ankunftsplattform blockierte, sondern auch mehrere andere, die mit anderen Teilen der Stadt verbunden waren. Andere Wartungsoptionen waren ebenfalls verschlossen, und während der U-Bahn-Tunnel weiterging, echote eine dünne Metallbarriere quer über dem Tunnel mit rot aufgemalten Buchstaben »GESCHLOSSEN« die Botschaft der Oberfläche: Niemand würde hier vorbeikommen.

Das Warum war nicht schwer zu erraten. Das Erste, was Sever bei ihrer Ankunft auf Dynas gefunden hatte, war ein Außenposten, der von seltsamen halb menschlichen, halb pilzartigen Kreaturen überrannt worden war. Felix, der diese Dinge anführte, hatte versucht, Sever Squad zu infizieren. Er war kläglich gescheitert, und Aurora hielt an der Idee fest, dass sie eines Tages zurückkommen würde, um diesen Job zu beenden. Genetische Mutanten wie er verstießen gegen das galaktische Gesetz. Wichtiger noch, Felix hatte versucht, Sever zu verletzen, und Leute, die Aurora angriffen, lebten in der Regel nicht lange.

Kohle. Rache. Prinzipien, nach denen man leben konnte.

Rovo setzte sich als Nächstes auf. Aurora hatte die letzte Wache übernommen - der Neuling hatte die mittlere, Gregor die erste. Und während der Verzicht auf diese zusätzlichen Stunden Schlaf bedeutete, sich noch träger zu fühlen, war es besser, müde zu sein als tot. Gegen Ersteres konnten viele Chemikalien helfen, gegen Letzteres nichts.

Der Rookie sah nach seinem ersten Tag als vollwertiges

Sever-Mitglied gar nicht so schlecht aus. Simulatoren konnten Wunder bewirken beim Training von Teamtaktiken, beim Üben deiner Schüsse, aber sich auf einem schmutzigen Planeten mit kampfbereiten Söldnern herumzuschlagen, war etwas ganz anderes als Bildschirme und VR-Brillen. Rovo hatte sich gut geschlagen. Er war sogar eine Weile allein losgezogen, und obwohl er Felix in eine Falle gefolgt war, konnte man das entschuldigen.

Wie alle Rookies würde er entweder lernen oder früh sterben. Bisher hatte Aurora ein gutes Gefühl bei dem Jungen. Nicht dass sie viele Möglichkeiten gehabt hätte, wenn nicht - Sever hatte nur fünf Mitglieder. Man musste jedem einzelnen vertrauen, dass er seinen Job machte.

»Keine Besucher?«, fragte Rovo, als er zu Aurora schlenderte, die abseits der U-Bahn auf dem Boden der Station saß.

»Ruhig, auf allen Ebenen«, antwortete Aurora und reichte Rovo einen Proteinriegel.

Rovo kreuzte seine Beine und setzte sich zu Aurora auf die harten, schmutzigen grauen Fliesen. Seine Augen wanderten zu den Treppen, die nach oben führten, hinter Aurora und zu seiner Rechten. Breit genug, mit einem Metallgeländer, das die Stufen teilte, schienen sie für große Menschenmengen ausgelegt zu sein.

»Ich kann mir nicht vorstellen, dass jemand eine U-Bahn wie diese für einen kleinen Außenposten baut«, sagte Rovo, nachdem er die Hälfte des nährstoffreichen Frühstücks verschlungen hatte. »War diese ganze Mission eine große Überraschung, oder geht es nur mir so?«

»Nicht nur dir.« Aurora nickte den Tunnel hinunter, wo die U-Bahn, wäre da nicht die Barriere, weiter in die Stadt fahren könnte. »Dynas hatte unmöglich die Arbeitskraft und das Material hier vor Ort, um so etwas zu bauen.

Wer auch immer diesen Ort errichtet hat, hatte Hilfe, und diese Hilfe kam von außerhalb der Welt.«

»Was bedeutet, dass DefenseCorp davon gewusst haben müsste.«

»Deepak wusste es vielleicht nicht, aber ich traue dem Braten nicht«, sagte Aurora. »Also wurden wir entweder reingelegt, oder ...«

Aurora und Deepak, der Kommandant der *Nautilus* und DefenseCorp-Admiral, der Sever dorthin geschickt hatte, wo sie gebraucht wurden, hatten nicht gerade das, was man eine gute Beziehung nennen würde. Er beharrte auf der Notwendigkeit, Politik zu spielen, von oben kommende Befehle anzunehmen und ohne Fragen auszuführen. Aurora, nun ja, Aurora scherte sich einen Dreck um Autorität, es sei denn, ihr zu gehorchen bedeutete, dass am Ende das meiste Geld auf ihrem Konto landete.

Trotzdem fiel es ihr schwer zu glauben, dass Deepak eines seiner besten und moralisch flexibelsten Teams auf eine sinnlose Selbstmordmission schicken würde. Wo lag darin der Profit? Wenn DefenseCorp nur den Anschein erwecken wollte, auf den Notruf zu reagieren, hätte Deepak Anfänger schicken können. Er hätte leistungsschwache Rekruten zusammengetrommelt und sie in ihren sumpfigen Untergang in Dynas' Tiefen stürzen lassen können.

»Oder Deepak hofft, dass wir hier rauskommen«, sagte Aurora, während Rovo munter weiter aß. »Entweder ein Geheimnis aufdecken oder es zerstören.«

»Fünf Leute zu schicken, um eine Stadt niederzubrennen, scheint keine kluge Entscheidung zu sein«, sagte Rovo. »Warum bringen wir nicht die *Nautilus* her und lassen sie diesen Ort aus dem Orbit rösten?«

»Zu viel Aufsehen«, verkündete Gregor, der von der Tram herüberschlenderte und sich die Augenringe rieb.

»Einen Planeten in die Luft jagen, das wirft Fragen auf. Ein kleines Team zerschmettert den Feind? Subtiler Erfolg.«

»Du willst diesen ganzen Ort mit diesem Hammer zerschmettern?«, fragte Rovo.

»Könnte dich zerschmettern«, erwiderte Gregor, »wenn du nicht aufhörst, Fragen zu stellen.«

Aurora ließ sie in ihr Geplänkel verfallen. Es war gut zu sehen, dass die beiden eine Bindung entwickelt hatten, obwohl das bei tödlichen Missionen oft schnell passierte. Das gegenseitige Retten von Leben brachte Menschen einander näher.

Ihre Rüstungen und Gregors Hammer waren noch in der Tram. Sie sollten zurückgehen, sie anziehen und dann zur Stadt hochstapfen, bereit, Feuer zu speien und Verwüstung anzurichten, bis sie Sai und Eponi gefunden hätten. Nur klangen die Geräusche von oben nicht besonders bedrohlich.

Aurora ging zur Rampe und hinauf, um sich das Kettentor, das die Plattformen versperrte, noch einmal anzusehen. Sie spürte Gregors und Rovos Blicke, die ihr folgten, wahrscheinlich fragten sie sich, was ihre Kommandantin in ihrem schlanken, einsatzbereiten Outfit vorhatte. Sever Squad war dafür ausgelegt, in die leistungsstarken Anzüge zu schlüpfen, nicht in Straßenkleidung in den Kampf zu ziehen. Was ihre Idee schwierig machen würde.

Aurora hielt sich nicht für eine Meisterin der Heimlichkeit. Sie zog den Soldaten dem Spion vor, aber hier mit Waffen im Anschlag herauszustürmen, würde drei gegen eine möglicherweise ganze Stadt stellen. Nicht gerade gute Chancen.

»Wir brauchen Kleidung«, rief Aurora zurück und hielt in ihrem Aufstieg inne, bevor sie die beiden anderen aus den Augen verlor. »Ideen?«

»Kleidung?«, rief Gregor zurück. »Wir haben Anzüge!«

»Die lassen wir hier, zumindest vorerst«, antwortete Aurora. »Ich erkläre diesem ganzen Planeten nicht den Krieg, bis wir müssen. Unsere Mission ist es, die VIP zu holen und zu verschwinden.«

»Ich dachte, wir hätten uns ganz gut geschlagen«, sagte Rovo. »Sie haben viele gegen uns geschickt, zurück an diesem Außenposten, aber hier sind wir doch?«

»Wir haben dort zwei Leute verloren«, sagte Aurora. »Gegen ein paar Skiffs voller Soldaten. Das können wir uns nicht noch einmal leisten.«

»Und du denkst, Straßenkleidung wird-« Rovo verstummte, als Gregor ihm eine harte Hand auf die Schulter legte.

»Die Kommandantin in Frage stellen? Das machst du hier oben«, Gregor tippte sich mit der anderen Hand an den Kopf. »Nicht mit deinem großen Mund.«

Obwohl Aurora nicht sagen würde, dass Rovo von Gregors Rat begeistert aussah, und sie selbst nicht dachte, dass blinder Gehorsam oft als Severs oberstes Gebot funktionierte, schätzte sie die Unterbrechung des großen Mannes dennoch. Rovo hatte nicht die Erfahrung, und keiner von ihnen hatte genug Schlaf, um Auroras Entscheidungen hier in Frage zu stellen.

Ihr Plan, sich von der Tramstation zu entfernen und eine Vorstellung davon zu bekommen, wo sie waren, wo Sai, Eponi und die VIP sein könnten, ohne jede Waffe in der Stadt auf sich zu ziehen, würde nicht viel Erfolg haben, wenn sie keine Outfits bekämen.

Nachdem Aurora die Idee erklärt hatte und Gregor sein eigenes Frühstück beendet hatte, reihte sich das Trio ein. Zuerst durchsuchten sie die Tramstation selbst, auf der Suche nach Wartungsausrüstung, die dienen könnte.

Gregors Hammer brach Schlösser auf, aber sie fanden nichts: Die Vorratskammern enthielten nur ein paar alte Werkzeuge und zufälliges Zeug, das dafür gedacht war, nasse Böden zu markieren und geschlossene Bereiche abzugrenzen.

Das bedeutete, die Sache würde schmutzig werden müssen.

Aurora, Gregor und Rovo gingen zu der versiegelten Tür, die zur Straße führte. Von außen verschlossen, blockierte die große Tür mit ihrer Ketten-und-Metall-Masse die gesamte Treppe.

»Hammer?«, sagte Gregor.

»Zu laut«, erwiderte Aurora. »Wir versuchen hier, unauffällig zu sein, nicht jeden zu erschrecken.«

»Viel schwieriger.«

»Laser mit niedriger Leistung sollten es schaffen.« Aurora tippte auf die Stelle am Tor, wo ein nicht reagierendes Panel darauf wartete, von jemandem mit der richtigen Freigabe aktiviert zu werden. »Schneiden wir genau durch diesen Teil, und wir kommen durch.«

Gregor nickte, aber Rovo hatte einen seltsamen Gesichtsausdruck. Er trat an die Tür heran, während Aurora zurückwich, um dem Neuling Platz zu machen. Rovo untersuchte das Panel und murmelte die ganze Zeit vor sich hin.

In einer Sprache, die Aurora nicht kannte.

»Rovo, was sagst du da?«, fragte Gregor.

Der Neuling hielt inne, riss den Kopf hoch und hatte den Anstand, ein wenig rot zu werden. »Tut mir leid, ich rede manchmal Dinge durch. Meine Schwestern haben mich früher immer aufgezogen, wenn ich dabei etwas falsch gemacht habe, also habe ich gelernt, es nicht in der Allgemeinsprache zu tun.«

»Du bist ein seltsamer Kerl.« Gregor grinste. »Aber das ist okay! Wir mögen Sonderlinge.«

»Rovo«, unterbrach Aurora. »Die Tür? Hast du eine bessere Idee?«

»Äh, ja, ich glaube schon. Bei meiner Rüstung habe ich einem Wächter am Außenposten eine Schlüsselkarte abgenommen. Sieht aus, als könnte sie hier funktionieren.«

»Und du stehst immer noch da, warum?«

Rovos Eingebung erwies sich als fruchtbar: Er scannte die Wächterkarte und die Barriere blinkte, dann klickte sie sich los. Sie hätten das ganze Ding wegreißen können, aber warum jeden einladen, einen Blick auf ihre Rüstungen zu werfen?

»Wie kommen wir jetzt an Kleidung?«, sagte Rovo, als sie auf der anderen Seite der Barriere standen und auf die unruhigen Menschenmengen blickten, die am frühen, gelbhimmligen Morgen vorbeischlenderten.

»Köder«, sagte Gregor, dann sah er zu Aurora. »Tut mir leid, Kommandantin.«

»Gregor, warum sollte es mir leidtun?« Aurora genoss die Verwirrung im Gesicht des großen Mannes. »Du bist an der Reihe.«

Um die Tramstation zu verlassen, ihre Freunde zu finden und die VIP zu retten, konnte Sever Squad nicht einer ganzen Stadt den Krieg erklären. Sie müssten undercover bleiben, und der beste Weg dafür?

Gregor ins Freie zu schicken, ohne Schutz, um den Narren zu spielen.

2

JENER TAG

Inmitten der gedehnten, wirbelnden roten Wolken wuchs eine neue Linie, als das Schiff zum Landeplatz ihres Gebäudes hinabsank. Auf dem Dach, hundert Stockwerke über dem Bodenniveau und den Unruhen, hätte der Landeplatz ein sicherer Zufluchtsort für die Reichen der Welt sein sollen, um auf ihre Rettung zu warten.

Sai stand nahe der Kante und beobachtete, wie der Rauch bis hierher aufstieg, wie die schwarzen Schwaden sich ihren Weg die Gebäude hinauf bahnten, an ihm vorbei und darüber hinaus. Weit unten konnte er Blitze sehen, als Laserfeuer ausbrach, und Knalle hören, als Schüsse zwischen den angeheuerten Sicherheitskräften und der Öffentlichkeit des Planeten fielen. Ein Kampf, der an den Rändern der Welt begonnen hatte und immer weiter fortgeschritten war, während sich die Menschen, wie Sais Mutter es ausdrückte, gegen ihre Schöpfer auflehnten.

Die momentane Politik verschwamm in, nun ja, dem Moment. Sai, fast achtzehn, blieb in der Nähe seiner Mutter, während sich das Schiff näherte: ein bewaffnetes

Passagiershuttle, das sie alle über die Atmosphäre zu einer wartenden Station bringen sollte. Sobald sie weg wären, hatte Sais Mutter versprochen, würde DefenseCorp seine schweren Streitkräfte landen und die Rebellion niederschlagen.

Manchmal konnte die Öffentlichkeit gezwungen werden, manchmal musste sie besiegt werden. Zu wissen, welche Methode anzuwenden war, war eine wesentliche Eigenschaft jedes Anführers. Sais Vater hatte das angeblich gewusst. Genauso wie Sai genug wusste, um nicht zu fragen, wie es sein konnte, dass sich ihr Planet selbst zerfleischte, wenn seine Eltern und deren Freunde doch so gute Anführer waren.

Anführer zu sein hatte allerdings einige klare Vorteile: Sais Vater hatte die normale Schlange verlassen und seinen Platz nahe der Spitze der wartenden Gruppen eingenommen. Er war nach vorne gegangen, um seiner Familie einen Platz in diesem Shuttle zu garantieren, und angesichts der zunehmenden Knalle und Kugeln von unten machte dieser Plan Sinn.

Das Shuttle, fast zu groß für den Landeplatz, setzte mit Klappern und Zischen auf, wie irgendeine mythische, riesige Kreatur. Ein schlanker, spitzer Zylinder mit Triebwerken, die aus seinem Heck ragten – Sai fand, das Shuttle sah hübsch aus, wenn auch ohne größere Bewaffnung.

Sie evakuierten, kämpften nicht. Sie hatten verloren, und dies war ein Rückzug.

Sai musste sich daran erinnern.

Eine eingelassene Tür erschien und öffnete sich an der Seite des Shuttles, eine Treppe klappte herunter, und die Panik auf dem Dach drängte vorwärts. Mehrere offiziell aussehende Personen sprangen aus der offenen Tür und winkten, damit jegliches Gepäck beiseite geworfen wurde.

Kein Platz für größere Besitztümer. Jeder Zentimeter würde für Menschen genutzt werden.

»Was ist mit dem Katana?«, fragte Sai seine Mutter, als die ersten Passagiere an Bord gingen.

»Wir nehmen es mit«, sagte seine Mutter, immer ruhig, immer stoisch, und ließ keinen Zweifel in ihrer Stimme.

Sie hielt das Katana in ihrer rechten Hand, Sai in ihrer linken. Das Schwert zog einige Blicke auf sich, aber niemand hier und jetzt kümmerte sich auch nur ein bisschen um eine Klinge, solange sie nicht gegen sie eingesetzt wurde.

Sai warf einen letzten Blick hinunter auf die Straßen, die er sein ganzes Leben lang gegangen war, zur Schule, zu Veranstaltungen, um einfach die Viertel der riesigen Stadt zu erkunden. Wie viele Menschen, mit denen er gesprochen, von denen er gekauft oder mit denen er im Park gespielt hatte, waren dort unten und richteten primitive Waffen und gerechten Zorn gegen Sais Gleichgesinnte?

Orange blühte auf, das krachende Geräusch von brechendem Glas bahnte sich seinen Weg bis aufs Dach, und die Menge duckte sich, als sie vorwärts stürmte, in Richtung des Shuttles. Sai und seine Mutter waren unter ihnen und drängten sich vor.

»Glaubst du, wir kommen je zurück?«, fragte Sai.

»Das ist unser Zuhause«, antwortete seine Mutter. »Natürlich kommen wir zurück. Wenn es bereit ist.«

Sai versuchte, seinen Vater zu finden, aber es sah so aus, als wäre der Mann bereits an Bord des Shuttles gegangen. Mehr wütender Lärm von unten und um den Turm herum trieb das Einsteigen in einen regelrechten Ansturm. Niemand schien mehr auf den Rang zu achten.

Um sie herum, über der Stadt, rasten mehr Shuttles durch die roten Wolken nach unten, auf dem Weg zu anderen Türmen, anderen Evakuierungen. Eine komplette Flucht. All diese Menschen, die all ihre Besitztümer zurückließen. Sai selbst trug einen kleinen Rucksack, gefüllt mit den absolut wenigen Dingen, die er nicht zurücklassen würde.

Einschließlich, ohne dass seine Mutter es wusste, einer kleinen Laserpistole, die er Anfang des Jahres gekauft hatte, als die Unruhen begannen. Als ein Junge wie Sai feststellen konnte, dass die Position seiner Familie ihn zu einem erstklassigen Ziel für Raubüberfälle machte. Obwohl er kaum wusste, wie man das Ding abfeuerte, fühlte sich Sai mit ihm ein bisschen sicherer.

Ein Brüllen lenkte Sais Blick von der Menge weg zu einem anderen Turm gegenüber, wo ein anderes Rettungsshuttle, anscheinend voll und mit vielen Zurückgelassenen, seine Stützen einzog und zum Abheben ansetzte. Seine Triebwerke drehten auf, als die vorderen Düsen des Shuttles den Zylinder vertikal ausrichteten. Heißes Feuer schoss aus den Triebwerken, und der Zylinder begann seinen Aufstieg.

Das Licht des Shuttles wurde so hell, dass Sai es zunächst gar nicht bemerkte, aber er sah den Millisekundenblitz, als von einem anderen Turm aus eine Rakete aufflammte. Der Schuss raste auf das aufsteigende Shuttle zu und traf das Fahrzeug knapp unter der Mitte. Ein welliger Knall wich einem knisternden, funkensprühenden Anstieg, als das Shuttle weiter Schub gab.

Die Rakete hatte das Shuttle jedoch aus seinem Kurs geworfen und neigte das Schiff in Richtung ... ihres Turms.

Sais Mutter reagierte zuerst, packte Sais Hand und zog ihn von der Kante weg, zurück zum Dachzugang des Turms, zu den Treppen, die nach unten führten, während die Menge zu ihrem eigenen Shuttle drängte.

Sai hatte keine Chance zu schreien, nach seinem Vater zu fragen, bevor seine Mutter sie beide zu Boden warf und das beschädigte Shuttle ihr eigenes traf. Sai konnte nicht sehen, was dann geschah, aber später, als er historische Aufzeichnungen sah, erkannte er, wie die Nase des beschädigten Shuttles die Mitte ihres eigenen traf. Die Nase durchbohrte es und schob dann ihr Shuttle von seiner Basis, drehte es um und stieß es ganz von der Seite des Turms.

Die beschädigten Triebwerke des Shuttles begannen auseinanderzubrechen, als die Kollision den Stress des Raketenangriffs verstärkte und die brennenden Gondeln nach unten zur Decke des Turms schleuderte, direkt in die auseinanderstiebende Menge.

»Sieh nicht hin«, sagte Sais Mutter. »Kriech weiter. Bleib in Bewegung. Komm mit mir.«

Sai blieb mit seiner Mutter am Boden, als sie zurück zum Treppenhaus krochen. Hitze streifte seinen Rücken, versengte seine Kleidung, aber die gewaltigen reißenden, krachenden und zischenden Geräusche der Katastrophe übertönten die Schreie. Rauch brannte in Sais Augen und Kehle, und das Dach des Turms zerkratzte seine Hände, als er sich hinter seiner Mutter herzog, auf ein Zuhause zu, das nicht länger seines war.

»Redest du immer so viel im Schlaf?«, fragte die Frau Sai und riss ihn vom Dach in einen kleinen, hellen und leeren Raum.

Eine lächelnde Frau mit eisigen Augen stand über ihm, einen Finger am Kinn und in der anderen Hand eine lange Spritze mit einer weißlichen Substanz.

Sai konnte seine Arme und Beine spüren und die Fesseln, die sie festhielten. Nichts verdeckte sein Gesicht, und obwohl Sai noch Restschmerzen vom Skiff-Absturz und dem Kampf mit den Infizierten spürte, fühlte er sich im Allgemeinen gut. Wirklich, wirklich gut.

»Wo bin ich?«, brachte Sai heraus.

»Das war nicht meine Frage.« Die Frau beugte sich hinunter und zog den dünnen Ärmel an Sais rechtem Arm hoch. Es sah und fühlte sich wie ein billiges Krankenhaushemd an. »Noch einmal. Redest du immer so viel im Schlaf?«

»Was? Warum ist das wichtig?«, sagte Sai und versuchte sich aufzusetzen, um zu sehen, was sie vorhatte. »Was ist da drin? Was machen Sie?«

Die Frau hielt inne, drückte ihre Hand gegen Sais Unterarm und wandte ihm ein noch starreres Lächeln zu. »Bitte beantworte die Frage.«

»Was, ob ich im Schlaf rede?«, sagte Sai. »Woher soll ich das wissen? Ich schlafe ja!«

Die Frau nickte, ihre Augen flackerten zur Decke, »Natürlich. Das ergibt Sinn. Wir werden dich in den nächsten Tagen beobachten und sehen, ob das Virus dieses Verhalten verändert.«

»Das Virus?«

Sai spürte den Stich, als die Frau die Nadel in seinen Arm stach, knapp über dem Ellbogen. Er fühlte den seltsamen Schub, als die fremde Flüssigkeit in seinen Körper eindrang, durch seine Venen und Gefäße floss.

»Ja«, die Frau zog die Spritze zurück. »Wir haben die letzten Stunden damit verbracht, dich aufzubauen. Jetzt bist du gesund genug, damit wir sehen können, ob ein DefenseCorp-Soldat mit unserer neuesten Generation zurechtkommt.« Dieses eisige Lächeln drohte zu wanken, aber die Frau verbarg es hinter einem Blick auf das, was Sai für den Eingang seiner Zelle hielt, eine Glastür, die sich von

Wand zu Wand erstreckte. »Wenn nicht, wird meine Arbeit so viel schwieriger.«

Sai wollte sagen, dass er nicht verstand, wollte mehr von dieser Frau erfahren, aber er wusste, wogegen er in jenem Raum gekämpft hatte. Er kannte die seltsamen Kreaturen in diesem Turm und konnte erraten, woher sie kamen und wohin er vielleicht gehen würde.

Und was seine Kinder gerade verloren haben könnten.

»Sai«, fuhr die Frau fort. »Mein Name ist Dr. Anaskya. Ich werde dich beobachten und dir zuhören. Wenn es dir nichts ausmacht, sprich bitte weiter, nachdem ich gegangen bin. Ich würde gerne das Ende deiner Geschichte hören, und wenn wir verstehen können, wie das Virus dein Traumsprechen beeinflusst, umso besser.«

Sai hörte sie jedoch kaum noch. Er legte sich auf das dünne Kissen zurück, starrte an die Decke und spürte, wie sich die Infektion wie heißes Feuer ausbreitete.

3

EINKAUFSBUMMEL

Wenn Gregor schätzen würde, wie viel Zeit seines Lebens er mit oder ohne Rüstung verbracht hatte, würde eine Bauchgefühl-Schätzung ergeben, dass es zugunsten der Rüstung unausgeglichen wäre. Nach einer Jugend, in der er kaltes Kometengestein abgebaut hatte, mit der ständigen Gefahr einer Vakuumexposition, und einem Erwachsenenleben in verschiedenen Kampfzonen, fühlte es sich sehr seltsam an, nur in dünner Sportkleidung durch die Straßen der Stadt zu laufen.

Zumindest hielt ihn Dynas mit seinem feuchten, sumpfigen Klima warm. Und Gregor hatte sich längst durch so viele Fehltritte und unbeholfene Äußerungen unfähig gemacht zu erröten, sodass er, als sich die Gesichter ihm zuwandten, ein breites Grinsen aufsetzte. Ein selbstbewusster, starker, halbnackter Mann, der aus einer geschlossenen Straßenbahnstation auftauchte - was war daran so ungewöhnlich?

Offenbar alles.

Das Auftauchen aus der Straßenbahnstation, insbesondere aus den sumpfigen und monsterverseuchten Randgebieten kommend, stellte Gregors aufgesetztes Lächeln auf die Probe. Er hatte schon auf urbanen Planeten gedient, Zeit in obskuren Hinterwäldlern bei DefenseCorp-Einsätzen verbracht, aber dieser Ort schien nicht zu wissen, was er war oder sein wollte.

Als sie unten in der Station aus der Straßenbahn gestiegen waren, hatte die ganze Gruppe bestätigt, wie nass hier alles zu sein schien. Die hohe Luftfeuchtigkeit überzog Fliesen, Wände, Geländer und Treppen mit einem feuchten Film. An der Oberfläche war es noch schlimmer; die Station zu verlassen bedeutete, einen nassen Bürgersteig zu betreten, der leicht geneigt war, um die Feuchtigkeit in große, vergilbte Rinnen am schmalen Straßenrand zu leiten.

Die gefleckten schwarzen Gebäude folgten ähnlichen Prinzipien und arrangierten sich in Schrägen und Trichtern, damit die allgegenwärtige Nässe an bestimmten Punkten abtropfen und die vorbeilaufenden Menschen trocken halten würde. Statt blockartiger, flacher Dächer endete alles in Winkeln, als hätte jemand eine Stadt aus Speeren gebaut.

Auch die Straßen neigten sich von der Mitte zu den Rinnen hin, und zwar in einem so steilen Winkel, dass Gregor sich fragte, welche Art von Fahrzeugen hier wohl fahren könnten, bis er die Leitungen zwischen den Gebäuden bemerkte. Seilbahnen also. Schwebend über der Nässe.

Die Straßenbahnstation öffnete sich zu einer Kreuzung, direkt darüber ein Kabelnest, durch das die Wagen irgendwie navigieren mussten. Für die wenigen Menschen, die Gregor sah, gab es Fußgängerüberwege aus geriffeltem, genopptem Metall, die über die schrägen Fahrbahnen gelegt waren. Alles in allem ein Wunderwerk und ein Chaos zugleich.

Dynas schien nicht gerade förderlich für ein zivilisiertes Leben zu sein, und doch existierte dieser Ort hier. Er brach alle Regeln, nur um den genetischen Code der Galaxie durcheinanderzubringen.

Gregor hob eine Hand in Richtung der nächsten Person, eine von einem halben Dutzend in Sichtweite. Diese Person hatte gerade die Kreuzung überquert und hielt inne, als Gregor heraustrat. Ein älterer Mann, obwohl Gregor sich nicht sicher sein konnte, angesichts des Respirators, den der Mann über seinem Gesicht trug. Das Gerät war mit einem Tank auf dem Rücken des Mannes verbunden, der an etwas angeschlossen war, das wie ein Neoprenanzug aussah.

»Gehst du tauchen?«, sagte Gregor, und der Mann legte den Kopf schief, dann ging er auf Gregor zu.

»Bist du krank oder so was?«, erwiderte der Mann, wobei der Respirator die Stimme verzerrte. »Wo ist deine Maske?«

»Verloren«, sagte Gregor. »Da unten.« Er zeigte zurück zur Straßenbahnstation. »Kannst du mir helfen, sie wiederzubekommen?«

Was überzeugende Geschichten anging, war sich Gregor durchaus bewusst, dass er sie nicht gut erzählen konnte. Er war kein Lügner, kein Geschichtenerzähler. Der Mann schien das zu spüren.

»Verloren?« Jetzt trat der Mann einen Schritt zurück. »Was machst du überhaupt da unten? Diese Station ist geschlossen.«

»Arbeit. Es ist etwas schiefgegangen.«

»Dann bring dich in ein Krankenhaus«, der Mann

musterte Gregor durch seine Maske. »Bevor du dich umbringst.«

Nun, das lief nicht gut. Der Mann drehte Gregor den Rücken zu und wollte weggehen. Sever brauchte eine Ausrüstung, zumindest eine, also streckte Gregor die Hand aus, packte den Arm des Mannes und zog ihn zurück in den Eingang der Station.

Der Mann wehrte sich, ein leichtes Zerren gegen Gregors überwältigende Kraft. Warmes Wasser spritzte, als der Mann versuchte, rückwärts zu gehen, sich zu befreien, aber Gregor wusste, wie man festhält. Den Griff genau richtig über dem Ellbogen ansetzen, fest zupacken und weitergehen.

Was nicht passierte, was Gregor erwartet hatte, aber nie kam, war ein Hilferuf. Abgesehen von gemurmelten Flüchen und Beschwerden schrie oder brüllte der Mann nicht. Und sobald Gregor den Mann hinter den Eingang gezogen hatte, in die Nähe der Metalltür, die die Straßenbahn selbst versiegelte, betäubte Aurora den unglücklichen Bürger mit einem nervenlähmendem Schuss aus ihrem Gewehr.

»Das war nicht gerade elegant«, sagte Rovo, als sie damit begannen, dem Mann den Anzug auszuziehen und zerlumpte, schimmelige Unterwäsche zum Vorschein kam. »Wie viele Leute haben dich gesehen?«

»Einige, aber ich glaube nicht, dass es sie interessiert hat«, antwortete Gregor, während er die Maske abnahm und darunter tatsächlich ein faltiges und verwittertes Gesicht zum Vorschein kam. »Das ist ein seltsamer Ort, und ich mag ihn nicht.«

»Da sind wir schon zwei«, erwiderte Rovo. »Schau dir diese Maske an. Das ist ein vollwertiger Respirator. Gefilteter Sauerstoff, totale Blockade der einströmenden Luft. Hast du noch jemanden mit so etwas gesehen?«

»Masken, ja«, sagte Gregor. »Alle. Aber nicht die vollen Tanks.«

»Die Leute, gegen die wir am Außenposten gekämpft haben, trugen auch Anzüge«, antwortete Aurora, während sie dem Mann die Stiefel auszog. »Aber unsere Rüstung sagte, die Atmosphäre hier sei sicher. Was übersehen wir also?«

»Sicher basierend auf unseren miesen Informationen«, sagte Rovo. »Neuer Planet, neue Regeln. Wir wissen nicht, was hier in der Luft ist, aber offenbar ist es besser, es zu vermeiden.«

Der Neoprenanzug des Mannes hätte entweder Gregor oder Rovo gepasst. Offensichtlich brauchten sie noch zwei weitere Anzüge, und nach der Freude, einen hilflosen Bürger von der Straße geschmuggelt zu haben, einigten sich die drei auf einen sanfteren Ansatz: Zwei würden an der Straßenbahnhaltestelle mit ihrer Rüstung warten und filtern, während der Dritte nach einem Ort suchen würde, um Anzüge für die anderen zu kaufen.

»Du bist kleiner«, sagte Gregor zu Rovo. »Weniger bedrohlich, es sollte dich sein. Niemand bemerkt eine Maus.«

»Ja, außer dass ich beschäftigt bin«, antwortete Rovo. »Ich habe mich in die Kommunikation hier eingehackt und bin kurz davor, durchzukommen.« Er tippte auf den Respirator des Mannes. »Es sei denn, du kannst das machen, dann denke ich, bin ich so besser eingesetzt.«

»Nennst du mich etwa nutzlos, Neuling?«

»Nein, ich sage nur, dass ich dir zutraue, Kleidung in einem Laden zu kaufen.«

»Ah.«

»Lass uns gehen«, schritt Aurora ein. »Rovo, hilf mir, diesen Kerl in die Abstellkammer zu ziehen. Wir sperren ihn dort ein. Gregor, zieh dich an und mach dich auf den Weg. Ich habe es satt, hier unten zu sein, und wir verlieren Zeit.«

Minuten später, in einem zu engen Neoprenanzug und mit dem Respirator über dem Gesicht, kehrte Gregor auf die Straßen zurück. Sie hatten noch andere Dinge bei dem Mann gefunden, darunter in einer dünnen, verschließbaren Tasche auf der Brust des Neoprenanzugs etwas, das wie eine Firmen-ID-Karte aussah. Das Bild des Mannes und verschiedene Kontonummern waren darauf eingraviert, zusammen mit Kontaktinformationen für den Fall, dass die Karte gefunden würde.

Gregor hatte solche Karten schon einmal gesehen - die Kometenfirma hatte sie ausgegeben. Sie sollten die gesamte Identität speichern, einschließlich des Bargelds. Die Besitzer dieser Karten sollten alles, was sie verdienten, in firmeneigenen Läden ausgeben, eine geschlossene Wirtschaft. Die Karte beantwortete eine weitere Frage über die Stadt: Es war keine freie Gesellschaft, sondern eine arbeitende, gefangen von ihren Konzernherren.

Zurück an der Oberfläche stapfte Gregor die Straße entlang und machte eine gerade Linie weg von der Straßenbahnhaltestelle, um die Routenfindung einfach zu halten. Jetzt, da er nicht nur nach Opfern suchte, sah Gregor, wie die Stadt zu einer Art Leben erwachte.

Geschäfte öffneten, als der Morgen in brauchbare Stunden überging. Diese Seilbahnen, oval gebaut, aber mit tropfenden Führungen, die das Nass ableiteten, rumpelten an Gregor vorbei, während er ging, beladen mit Menschen in verschiedenen Neoprenanzügen und Regenmänteln.

Die Geschäfte hatten alle ihre eigenen Namen, aber

jedes einzelne hatte auch zufällig das gleiche Logo hinter ihren Etiketten, ein Unendlichkeitssymbol, gezeichnet mit der Doppelhelix der DNA. Drinnen gab es Waren aller Art, obwohl der Bestand spärlich zu sein schien. Die Preise waren hoch.

Ein geheimer Planet, eine geheime Gesellschaft bedeutete hohe Versandkosten.

Der erste Laden, den er fand, der Neoprenanzüge und Regenmäntel verkaufte, bot prominenter Reparaturen an. Ein weiterer vernünftiger Schritt bei begrenztem Angebot; halte deine Ausrüstung in gutem Zustand, anstatt neu zu kaufen. Auf Snowball behielt man seine Rüstung, bis man ihr entwuchs oder starb.

Gregor ging durch eine Doppeltür in den Laden, eine einfache Glaskammer zwischen ihnen diente dazu, die Feuchtigkeit wegzublasen. Drinnen blies kühle, gefilterte Luft in Gregors Gesicht, als er die Maske abnahm und auf die Regenmäntel rechts und die Neoprenanzüge links starrte.

»Du bist früh dran«, sagte eine Stimme, die, als sie sich hinter einem Tresen mit Näh- und Versiegelungsgeräten erhob, zu einem jüngeren Mädchen gehörte. »Solltest du nicht bei der Arbeit sein?«

»Ich bin ein Kunde?«, sagte Gregor. Sollte bei der Arbeit sein? Er kannte dieses Mädchen nicht.

Die Verkäuferin zeigte auf Gregors Neoprenanzug. »Deine Schicht hat vor einer Stunde begonnen.«

»Tatsächlich?«

Jetzt veränderte sich das Gesicht des Mädchens, von Neugier zu einer Angst mit weit aufgerissenen Augen. Sie drehte sich um, griff nach etwas unter dem Schreibtisch, aber bevor sie es erreichte, stürzte Gregor durch den Laden und packte zum zweiten Mal innerhalb weniger Stunden einen Arm und hielt ihn fest.

»Fass nichts an«, flüsterte Gregor, dann warf er einen schnellen Blick zum hinteren Teil des Ladens. Eine Tür dort, aber niemand sonst in Sicht. »Das muss nicht schwierig werden.«

Gregor spürte, wie das Mädchen zitterte, spürte, wie sie versuchte, sich von ihm loszureißen.

»Du bist einer von ihnen, nicht wahr?«, sagte sie. »Sie sagten, einige seien aus der Quarantäne entkommen.«

»Welche Quarantäne?«, sagte Gregor. »Ich will nur ein paar Kleider.«

»Du meinst, du bist nicht infiziert?«

Ah. Das würde Sinn ergeben. Wenn diese Stadt von Felix und seiner verseuchten Behausung da draußen im Sumpf wüsste, kein Wunder, dass sie Angst hätten. Wer würde schon so enden wollen?

»Ich bin nur ein Besucher, das ist alles«, sagte Gregor. »Ich meine es nicht böse.«

»Dann lass mein Handgelenk los?«

»Du wirst mich das nicht bereuen lassen?«

Das Mädchen schüttelte den Kopf, sah auf Gregors Hand und stieß ein halbes Schluchzen aus. »Du bist hier. Das ist Strafe genug.«

4

VERRÄTERMALE

Der Verräter schlief im Turm. In einem schlammig gelben Zimmer, ausgestattet mit Kunst aus der ganzen Galaxis, mit Lichtlinien, die sich in Mustern über die Decke schlängelten und eine hellere, verspieltere Gegenwart andeuteten als die, in der Eponi lebte. Träumte.

Verzweifelte.

Sie hatte nicht gedacht, dass es so schlimm sein würde. Sever Squad war nie wirklich eine Familie gewesen, zumindest nicht offiziell. Ihre Missionen waren zu scharf, ihre Mitglieder zu kaputt und zerbrochen, um außerhalb der engen Einsatzbesprechungen und Kampflinien miteinander auszukommen. Zumindest hatte Eponi das immer gedacht: Sie flog die anderen vier rein, ließ sie die Hölle losbrechen, holte sie dann ab und schoss zurück zu den Sternen.

Bis sie Sai gesehen hatte, mit all diesen Waffen auf ihn gerichtet, und sein gepanzertes Gesicht direkt auf sie blickte. Durch dieses Metall, dieses Glas hindurch hatte Sais Enttäuschung sie verbrannt, und Eponi hatte den Rest der Nacht damit verbracht, sich in diesem Zimmer mit einer Flasche roher Kloake zu betrinken, die trotzdem ihren Zweck erfüllte. Dynas' eigener destillierter Schlamm, eine bräunliche Bourbon-Variante, grinste Eponi vom Nachttisch an, ein halb gefülltes Glas stand auf dem vergilbten Metalltisch.

Ohne ihre Rüstung, mit ihren anderen Gadgets, die ihr längst abgenommen worden waren, war Eponi auf die tatsächliche Uhr des Zimmers angewiesen, ein winziger Bildschirm, der an der Wand verschraubt war und ihr auch die Temperatur (heiß), Luftfeuchtigkeit (durchnässend) und das Wetter (neblig) anzeigte. Die Zeit, jetzt nach acht Uhr morgens, sagte Eponi, dass sie aufstehen musste. Dass sie herausfinden musste, was sie mit ihrem Leben anfangen konnte.

Als Rennfahrerin, die durch die Rennstrecken der Galaxis wirbelte, hatte sie unzählige Entscheidungen in Sekundenbruchteilen getroffen. Nicht nur, ob sie nach links oder rechts, drüber oder drunter fahren sollte, sondern auch welche Marke sie unterstützen, bei wem sie unterschreiben sollte, ob man einer Rennstrecke vertrauen konnte, dass sie tatsächlich das Preisgeld auszahlen würde, wenn Eponi diese Linie überquerte.

Eponi sah durch den Kleiderschrank, gefüllt mit Standard-Uniformen im schwarz-grauen Farbschema des Unternehmens, und wählte eine zufällig aus. Sie könnte diese Uniform anziehen, ihre neue Rolle als Insider-Informantin annehmen und den Leuten helfen, die diesen Planeten leiteten, Sever Squad aufzuspüren, oder sie könnte...

Was? Was sonst könnte sie tun? Eponi hatte keine Waffen, kein geheimes Wissen über eine Superbombe, die sie gegen ihre Schöpfer einsetzen könnte. Keine Kontakte, die sie um Unterstützung bitten könnte - angesichts dessen, was sie hier gesehen hatte, dachte Eponi bereits, dass DefenseCorps Briefing über Unwissenheit nach Bullshit stank.

Die Uniform erwies sich als schlabbrig, aber brauchbar genug. Sich im Badezimmer frisch zu machen, lenkte Eponi für ein paar Minuten ab, obwohl sie es vermied, sich selbst in den Augen im wandgroßen Spiegel zu betrachten. Kein Shampoo, keine Haarbürste oder irgendetwas außer einem Wasserhahn und einigen Handtüchern für die Dusche machten das Ritual zu einem kurzen.

Sever Squads Mission bestand darin, eine VIP zu retten und dann das ganze Team vom Planeten zu... irgendwohin zu bringen. Nach dem, was Eponi gesehen hatte, als sie und Sai ein Skiff in dieses gigantische Gebäude gerammt hatten, könnte das Einzige, was dieser Ort hatte, das sie gebrauchen könnte, ein Schiff sein. Sie könnte einen Trick wie in einem Film abziehen, das Schiff unter der Nase der Bösewichte stehlen und zur Rettung eilen.

Wahrscheinlicher wäre, dass sie es bis zu den Kontrollen schaffen würde, irgendein Sicherheitssystem das Schiff deaktivieren würde, und dann würde Eponi kurz darauf mit einem Kopfschuss hingerichtet werden. Kaum ein heldenhafter Tod, und Eponi wollte überhaupt keinen Tod.

Ihr Zimmer hatte eine Haupttür, eine einzelne Angelegenheit, die, soweit Eponi sich erinnerte, in einen apartmentartigen Flur mit vielen anderen Türen führte. Eponi konnte diese Erinnerung nicht überprüfen, weil sich die Tür nicht öffnen ließ, als sie es versuchte. Der Druckknopf, der das Ding öffnen sollte, reagierte nicht. Nachdem sie es ein paar Mal versucht hatte, wanderte Eponi zum Fenster, das nur Dynas' endlosen gelben Nebel zeigte.

Gefangen. Allein mit ihren Gedanken. Nicht ideal,

denn das Alleinsein mit ihrem Aufruhr würde Eponi dazu treiben-

Die Tür schoss auf. Ein Mann, den sie noch nie gesehen hatte, stand da, uniformiert wie sie - obwohl seine besser passte - und hielt zwei kleine Markenbecher.

»Kaffee?«, sagte der Mann und hielt ihr einen Becher entgegen.

Eponi versuchte, die Marke zu lesen, aber das Logo verdeckte alle Worte. Eine Art Spirale, mit sich windenden, wirbelnden Linien, die sich überkreuzten. Wie DNA, vielleicht?

Ihre Augen huschten zur Decke und bestätigten, dass die Lichter übereinstimmten. Okay. Es gab also eine Methode im Design hier, auch wenn Eponi nicht wusste, was die Formen bedeuteten.

»Danke«, sagte Eponi, als sie den Becher an ihre Nase hob und daran roch. Definitiv Kaffee. Warm, aber nicht zu heiß.

Könnte Gift sein, aber Eponi lachte diese Idee weg, was ihr einen fragenden Blick des Mannes einbrachte. Warum sollten sie sie vergiften, wenn sie sie schon hätten erschießen können? Warum Eponi überhaupt in einem Zimmer unterbringen, wenn sie sie vom Balkon hätten werfen, sie mit Sai einsperren können?

Sie nahm einen langen Schluck. Genoss zum ersten Mal seit langem Kaffee, der aus etwas Besserem kam als DefenseCorps Massenprodukt. Tatsächlich schien der erdige, nussige Kaffee viel zu gut für Dynas. Ein weiterer Beweis dafür, dass dieser Ort Unterstützer jenseits seines Hinterwäldler-Status hatte.

»Schmeckt's?«, sagte der Mann.

»Klar«, antwortete Eponi. »Also, was sollst du sein? Mein Betreuer?«

»Nicht wirklich«, erwiderte der Mann und streckte dann seinen Kaffeebecher aus, stieß ihn gegen ihren. »Ich heiße Ben Taigo, und ich habe mich hierfür freiwillig gemeldet.«

»Und was ist 'das'?«

»Das versuche ich gerade herauszufinden«, sagte Ben. Eponi bemerkte, dass Ben sehr vorsichtig gewesen war, nicht mehr als einen Schritt in ihr Zimmer zu machen, als würde er einem strengen Kodex folgen. »Die meisten von uns wissen, dass gestern eine Gruppe uns an einem Außenposten angegriffen hat. Es gibt jetzt viele verletzte, wütende Menschen.«

Eponi trank ihren Kaffee. Beobachtete Ben. Er hatte keine sichtbaren Waffen. Die Tür war offen geblieben. Wenn sie wollte, könnte Eponi ihm den Kaffee ins Gesicht schleudern, mit einem Schlag beginnen und dann in die Freiheit ausbrechen. Vielleicht Bens Ausweis mitnehmen, ihn benutzen, um nach oben zu kommen-

»Hörst du mir zu?«, sagte Ben schärfer. »Ich sage, es ist nicht wirklich sicher für dich hier, selbst mit dem Schutz der Oberen.«

»Soll mich das etwa einschüchtern?« Eponi verschränkte die Arme.

»Eine Rennfahrerin wie du? Wohl kaum, oder?«

»Moment, du weißt, dass ich eine Rennfahrerin bin?«

»Natürlich weiß ich das! Deshalb bin ich hier!« Ben brach seinen Verhaltenskodex, schlenderte in den Raum und gestikulierte wild mit den Armen. »Ich erinnere mich an dich, diesen heißen Schuss, der es weit bringen würde, die Charts im Sturm eroberte und dann - nichts! Lange Zeit kursierten Gerüchte, alle nahmen an, du wärst abgestürzt oder hättest einfach beschlossen, es nicht mehr zu machen, und plötzlich bist du hier?«

»Glaub nicht, dass es so plötzlich war.«

Eponi blickte auf ihren Kaffee, um nicht rot zu werden. Sie war schon lange nicht mehr von Fans umgeben gewesen und ein wenig aus der Übung.

»Vielleicht nicht für dich«, Ben wirbelte wieder zu ihr herum. »Hier ist die Sache, Eponi, wenn du auf einem Planeten wie diesem bist, wo sie die Wellen einschränken, ist alles eine Überraschung. Also bist du hier, kommst als ... Söldnerin oder so was?«

»Als Pilotin. Die Bezahlung ist regelmäßiger.«

»Aber viel weniger aufregend, oder?«

»Weiß nicht«, sagte Eponi. »Also, Ben, danke für den Kaffee, aber glaubst du, es gibt irgendwo etwas zu essen dazu?«

»Klar, richtig«, lachte Ben. »Ich muss dich aber warnen. Das Essen ist im Moment nicht so toll hier. Es gibt eine Sperre für die meisten Lieferungen, also greifen wir auf die billigen Rationen zurück.«

»Eine Sperre? Warum?«

»Ist das nicht der Grund, warum du hier bist? Mit welcher Bande auch immer du hergeflogen bist?«, sagte Ben, während er Eponi aus dem Raum in den Flur führte, als wären sie die dicksten Kumpel aller Zeiten. »Wir haben Probleme mit einigen unserer Behandlungen. Sie bleiben nicht eingedämmt, also wollen die Oberen im Moment nicht viel Verkehr.«

»Und du denkst, ich habe damit zu tun?«

»Warum solltest du nicht? Irgendeine Art von Inspektionsteam, das kommt, um zu sehen, was auf Dynas los ist? Raus mit den Beweisen und dann werden wir von der Umlaufbahn aus zu Asche verbrannt. Das ist der Plan, oder?«

Eponi versuchte, mit Bens Elan Schritt zu halten. Der Mann war schnell vom Fan zum Streithahn geworden. Soweit Eponi wusste, wie Aurora gesagt hatte, begann und endete das Briefing mit der VIP und dem Ziel, ihn vom Planeten zu bringen. Nichts von einem Bombardement. Andererseits, nach dem, was sie von den kranken Dingen gesehen hatte, gegen die Sai gekämpft hatte, verdiente Dynas vielleicht eine gründliche Laserbehandlung.

»Hör mal, Ben, vielleicht brauche ich mehr Kaffee, um mit dir mitzuhalten«, sagte Eponi, als sie die Aufzüge erreichten. »Ich fliege Schiffe und ich mache es gut. Ich bin in keinem Komplott und will auch in keinem sein.«

Die kreisförmigen Türen des Lifts öffneten sich Sekunden später zischend und Ben führte Eponi hinein. Er tippte seine Karte gegen ein Panel neben der Tür. Der Bildschirm zeigte eine Liste seiner häufigen Ziele, gekennzeichnet durch einen orangefarbenen Titel am oberen Bildschirmrand, und Ben tippte auf das mit Gabel und Messer.

»Richtig, nur eine Pilotin«, sagte Ben. »Hier ist die Sache, Eponi, und es ist eine große Sache, also hör gut zu. Dieser Ort hat viele Probleme, und sie werden immer schlimmer. Wir brauchen Hilfe. Ich brauche Hilfe. Und ich denke, ich hoffe, und Mann, Eponi, ich *glaube*, dass du diejenige bist, die sie bieten kann.«

»Stimmt etwas nicht mit dir?« Eponi wich von ihm zurück, zur gegenüberliegenden Seite des Lifts.

»Was meinst du? Dass wir vielleicht alle ein bisschen verrückt sind, weil wir seit Jahren auf dieser Welt festsitzen, mit Krankheiten, die von Tag zu Tag tödlicher werden? Wie sollte das jemanden nicht beeinflussen?« Ben verfiel in ein zitterndes Lachen, dann schüttelte er den Kopf. Holte tief Luft. »Tut mir leid, tut mir leid. Manchmal wird mir das alles einfach zu viel, weißt du?«

»Klar.« Eponi wusste es nicht. Wollte es auch nicht wissen. »Wie soll ich dir helfen?«

»Du bist eine Pilotin, Eponi. Ich brauche dich, um mich hier rauszubringen, bevor Dynas uns beide umbringt.«

5

QUER DURCH DIE STADT

Es gab Jobs und es gab Karrieren und es gab kluge Entscheidungen und es gab dumme Entscheidungen. Rovo, so sagte sein Vater, hatte keine dieser Optionen gewählt, als er sich entschied, in den aktiveren Arm von DefenseCorp zu wechseln. Ein Schreibtischhengst, der ein stabiles Leben über seiner Heimat führte und interstellare Kommunikation an die richtigen Empfänger weiterleitete, hatte Rovo das Undenkbare getan:

Rovo hatte ein sicheres, anständiges Leben in einer Galaxie aufgegeben, die nicht viele davon bot.

Während er in einem Neoprenanzug durch eine verseuchte Stadt auf einer Hinterwäldlerwelt mit wenigen Freunden und vielen Feinden lief, musste Rovo seinem Vater Recht geben. Obwohl Aufregung das Ziel gewesen war, hatte Rovo festgestellt, dass die Nähe zum Tod dem Leben nicht wirklich viel hinzufügte.

Die Dinge waren nicht heller oder erfüllender, nur weil Laser Metall in der Nähe von Rovos Schädel gestreift hatten. Stattdessen fand sich Rovo öfter zuckend wieder, schaute sich ständig um, überzeugt davon, dass irgendein versteckter Scharfschütze oder eine kranke Gestalt hinter dem nächsten Schatten lauerte, um zuzuschlagen.

Gregor war mit zwei Neoprenanzügen und einem verstörten Blick auf seinem Gesicht zurückgekehrt, ein bedrohlicher Anblick für einen so großen Mann. Er hatte von der Ladenbesitzerin erzählt, wie sie sich gerade so zusammengerissen hatte, um ihm die Kleidung zu verkaufen, bevor sie am Ende fragte, ob Sever sie mitnehmen würde, wenn sie den Planeten verließen.

»Ich habe ihr gesagt, dass wir das tun würden«, sagte Gregor, »aber es fühlte sich schlecht an, jemanden so Verzweifeltes anzulügen.«

»Wenn wir die VIP vom Planeten bekommen, könnte ihr Wunsch sowieso in Erfüllung gehen«, sagte Aurora. »Es gibt hier genug illegalen Müll, um eine reinigende Intervention zu rechtfertigen.«

Rovo hielt sich während dieses Gesprächs zurück. Er hatte solche Befehle über sein Terminal kommen sehen; wenn Planeten zu aufsässig wurden, wenn Bevölkerungen eine zu große Gefahr für die etablierte galaktische Ordnung darstellten, würden Nachbarsysteme DefenseCorp dafür bezahlen, das Problem zu lösen. DefenseCorp würde mit einer wütenden Flotte auftauchen und mit drohenden Waffen im Rücken lächerliche Zugeständnisse fordern.

In der Hälfte der Fälle würden die Leute zur Vernunft kommen, den Schlag einstecken und in ihre Verstecke zurückkriechen, meistens nachdem DefenseCorp einen weiteren großen Vertrag abgeschlossen hatte, um eine brutale Polizeitruppe einzusetzen, bis die alten Besitzer des Planeten alle wieder in ihre wirtschaftlichen Ketten gelegt hatten.

Die andere Hälfte... DefenseCorp berechnete eine Menge Geld für Bevölkerungssäuberungen, aber die

Gewinne sahen gut in der Bilanz aus. Rovo hätte nichts dagegen, diese Dokumente aus seinem Gedächtnis zu verdrängen.

Vielleicht würde er sie mit dem ersetzen, was er jetzt sah, eine durchnässte Stadt mit schattenhaften Menschen, die sich durch die Straßen drängten und dabei besiegt, verfolgt oder selten entschlossen aussahen. Als ob das Schicksal gekommen wäre und jeder es akzeptiert hätte.

Aurora führte sie entlang der Bürgersteige in Richtung der Signalposition der VIP. Sie hatte den Handgelenkcomputer von ihrer Rüstung gelöst, einen Schlitz entlang ihres Neoprenanzugs geschnitten, damit sie die Abdeckung hochziehen und alle paar Blocks nach den Richtungen sehen konnte. Nicht dass das Ding eine echte Karte hatte, aber Sever hatte Norden, Süden, Osten und Westen. In einer rasterförmigen, starren Stadt wie dieser war das genug.

Rovo bildete die Nachhut und hielt Abstand zu Gregor, und Gregor tat dasselbe mit Aurora, um es plausibel erscheinen zu lassen, dass sie separate Bürger waren, die zu irgendeinem Ziel schlurften. Nachdem sich die ersten Blocks als langweilig erwiesen hatten - Rovo konnte sich nicht länger für die dunklen Gebäude, ihre endlosen Regenrinnen und tropfenden Auslässe interessieren - wandte er sich wieder seinem Lieblingsprojekt zu: die Verschlüsselung der Stadt zu knacken.

Übertragungen flogen in einem hektischen Tempo umher, jede summte in seinem Ohr, während Rovos Bug, ein winziger Sender in seinem Ohr, der sich mit Rovos eigenem Handgelenkcomputer synchronisierte, sie aufnahm und versuchte, ihre Codierung zu entschlüsseln. Manchmal verwendete eine dasselbe Schema wie die Wachen der Fähre am Außenposten, und Rovo bekam einen klaren Ausbruch, irgendeinen Kommentar über eine laufende Patrouille oder ein potenzielles Problem hier oder da.

Zu viele andere jedoch spielten auf einem anderen Band, auf einer höheren Frequenz jenseits der meisten traditionellen Empfängerbereiche. DefenseCorp nutzte diese Ebene für sensiblere Kommunikationen, für laufende Operationen. Severs eigene Signale gingen hier raus, obwohl Aurora sie abgeschaltet hatte, nachdem sie die Straßenbahnstation verlassen hatten.

Wenn Sai oder Eponi sich endlich entschieden hätten zu rufen, würden sie jetzt Stille bekommen.

Rovo, der am Programm des Bugs herumfummelte, passte die Parameter der Maschine an, während er ging. Der Bug, der dazu gedacht war, ohne Sicht in Geheimhaltungssituationen verwendet zu werden, verließ sich auf eine direkte Schnittstelle durch seine Rüstung oder durch einen manuelleren, aber spaßigeren Prozess. Mit seinen Fingern konnte Rovo die spezifischen Frequenzen einstellen, die der Bug hörte, und die Chiffre, die das Gerät verwendete, um die Verschlüsselung aller Nachrichten zu knacken, die es auffing.

Wie das Lösen eines Puzzles durch das Drehen einer Murmel, der Versuch, die raue Stelle auf einer glatten Kugel zu finden.

Die Lösung dieses Rätsels dauerte den ganzen Morgen plus sechs Blocks Fußmarsch in Neoprenanzügen, aber als Rovo den ersten klaren Ausbruch auffing, eine scharfe Anweisung, mehr Spieler ins Feld zu bringen, machte der Endorphinschub die ganze Mühe wett. Er wollte zu Aurora, zu Gregor laufen und ihnen sagen, dass sie jetzt alles hören konnten.

Stattdessen benutzte er das Signal, das sie besprochen

hatten, und platschte in eine Pfütze am Straßenrand, wie jemand, der gestolpert war und das Gleichgewicht verloren hatte.

Aurora drehte sich nicht um, sondern bog scharf nach rechts ab und steuerte auf ein kleines Restaurant an der Ecke zu. Gregor warf einen Blick zurück auf Rovo und folgte ihr. Und Rovo folgte ihm. Das war nicht gerade hochkarätige Spionagearbeit – jeder, der zusah, würde es zweifellos seltsam finden, dass drei Personen hintereinander in denselben Laden gingen. Das Restaurantpersonal sah jedenfalls so aus, als hätten sie nicht mit ihnen gerechnet.

Als er durch die Tür trat, eine Glaskonstruktion unter einem gewölbten Vordach, das das Wasser zu den Seiten ableitete, sah Rovo, wie Aurora und Gregor sich einen Tisch teilten, an dem noch Platz war. Das war etwas überraschend, aber Aurora fing seinen Blick auf und nickte neben sich.

Das Versteckspiel war also endgültig vorbei.

»Hast du den Code geknackt?«, fragte Aurora, ohne auch nur einen Hauch von Dankbarkeit.

»Ja«, sagte Rovo, während er den Metallstuhl über die versiegelte Fliese schob und sich setzte. »Irgendetwas hat sie aufgescheucht.«

»Wir.« Gregor nahm die Speisekarte in die Hand.

Eine echte gedruckte Speisekarte. Rovo hatte so etwas außerhalb von Filmen noch nie gesehen. Überall, wo er gewesen war, einschließlich der DefenseCorp-Schiffe, wurden Dinge einfach auf Tische oder Tablets projiziert. Leichter zu ändern, weniger Herstellungsaufwand. Außer, so vermutete er, auf einem Planeten, der so weit von Lieferketten entfernt war, dass Papier und Laminierplastik leichter zu bekommen waren.

»Kommt noch was durch?«, fragte Aurora.

Tatsächlich war etwas durchgekommen. In der kurzen Zeit vom Stolpern bis zum Betreten des Restaurants hatte Rovo weitere Meldungen über die Wellen gehört. Nach dem Aufruf nach mehr Spielern hatte es eine allgemeine Warnung gegeben, die Sache unter Verschluss zu halten, da die Verantwortlichen für den Unfall auf Außenposten dreiundzwanzig noch nicht gefunden worden seien.

»Es ist kein großer Sprung zu erraten, dass wir das waren«, sagte Rovo.

»Das haben wir erwartet«, sagte Aurora. »Wir sind jetzt nahe am Signal des VIPs. Wenn wir uns beeilen, werden sie keine Zeit haben, uns zu erwischen.«

So schnell, dass sie sich nicht einmal die Mühe machten zu essen. Sie standen auf Auroras Signal hin auf, verließen das Restaurant, überquerten den durchnässten Bürgersteig und stiegen direkt in eine der Straßenbahnen ein, die gerade angehalten hatte, um ein paar triefende Leute aussteigen zu lassen.

Niemand kümmerte sich darum, eine Fahrkarte zu kontrollieren, und Rovo sah auch keinen Fahrer. Alles automatisiert. Das Innere der Straßenbahn war voller Menschen, und Deckenventilatoren bliesen über sie alle hinweg. Die Tageshitze war stark geworden, und die offenen Fenster bedeuteten, dass die Ventilatoren nicht viel zur Abkühlung beitrugen. Aber Sever war in Bewegung.

Und sie waren bemerkt worden.

Rovos Bug fing weitere Übertragungen auf. Ein Café meldete ein seltsames Trio, das getrennt hereinkam und schnell zusammen wieder ging. Sie seien in eine Straßenbahn eingestiegen, alle in billigen Taucheranzügen.

Billig? Rovo blickte an sich herunter und verglich seinen Anzug mit denen der anderen in der Bahn. Sicher, einige Anzüge hatten Gehäuse für Armbänder und andere

Computer, trugen Embleme oder Insignien, die auf Brust und Ärmeln prangten, oder passten besser als sein quietschender, enger Anzug, aber billig?

»Sie sind uns auf der Spur«, flüsterte Rovo Aurora zu, die in ihrem eigenen Anzug gar nicht so einschüchternd aussah, bis sie in seine Richtung blickte.

»Ich weiß«, antwortete Aurora. »Einer ist in dieser Bahn. Drei Leute hinter uns.«

»Darf ich mich umdrehen?«

»Nein.«

Rovo hielt seinen Blick nach vorne gerichtet. Die Menge hielt das Sever-Trio im vorderen Teil der Straßenbahn, und an der nächsten Haltestelle, zwei Blocks vom Restaurant entfernt, zog Aurora sie wieder hinaus. Sie hielt sie in Bewegung, als sie den Bürgersteig erreichten, und murmelte Rovo erneut zu, den Blick nach vorne zu richten.

Als die Straßenbahn wegfuhr, wurden ihre Spritzer durch kleinere ersetzt, die ihren folgten. Könnte ein normaler Fußgänger sein. Ein Bürger, der seinem Alltag nachging, vielleicht um ein frühes Mittagessen zu holen. Oder …

»Abschneiden«, sagte Gregor zu Rovos Rechten und ging in die Hocke, als wäre er gestolpert.

Rovo sah verwundert hinüber, gerade rechtzeitig um zu sehen, wie ein folgender, uniformierter Mann mitten auf dem Bürgersteig stehen blieb. Anders als die Wachen am Außenposten, deren militärische Ausrüstung sich nicht mit Firmenlogos abgab, trug dieser Typ einen dicken, schwarz-blauen Regenmantel und eine passende Hose. Eine große, seltsame Helix prangte in Weiß auf seiner Brust.

»Rovo, lauf«, zischte Aurora, und sie rannte los, als Gregor aus seiner Hocke hochschnellte, sich umdrehte und dem verfolgenden Mann einen langen Schlag mitten ins Gesicht versetzte.

Rovo starrte mit offenem Mund, als der Mann zu Boden ging, alle Viere von sich gestreckt und definitiv bewusstlos. Dann packte Aurora Rovos Arm und zog ihn mit, sprintete durch die Pfützen, während der Bug eine Katastrophenmeldung nach der anderen abfing.

6

DER VIP

Auroras erste Mission mit Sever Squad, als neuester Rookie des Trupps, hatte auf der verbrannten Oberfläche von Pledea Vier stattgefunden. Sie war zusammen mit einem ganzen Defense-Corp-Kontingent gelandet, finanziert von Bergbaukonzernen, die Pledea Vier für ihre Maschinen räumen lassen wollten.

Und was sollte geräumt werden?

Die Prospektoren, die Spezies und Menschen, die zuvor gekommen waren und die Diamanten und härteren Edelsteine unter den blauen Lavaströmen gefunden hatten. Diejenigen, die die Claims für sich beansprucht hatten und rechtlich gesehen jedes Recht hatten, sie zu behalten. Was dieser gleiche Pöbel allerdings nicht hatte, war das Recht, den ganzen Planeten für Konzerninteressen als Sperrgebiet zu erklären. Als die Prospektoren anfingen, die großen Maschinen zu sabotieren und jegliche Vertreter, die zu Besuch kamen, zu vergiften, waren ihre Tage gezählt.

Aurora hatte gehört, dass die Prospektoren Defense-Corp einen Anteil an den von ihnen abgebauten Metallen angeboten hatten, der angeblich mehr wert war als das, was DefenseCorp durch diese Säuberung verdienen würde. Aber nicht mehr wert als die Beziehungen, als eine Galaxie voller Verträge.

Also stürmten Aurora, Sever und andere Trupps in die Dörfer der Prospektoren und forderten sie unter Androhung tödlicher Gewalt auf, zu gehen. Nur fanden sie niemanden. Aurora, das Sturmgewehr erhoben und einsatzbereit, die Hitzeschilde aktiviert, während sie durch Severs zugewiesenes, provisorisches mechanisches Lager wanderte, sah nur Überreste. Verlassene Terminals, einige Vorräte, aber keine Panik.

Die Prospektoren waren nicht geflohen. Oder doch, aber nicht überstürzt. Mahlzeiten waren nicht halb gegessen zurückgelassen worden, um auf Pledea Viers schwarzer Felsoberfläche unter seinem aschgrauen Himmel zu backen, der durch die blauen Lavalinien, die seine Oberfläche markierten, unheimlich blau leuchtete.

Es ging die Nachricht herum, dass alle Lager leer waren. DefenseCorp hatte den Planeten blockiert, also konnten die Prospektoren nur nach unten gegangen sein. Unterirdisch, in all diese Hitze, zur Quelle ihres Konflikts. Auroras Kommandant hatte nicht gezögert: Mit ihrer Rüstung konnte Sever die Hitze aushalten, also marschierten sie los, in die Mine und hinunter.

Mit dickem Fels auf allen Seiten, gestützt von vorgefertigten Stahlquerträgern und gelben, geothermisch betriebenen Lichtern, waren die Minentunnel gar nicht so unangenehm. Während Aurora im Vergleich zu den Unternehmensanstrengungen die gelegentlich losen Drähte und verschmutzten Stützen beunruhigend fand, schien die Gesamtleistung die Vorstellung zu widerlegen, dass diese Bergleute nachlässig, schmutzig und unorganisiert waren.

Je tiefer sie kamen, desto mehr passierten sie organisierte Haltepunkte, ausgehöhlte Kammern voller Vorräte, bereit, die Bergleute zu schützen, falls Lava austreten oder ein Gas ausbrechen sollte. Professionell, qualitativ hochwertig. Der Anblick ließ Aurora sich ein wenig übel und ängstlich fühlen.

Aber Rookies, so hatte ihr Kommandant gesagt, müssten ruhig bleiben und lernen. Also sagte Aurora nichts, folgte dem Trupp mit erhobenem Gewehr und suchte nach jemandem, auf den sie schießen konnte.

Die Kommunikation über die Oberfläche knisterte und verschwand, als Sever tiefer ging, als die anderen Trupps in ihre eigenen Minen hinabstiegen. Abgeschnitten und außer Kontakt, gab Severs Kommandant schließlich zu, tief und von Fels umgeben, dass die Mission nicht nach Plan verlaufen war.

Vorsichtig bleiben, am Leben bleiben.

Das Ziel blieb das gleiche.

Sechs Meter trennten Aurora und Severs Anführer, einen großen Kerl wie Gregor, der Raketenwerfer bevorzugte. Sie näherten sich einer weiteren Verbreiterung im Tunnel, als der Anführer stoppte und seine Hand hob, damit der Trupp es ihm gleichtat. Aurora erfüllte ihre Rolle als Nachhut und drehte sich um, leuchtete mit dem Licht ihres Gewehrs den Tunnel hinauf.

Die montierten Lichter der Prospektoren gingen aus, und Severs Anzüge kompensierten, Schulter- und Knielichter flammten auf, um eine klare, verfeinerte weiße Sicht zu geben. Gerade rechtzeitig, um zu sehen und zu hören, wie von oben Grollen losging. Taschenexplosionen, die Gestein sprengten und Tunnel zum Einsturz brachten.

Aurora warf sich zu Boden, als die Explosionen und Knalle weitergingen, als ihr Trupp über den Komm-Kanal schrie und Steine auf sie niederprasselten. Eine Milliarde Tonnen würden auf ihre Rücken fallen.

Lauf.

Der Befehl kam klar, obwohl Aurora später nicht sicher war und es nicht sein konnte, dass tatsächlich jemand in Sever ihn ausgesprochen hatte. Vielleicht war es ihr Körper, ihr Verstand gewesen, der ihr sagte, dass Sitzenbleiben in der einstürzenden Mine zu einem schnellen Tod führen würde. Dass sie sich bewegen musste.

Sie stemmte ihre Füße gegen den sich verschiebenden Boden und stieß sich ab, richtete sich auf und rannte aufwärts, während Steine gegen sie krachten und fielen, sie zur Seite schoben oder zu Fall brachten. Irgendwann unterwegs ließ sie ihr Gewehr fallen, damit sie beide Hände benutzen konnte, um sich durch das dunkle, fallende Gestein zu kämpfen.

Vor ihr, an einer Stelle, die einst eine langweilige Strecke gewesen war, sah der Tunnel aus, als wäre er verschwunden. Ein helles, blaues Leuchten stieg auf, schimmernd vor Hitze. Aurora kletterte an den Rand, blickte hinunter in einen breiten blauen Lavafluss. Wunderschön, sofortiger Tod.

Als sie die Lücke betrachtete, berechnete Auroras Helm drei Meter. Ihre Booster nahmen die entsprechende kinetische Energie aus den Batterien ihres Anzugs, und Aurora sprang ab, als ihr Vorsprung zerbröckelte. Ein voll ausgerüsteter Soldat wie sie war nicht zum Fliegen gedacht, aber hier, tief unter der Oberfläche, flog sie. Hoch und weit genug, um gegen die Tunneldecke zu krachen, daran entlangzuschrammen und zurück auf den Boden zu prallen.

Aurora grub die letzten Meter zur Oberfläche, folgte der baufälligen Spur eingestürzter Balken und der Tiefenberechnung ihres Helms, um zurückzukommen, zu entkommen. Sie hatte gedacht, sie wäre allein, aber Momente später schafften es zwei weitere Sever-Mitglieder aus demselben Loch. Die drei standen allein um die eingestürzte Mine herum, während blaue Lava um sie herum aufstieg.

DefenseCorp säuberte den Planeten danach aus dem Orbit. Sie löschten die Siedlungen aus, brannten die Minen nieder und übergaben Pledea Vier sauber und bereit an die Konzerne.

Aurora begann zu hoffen, dass hier dasselbe passieren würde. Sie rutschte und glitt über den glatten Bürgersteig, während sie mit Rovo hinter sich sprintete. An der nächsten Kreuzung bog Aurora scharf rechts ab, jeder Atemzug fühlte sich an, als würde sie in Dynas' höllischer Feuchtigkeit einen Sumpf einatmen. Wieder floss Wasser von ihren Füßen weg und spritzte herum.

Wie Dynas so nass sein konnte, ohne dass es regnete - der Tag schien neblig, wenn auch weit entfernt von dem erstickenden Nebel, der Dynas außerhalb der Stadt eingehüllt hatte -, ließ Aurora ungläubig zurück. Sie verstand jetzt, warum alle, an denen sie auf diesen Straßen vorbeikamen, deprimiert wirkten; selbst ohne außer Kontrolle geratene Biowaffen wie Felix war Dynas elendig.

Ein Weg aus diesem Elend tauchte zu Auroras Rechten auf, als sie weiter den Block entlang rannte. Ein beleuchtetes Schild zeigte eine Flasche, einen Teller und etwas, das wie ein Burger aussah. Mit einem schnellen Blick zurück, um sich zu vergewissern, dass Rovo ihr noch folgte und dass ihm niemand folgte, tauchte Aurora durch den kühlenden, feuchtigkeitsabweisenden Eingang und dann in die eigentliche Bar ein.

»Warum hier?«, fragte Rovo, sobald er Aurora eingeholt

hatte, die direkt hinter dem Eingang stehen geblieben war, um Atem zu schöpfen. »Das kann nicht das beste Versteck sein.«

»Es ist der Ort, an dem wir sein müssen«, sagte Aurora.

Einige andere teilten diese Idee und nahmen Tische oder Barplätze in einem Lokal ein, das Dynas' abgelegene Lage mit ungefähr null Dekorationen umarmte. Dutzende Bildschirme übersäten jede Wand, auf alles Mögliche eingestellt. Genug, um jemanden, der das Chaos nicht gewohnt war, in den Wahnsinn zu treiben. Zumindest waren sie alle stumm geschaltet, sodass der einzige Lärm von Gesprächen und aus der Küche kam, wo gerufen wurde, dass dies oder jenes fertig sei. Spätes Frühstück in vollem Gange.

Aurora konzentrierte sich auf einen einzelnen Mann am anderen Ende der Bar. Ein kleiner, dünner Kerl, der einen Poncho trug und an etwas nippte, das wie Fruchtsaft mit etwas Stärkerem aussah. Der Mann hatte seinen Kopf noch nicht in ihre Richtung gedreht.

»Das ist er?«, folgte Rovo Auroras Blick.

»Das ist unser Mann«, antwortete Aurora. »Sieht wirklich verzweifelt aus, nicht wahr?«

»Nicht wirklich.«

Genau, und Aurora hasste sinnlose Missionen. Wenn dieser Kerl Sever nur gerufen hatte, weil er gelangweilt von seinen Lebensentscheidungen war, wenn er beschlossen hatte, dass Dynas nicht der Ort war, an dem er sein wollte, und weil er das Geld hatte, ein feuriges Ticket nach draußen wollte, dann würde Aurora einige harte Worte mit ihm wechseln. Auch einige harte Fäuste.

»Ihr seid es, oder?«, sagte der Mann und schaute herüber, als Aurora und Rovo sich neben ihn setzten. »Ich habe die Bestätigung erhalten, dass ihr kommt. Als alle anfingen durchzudrehen, nahm ich an, ihr wärt angekommen.«

»Sie sind schon hinter uns her«, sagte Aurora, »und sie wissen, dass wir hier sind.«

»Natürlich wissen sie das«, erwiderte der Mann. »Die ganze Stadt hat von eurem Einzug gehört.«

»Wir machen es nicht leise«, sagte Aurora. »Defense-Corp hat uns geschickt, weil du nach einer Extraktion gerufen hast und es Widerstand geben würde.«

»Und es gab Widerstand«, fügte Rovo hinzu.

»Hey«, rief der Mann an Aurora und Rovo vorbei zum Barkeeper. »Können wir noch eine Runde bekommen? Drei mehr von dem, was ich trinke.«

Der Barkeeper nickte zurück, dass er verstanden hatte.

»Was trinkst du, und können wir es irgendwo sicherer haben?«, sagte Aurora. »Sie werden uns hier finden.«

»Natürlich«, antwortete der Mann. »Vielleicht in eurem Schiff? Auf dem Weg von der Welt?«

»Wir haben kein Schiff«, sagte Aurora. »Wir müssen eins stehlen.«

Der Mann lachte, ein bitterer, hoffnungsloser Klang, dann kippte er sein erstes Getränk in einem Zug hinunter.

»Wenn ihr kein Schiff habt, sind wir alle tot.« Der Mann griff nach unten, tätschelte einen stoffbedeckten Koffer, auf dem er saß und den Aurora nicht bemerkt hatte. »Seht ihr, die Leute, die diesen Ort leiten, wollen das hier, und sie werden euch töten, um es zu bekommen. Mich auch, sobald sie herausfinden, dass ich es habe.«

»Das Warum interessiert mich nicht«, sagte Aurora. »Unser Job ist es, dich rauszuholen. Dafür muss ich zwei Dinge wissen: Hast du einen sichereren Ort, wo wir hingehen können, und hast du einen Namen?«

»Einen Namen? Klar, es ist Kashmal.« Der Barkeeper

stellte die drei Getränke neben ihnen ab, und Kashmal griff nach seinem. »Was einen sicheren Ort angeht, meine Wohnung funktioniert. Niemand schert sich einen Dreck um mich.«

»Dann lass uns gehen«, sagte Aurora und stand auf.

»Whoa, warte.« Kashmal gestikulierte zu den Getränken. »Trinkt aus. Dann lasse ich euch rein, bevor ich losgehe.«

»Wohin gehst du?«, fragte Rovo.

»Zur Arbeit, offensichtlich.« Kashmals Zähne glitzerten, als er grinste. »Man muss den Schein wahren, wenn man die Bosse bestiehlt.«

Aurora versuchte zu überlegen, was sie sagen sollte. Versuchte zu verstehen, warum Sever auf diesen höllischen Planeten geschickt worden war, in Gefahr gebracht wurde, nur um einem betrunkenen Dieb zu helfen. Was hatten Deepak und DefenseCorp sich dabei gedacht, das zu übernehmen?

Stattdessen griff Aurora nach ihrem Getränk, hob es an ihre Lippen und kippte es hinunter.

7

KAPITÄN HAPPY

Sai war diese Treppen in seiner Kindheit unzählige Male hinaufgerannt, immer mit dem Ziel, das Dach und seinen Blick über seine Heimatstadt zu erreichen, die grünen Berge in der Ferne und den weiten Himmel darüber. Jetzt rannte er sie hinunter, seine Mutter dicht hinter ihm, einer verzweifelten Menge und den hungrigen Flammen, die ihnen folgten, voraus.

Die Treppe selbst, schwere smaragdgrüne Stufen, bebte, während oben weiterhin Explosionen zu hören waren und entfernte Angriffe unten einschlugen. Ein Aufstand und eine Rebellion in vollem Gange, die die Zivilisation mit sich in die Tiefe rissen.

Nicht dass Sai sich viel um diese Dinge scherte, wenn jeder Schritt Überleben bedeutete. Er sprang mehrere Stufen auf einmal, landete auf dem nächsten Treppenabsatz und stieß sich von der Wand ab, um mit panikgetriebener Geschwindigkeit die nächste Treppe hinunterzusausen.

»Sai!« Die Stimme seiner Mutter durchbrach diesen

Fokusschleier, riss ihn aus seiner Zen-Akrobatik und ließ ihn stolpern, als er den nächsten Absatz erreichte.

Mit dem Rücken an der Wand, nach oben blickend und schwer atmend, sah Sai seine Mutter, die immer noch dieses verdammte Katana trug, wie sie um den Treppenabsatz über ihm bog, ihr kurzes schwarzes Haar flog, als orangefarbenes Licht herunterfiel. Asche rieselte um sie herum, unterbrochen von gelegentlich größeren, fallenden Stücken. Andere Familien drängten und schoben sich hinter Sais Mutter, stolperten und fielen oder blieben aufrecht und verzweifelt. Schreie, Rufe, alles vermischte sich.

Als seine Mutter die nächste Treppe hinunterkam, erreichte sie die Menge. Schnellere und panischere Menschen drängten sie beiseite, und Sai sah, wie seine Mutter das Katana hob und es wie ein Leuchtfeuer hochhielt, um zu verhindern, dass die Leute dagegen stießen.

»Nimm es!«, rief Sais Mutter, eine Stimme, die nicht lauter als die anderen war, die Sai aber trotzdem hörte, klar und stark.

Und selbst wenn er es nicht gehört hätte, als sie das Katana zur Seite warf, eine weitere Treppe hinunter vor den Leuten, hätte Sai verstanden: Nimm das Schwert und lauf weiter.

Er nahm die Stufen schnell, hob das in der Scheide steckende Schwert auf und rannte weiter, wobei er das Training seiner Mutter nutzte, um seine Füße flink zu halten, während die Menschen hinter ihm ineinander krachten und stolperten.

Sai würde ein Dutzend Stockwerke tiefer auf seine Mutter warten, zurück in ihrer Wohnung. Der Wohnung, von der er sich bereits eine Stunde zuvor verabschiedet hatte, als das Universum nur größtenteils verrückt erschien.

Bevor sein Vater bei einem Raketenangriff auf ihre Fluchtmöglichkeit in Stücke gerissen worden war.

Keine Zeit für Erinnerungen jetzt.

Sai lief weiter, sog Luft ein, hielt das Schwert im Gleichgewicht und sprang von einer Stufe zur nächsten. Als er ihr Stockwerk erreichte, stürmte Sai durch die Tür in den Flur, der zu ihrer Wohnung führte. Hinter ihm drängte die Menge vorbei und stürmte weiter nach unten, wo der Krieg auf sie wartete.

Sai blieb im Flur stehen und starrte auf die vorbeiströmenden Menschen, das Schwert in seinen Armen. Wartend, Ausschau haltend nach seiner Mutter. Angst, Aufregung und die ersten Berührungen der Trauer durchfluteten jeden Nerv.

Seine Mutter würde diese Menge überleben. Das musste sie.

Die Zeit verging langsam, wenn man innerlich von Feuer verzehrt wurde. Sai bewegte sich nicht, atmete kaum, während sich das Virus, das Anaskya ihm injiziert hatte, ausbreitete. Auf einer flachen Pritsche, ohne Laken und mit dem geringsten Hauch eines Kissens, wechselte Sai zwischen dem Schließen seiner Augen und dem Öffnen, wenn schreckliche Träume, Verzweiflung und alles, was damit einherging, drohten, seinen Verstand zu rauben.

Sai starrte auf die grauen Stahlfliesen und verdrängte den fallenden Turm, die Menge, das Katana und alles, was damit zusammenhing. Jetzt war keine Zeit für Erinnerungen, um in sie zurückzufallen. Er musste sich konzentrieren, verstehen, was dieses Ding mit seinem Körper machte, und versuchen, einen Weg zu finden, es zu bekämpfen, oder zumindest zu sehen, was er damit anstellen konnte. Ob er fliehen konnte.

»Zeit, in Bewegung zu kommen«, sagte eine fröhliche

Stimme, und das mondförmige Gesicht eines Mannes erschien über Sais Kopf. »Spürst du es schon überall?«

»Es tut weh.«

»Gut, das wird es. Für eine Weile. Dann vielleicht nicht mehr!« Der Mann lächelte, dann runzelte er die Stirn. »Komm schon, steh auf. Zeit zu gehen.«

»Wohin?« Sai testete vorsichtig seine Beine, seinen Bauch, seine Arme. Die Muskeln waren nicht begeistert, aber sie konnten sich bewegen. Konnten zucken. »Warum?«

»Wir stellen die Fragen, du lieferst die Antworten«, erwiderte der Mann, als hätte Sai gefragt, was er zum Geburtstag bekommen würde. »Beweg dich, bitte. Oder ich werde dich bewegen, und das wird dir nicht gefallen.«

»Ich gehe ja«, knurrte Sai und schob sich zur Seite der Pritsche, wobei der große Mann Platz machte.

Die Bewegung fühlte sich an, als würde man einen Festkörper durch einen Pool schieben, wobei der Festkörper das Virus war und Sais Körper das Wasser, das darum herumschwappte. Nicht auf eine übelkeitserregende Art, sondern eher wie ein großer, heißer Radius, der sich durch Sais Blut bewegte. Aufstehen ließ den Effekt in seine Beine und darunter wandern, während seine Brust und Arme zitterten und in der plötzlichen Abwesenheit der Hitze schwitzten.

»Was passiert mit mir?«, sagte Sai. »Die Frau hat es nicht erklärt.«

Der Mondmann schlug Sai, bevor er reagieren konnte, ein harter Schlag ins Gesicht, gefolgt von einem Tätscheln auf Sais Wange, eine Lektion, die einem Kind erteilt wurde.

»Keine Fragen!«, zwitscherte der Mondmann. »Jetzt lass uns gehen. Raus aus der Zelle.«

Die Zelle zu verlassen bedeutete, in einen breiten Flur mit kreisförmigen Biegungen in der Ferne zu treten. Überall, alle paar Meter, wechselte die Wand zu massivem Glas, auf dem Symbole projiziert wurden, die die Vitalzeichen des Gefangenen, die Temperatur und den Sauerstoffgehalt der Zelle und andere Akronyme und Abkürzungen mit roten und grünen Graphen zeigten, die Sai nicht verstand.

Die Zellen waren auch versetzt angeordnet, sodass Sai nicht direkt in eine andere hineinschauen konnte. Während er dem Mondmann folgte und jeder Schritt die Seltsamkeit um seinen Körper herum verstärkte, begann Sai zu verstehen warum: Dieser ganze Prozess wäre vielleicht leichter zu ertragen, wenn man nicht mit ansehen müsste, wie jemand anderes degradiert.

Einige Zellen, an denen sie vorbeikamen, waren leer, andere nicht. Sai sah Frauen und Männer, Erwachsene, die wie er aussahen, auf ihren Pritschen liegen und mit offensichtlichen Schmerzen an die Decke starren. Andere gingen auf und ab, mit stockenden Bewegungen, während sie auf den Boden blickten. Diese waren schlimmer; sie hatten oft Hautflecken in verschiedenen Farben oder seltsame Auswüchse, die von großen Kitteln verborgen wurden.

Keiner blickte auf, als sie vorbeigingen.

Sai setzte an, eine weitere Frage zu stellen, hielt sich dann aber zurück. Der Mondmann summte eine Melodie, etwas Leichtes, das sich wie ein Werbejingle wiederholte. Abgesehen davon waren die einzigen Geräusche im Gang das ferne Brummen von Maschinen.

Keine Fenster. Keine Kunstwerke. Keine Emotionen im dunklen Stein und Stahl.

Nach zwei abgerundeten Biegungen führte der Mondmann Sai in einen Aufzug, der größer war als Sais Zelle. Sein Führer zeigte auf eine hellere Stelle am Boden, wo die Fliesen mit einem groben Weiß übermalt worden waren.

»Stell dich genau da hin und beweg keinen Muskel«,

sagte der Mondmann. »Wir machen eine Fahrt und ich will nicht, dass du dich verletzt.«

Sai schaffte es, eine Augenbraue hochzuziehen, blieb aber still und hörte auf seinen Entführer. Seine Hände juckten nach dem Katana. Irgendetwas zum Festhalten, das ihm Halt in dieser surrealen Hölle geben würde, in die er geraten war.

Sein Führer tippte etwas in einen tragbaren Computer ein, und der Boden unter Sai vibrierte ganz leicht. Als würde er in den feinsten Sand sinken, sank Sai einen oder zwei Zentimeter ein, bevor sich das Weiß – offensichtlich nicht nur Farbe – wieder verfestigte. Sai versuchte, seine Füße anzuheben, nur um zu sehen, und stellte fest, dass sie festsaßen.

»Nur zur Sicherheit«, sagte Kapitän Fröhlich. Sai beschloss, dem Mann einen Namen zu geben, sonst würde er verrückt werden, und die Stimme des Mondmanns erinnerte ihn an eine Sendung, die seine Kinder gesehen hatten, als sie jünger waren, bevor Sai dieses Planetenhopping-Leben begonnen hatte. »Festhalten!«

Der Aufzug ruckte und sie fuhren abwärts, glatt und schnell. Kapitän Fröhlich nahm während der Fahrt sein Lied wieder auf, die vielleicht fünf Minuten oder fünf Stunden dauerte, soweit Sai das beurteilen konnte. Die virale Hitze breitete sich in seinem Gesicht aus, und er kämpfte darum, seine plötzlich schweren Augenlider offen zu halten und seinen Mund nicht hängen zu lassen.

Der Aufzug hielt an und Kapitän Fröhlich führte Sai hinaus in einen weiten Raum, eine Vorhalle mit anderen Glastüren, die wer weiß wohin führten. Über den Boden verteilt, in regelmäßigen Abständen, befanden sich weitere weiße Fliesen wie die, in der Sai gefangen gewesen war und aus der er mit Kapitän Fröhlichs Hilfe im Aufzug befreit worden war.

Auf einigen dieser Fliesen standen bereits Menschen, die so benommen aussahen, wie Sai sich fühlte. Ihre Hände ruhten auf kleinen Ständern, umwickelt mit Drähten und Manschetten. Die Ständer, aus reinem Glas bis auf eine eingebettete Säule, projizierten für jeden Probanden Vitalzeichen über die Oberseite.

»Danke«, sagte Anaskya, die von einem Gefangenen herübereilte, zu Kapitän Fröhlich. »Bringen Sie bitte den Rest. Es läuft gut.«

»Einen nach dem anderen?«

»Einen nach dem anderen.« Anaskya schenkte Sai ihr geübtes geduldiges Lächeln. »Wir müssen jeden einzeln einrichten, und so ist es sicherer. Für uns alle.«

Kapitän Fröhlich erhob keinen Einwand, drehte sich um und schlenderte zurück in seinen Aufzug. Sai sah dem großen Mann nach, bis er Anaskyas Hand auf seiner Schulter spürte, die ihn zu den weißen Flecken, den Ständern, dem nächsten Schritt umdrehte.

»Du siehst recht gut aus«, sagte Anaskya.

»Fühle mich nicht so.«

»Ich bin sicher, aber sei zuversichtlich«, Anaskya führte Sai vorwärts. »Du bist in viel besserer Verfassung als die meisten unserer Probanden. Betrachte diesen hier.« Anaskya, die Sais Arm jetzt festhielt, nickte in Richtung eines älteren Mannes, der schweißgebadet und völlig abwesend wirkte. »Er hat jahrelang mit uns gearbeitet. Schreibtischarbeit, nichts wie das harte Training, das du gewohnt bist. Sein Körper kann die Veränderung nicht akzeptieren.«

»Was«, Sai konzentrierte sich auf die Worte, die er sagen wollte, als würde er durch Klebstoff sprechen, »stimmt nicht mit dir?«

Anaskya nickte und setzte die Bewegung fort: »Dir hätte gesagt werden sollen, dass keine Fragen erlaubt sind. Es stört die Stimmung. Meine Stimmung, ihre Stimmung. Das ganze Experiment ist gefährdet, wenn die Probanden die Motive hinterfragen. Bitte, nimm deinen Platz ein.«

Sie waren in der Nähe einer leeren Stelle stehengeblieben, obwohl bereits ein Glasständer davor platziert worden war, der darauf wartete, dass jemand seine Manschetten anlegte und seine Finger in die Messschlitze steckte. Wenn Sai auf dieses Podium treten würde, wäre er gefangen. In die nächste Phase geschoben, ohne irgendwelche Antworten.

Er versuchte es. Sai setzte alle Kraft ein, die er in seinen Händen und Beinen hatte, um sich umzudrehen und nach Anaskya zu greifen, sie zu packen und ihr vielleicht ein Abzeichen zu entreißen, irgendetwas, das ihn von hier wegbringen könnte.

Doch seine Muskeln reagierten nicht wie früher. Sai schnellte nicht in Aktion, wie er es hunderte, tausende Male zuvor getan hatte. Stattdessen drehte er sich halb um, und das so langsam, dass Anaskya Zeit hatte zu lachen und einen Schritt zurückzutreten. Sie ließ Sai seine Drehung vollenden und führte ihn dann, während Sai versuchte und versuchte und kämpfte, um Widerstand zu leisten, in Position.

»Keine Sorge«, sagte Anaskya, während sie ihren kleinen Computer hervorholte. »Deine Kraft wird zurückkehren. Der Virus muss erst seine Magie wirken lassen.«

Sai spürte, wie Anaskya seine Finger und Arme in die Manschetten klemmte. Sie führte jede Bewegung sanft aus, als wäre Sai eine zerbrechliche Porzellanskulptur. Und als sie fertig war, konnte Sai, während das Fieber in ihm brannte, nichts weiter tun, als in seine aufgewühlten Albträume zu versinken.

brannte, nichts weiter tun, als in seine aufgewühlten Albträume zu versinken.

8

NICHT ALLEIN

Aurora gab das Signal auf dem Weg aus der Seilbahn. Drei einzelne Fingertipps gegen ihren Neoprenanzug am Oberschenkel, und Gregor wusste, was zu tun war. Sever hatte diese stummen Signale für Hinterhalte vorbereitet, für Missionen, bei denen Stimmen abgefangen werden konnten. Dieses hier, das Schneiden, war für den Einsatz mit ihrer Rüstung konzipiert, für eine schnelle Drehung und einen Schlag mit dem Hammer oder einen Schuss mit dem Gewehr.

Ohne beides, feucht im engen Neoprenanzug, benutzte Gregor die Waffen, die ihm immer zur Verfügung standen. Obwohl er beim Drehen auf dem nassen Bürgersteig etwas ausrutschte, konnte sein verfolgtes Ziel keinen Halt finden, um auszuweichen, sodass Gregor den armen Mann mit seinem schweren Schwinger zu Boden geschickt hatte.

Und jetzt rannte Gregor. Über die schräge Straße – eine Herausforderung für sich mit der rutschigen Oberfläche – nach links und weg von Rovo und Aurora. Der ganze Zweck des Schneidens lag darin, die Aufmerksamkeit von Severs anderen Mitgliedern abzulenken und ihnen die

Möglichkeit zu geben, einen umgekehrten Hinterhalt zu legen. Zumindest hoffte Gregor, dass das passierte; ohne ihre Rüstung hatten Gregor, Aurora und Rovo keine Möglichkeit, aus der Ferne miteinander zu sprechen.

Als er um die Kreuzung bog, dieselbe, an der sie die Seilbahn verlassen hatten, ging Gregor nach rechts und blieb dabei, brach zwischen den Leuten durch und bemerkte den allmählichen Wandel der Gebäude von konzentriertem Wohn-, Restaurant- und Freizeitbereich zu Unternehmen mit Firmenlogos. Im Gegensatz zu den meisten Städten trugen jedoch all diese Fenster das gleiche Ecklogo, diese sich drehende Helix.

Durch den Kern des Feindes zu sprinten schien nicht klug, also verlangsamte Gregor sein Tempo, was ihm Blicke von vorbeigehenden Menschen einbrachte, aber keine weiteren Folgen hatte. Typisch für einen angsterfüllten, verzweifelten Ort; jeder hatte zu viele Probleme, um sich noch einem weiteren zu stellen. Beim Gehen wischte er den Schweiß weg und versuchte, in einer geraden Linie weiterzugehen. Im Idealfall würde jede Verfolgung hinter ihm herfallen, dann würden Rovo und Aurora hinter *ihnen* herfallen und sich um den Feind kümmern.

Nur sah Gregor seine Kameraden nicht. Sah auch keine Feinde. Die nassen Straßen waren nicht überfüllt, aber die Stunde musste sich dem Mittag nähern, denn all diese Bürotüren glitten auf und spuckten schwatzende, grimmige Menschen aus.

Zwei Möglichkeiten also. Entweder zurückgehen, versuchen, Auroras Schritte zurückzuverfolgen und herauszufinden, wohin sie gegangen war, oder weitergehen und hoffen, dass sie früher oder später auftauchten. Zurückzugehen riskierte, wieder gefunden zu werden, aber vorwärts zu gehen würde ihn in die gleiche Situation wie Sai und Eponi bringen: isoliert und allein in Feindesgebiet.

»Hör nicht auf zu gehen«, die geflüsterten Worte trafen Gregors Ohren von hinten, und im Fenster zu seiner Linken erblickte er eine Frau, die gerade ihr Gebäude verlassen hatte.

In einem durchsichtigen Plastikponcho gekleidet, sah sie genauso lächerlich aus wie alle anderen auf der Straße und schien etwa halb so groß wie Gregor zu sein, aber sie blieb dicht hinter ihm, eine Hand in einer Tasche verschwunden.

Könnte ein Bluff sein. Ohne Rüstung wäre es jedoch riskant, die Frau darauf anzusprechen, und wer wusste, wie viele Verbündete sie unter den triefenden Menschen hatte, die vorbeigingen. Gregor konnte es mit den Besten aufnehmen, aber selbst er hätte möglicherweise Schwierigkeiten, ein paar Dutzend auf der rutschigen Straße niederzuschlagen.

Also ging er. Einen Fuß vor den anderen. Sagte kein Wort, weil er bezweifelte, dass die Frau ihn hören würde, ohne dass Gregor laut genug sprach, um in der Menge gehört zu werden.

Nach einem Block sagte sie Gregor, er solle links abbiegen. Nach einem weiteren rechts. Dann geradeaus für zwei weitere, bevor sie an einem Ort landeten, den Gregor nicht zu sehen erwartet hatte, von dem er nicht erwartet hatte, dass er existierte.

Ein DefenseCorp-Gebäude. Genau hier, das DC-Logo gepaart mit dem Helix-Logo in einer vereinten Anstrengung. Die Frau führte Gregor direkt zum Eingang, von außen verschlossen.

»Mach keine Bewegungen«, sagte die Frau, trat dann um Gregor herum und strich mit ihrem Handheld über die

Tür. »Geh rein.«

Völlig verwirrt folgte Gregor den Anweisungen. Soweit er wusste, könnte diese Frau jetzt seine Chefin sein. Könnte weiter oben auf der Leiter stehen als Aurora, in der Lage, ihn auf der Stelle zu feuern. Nicht dass die Anstellung Gregor auf diesem Planeten viel nützte, aber Karriereangst zu einer ohnehin schon katastrophalen Mission hinzuzufügen, würde nichts verbessern.

Drinnen erkannte Gregor, dass dies kein Geschäftsbüro war. Kein Verbindungsraum, wo DefenseCorp Verträge unterzeichnen und Verwaltungsarbeit erledigen konnte.

Gestapelte Kisten, alle verschlossen, lagen im weiten Eingangsbereich herum. Billige, graue Plastiktische füllten den Rest aus, belegt mit aktiver Ausrüstung. Türen, verschlossen mit diesen schwarzen Scannern, teilten die Wände, zweifellos führten sie zu weiteren Lagerräumen. Mehrere Punkte ragten von der Decke herab, Geräte, die Gregors Bewegungen verfolgen und auf Befehl kleine, tödliche Energiestrahlen abfeuern konnten.

Gregor hatte solche Arsenale schon früher gesehen. Abgeworfen an Orten, wo DefenseCorp einen Profitvorteil darin sah, Vorräte einsatzbereit zu haben. Wenn zum Beispiel Missionen zur Normalität werden sollten. Wenn ein Planet ein gewalttätiges Chaos war.

Wie Dynas.

»Du solltest nicht hier sein«, sagte die Frau und trat um Gregor herum. Bevor sie ihren Poncho auszog, drückte sie etwas auf ihrem Handheld, das die Fenster verdunkelte und die Vordertür verriegelte. »Wer hat dich geschickt?«

»Wer mich geschickt hat?«, sagte Gregor, während er immer noch seinen Blick über die Vorräte schweifen ließ. Keine Rüstung. Entweder rechtfertigte das einen eigenen

Raum, oder dieses Arsenal gehörte zu einer anderen DefenseCorp-Abteilung. »Warum bist du hier?«

»Geschäftlich«, antwortete die Frau, faltete ihren Poncho zusammen und legte ihn auf einen nahegelegenen Tisch.

Ohne den Poncho offenbarte die Frau, wie es sein musste, langfristig auf Dynas zu leben und zu arbeiten. Sie trug ihr dunkles Haar kurz geschnitten, ihre dunklere Haut weich und faltig, obwohl Gregor sie nicht für so alt hielt. Höchstwahrscheinlich die schwere Luftfeuchtigkeit. Unter dem Poncho trug sie aggressive Sportkleidung, wie Gregor und die anderen sie zwischen den Missionen im Weltraum trugen, nur dass dieses Set Fransen und Flecken von starker Benutzung aufwies.

»Ich auch«, erwiderte Gregor.

»Wirklich?«, sagte die Frau und verschränkte die Arme. »Denn ich dachte, du wärst nur hier, um Lärm zu machen. Die Leute aufzuwiegeln. Mich in Schwierigkeiten zu bringen.«

Gregor nahm die gleiche Haltung ein. Wenn sie Konfrontation wollte, konnte Gregor liefern.

»Wir sind gekommen, weil wir darum gebeten wurden«, sagte Gregor. »Was sollten wir tun, als diese Leute versuchten, uns zu töten? Wir wurden nicht gewarnt.«

»Weil ich nicht wusste, dass ihr kommt.«

»Nicht meine Schuld.«

Die Frau schüttelte den Kopf, drehte sich um und ging, Gregor mit einer Handbewegung auffordernd ihr zu folgen, an den Waffenkisten vorbei zur mittleren Hintertür und scannte sich durch. Hinter der imposanten Barriere war ... ein Zuhause?

Nach so langer Zeit auf der *Nautilus*, zwischen den

Sternen surfend mit nur kurzen Einsätzen auf Planetoiden voller Action, hatte Gregor fast vergessen, wie es aussah, einen langfristigen Wohnort zu haben, der größer als ein Schlafzimmer war.

Hier, mit einer weißen Treppe, die zu einem Loft führte, befand sich eine kleine Wohnung. Auf der einen Seite stand eine Kochnische mit einem winzigen Tisch für zwei unter der Treppe und weiter hinten ein recht gemütliches Wohnzimmer, das von einem brummenden Luftentfeuchter dominiert wurde. Einem, der, an seinem bunten Äußeren erkennbar, bemalt worden war.

Farbe war tatsächlich überall; auf gerahmten Leinwänden an den Wänden, an den Wänden selbst, dem gefliesten Boden und der Decke. Einige Stellen sahen aus, als wären sie noch in Arbeit, andere, als würden sie übermalt werden, und das nicht zum ersten Mal.

»Komm rein«, sagte die Frau. »Ich will nicht, dass jemand anderes reinkommt und dich sieht. Nicht, bis ich weiß, ob du tot oder lebendig sein solltest.«

»Wenn ich in Ihr Zuhause komme, sollte ich Ihren Namen kennen«, sagte Gregor. »Ich bin Gregor, und Sie sind?«

»Lani genügt«, sagte die Frau. »Und ich mache keine Witze. Komm rein.«

Gregor riskierte einen Blick zurück, sich fragend, ob irgendein Feind Lanis Dringlichkeit verursacht hatte. Nichts war in die Lobby gekommen, niemand versuchte, die Tür zu öffnen, aber Lani hatte trotzdem einen kampfbereiten Gesichtsausdruck, also fügte sich Gregor und ging, mit nassen Stiefeln und allem, in ihre Wohnung.

Nachdem sie die Tür geschlossen und sowohl digital als auch manuell verriegelt hatte, befahl Lani Gregor, diese Stiefel auszuziehen und dann zum Sofa zu gehen, wobei er die Hände die ganze Zeit über sichtbar halten sollte.

Dann bot sie ihm etwas Wasser an.

»Ich glaube, ich werde hier nie durstig sein«, sagte Gregor.

»Ja, das ist alles draußen. Du musst trotzdem hydratisiert bleiben.« Lani nahm zwei Gläser aus einem Schrank, füllte sie am selben Zapfhahn, reichte eines Gregor und nahm einen langen Schluck aus dem anderen. »Es gibt eine Million Arten, auf dieser verdammten Welt zu sterben. Es wäre ziemlich dumm, wenn du Wasser die eine sein lässt.«

»Da hast du nicht unrecht.«

»Also erzähl mir deine Geschichte«, sagte Lani. »Und mach sie gut, denn ich möchte dich nicht töten, während du auf meinem Sofa sitzt. Das sind gute Kissen.«

Die Kissen, gebräunt und weich, waren definitiv von hoher Qualität, und Gregor respektierte solide Handwerkskunst, also erzählte er Lani das Nötigste darüber, warum Sever nach Dynas gekommen war. Der Anruf, die Landungsabfangaktion und die Straßenbahn in die Stadt. Nichts über Felix, nichts darüber, dass Sai und Eponi verschwunden waren.

Lani schien nicht der Feind zu sein, aber jemandem außerhalb von Sever zu vertrauen, war ein schlechter Zug.

»Hast du es dann gesehen?«, fragte Lani, als Gregor fertig war.

»Was gesehen?«

»Was sie hier machen. Mit den Viren.«

Felix, größtenteils von Schimmel überzogen, und seine Sklaven kamen schlagartig zurück. Gregors Sprung in die Biomasse, um Rovo zu retten. Das anhaltende Gefühl, dass es eine schlechte Entscheidung gewesen war, den Außenposten nicht niedergebrannt zu haben.

»Ich habe es gesehen.«

»Dann weißt du, warum wir hier sind«, sagte Lani.

»Um es zu zerstören?«

»Um es zu beobachten«, erwiderte Lani. »Viele Unternehmen sind an Dynas interessiert, an dem, was sie hier vorhaben. Wenn sie es richtig hinbekommen, sagen sie, müssen Menschen einen Planeten nicht mehr terraformen, bevor sie ihn einnehmen. Einfach die richtigen Leute hinschicken. Was für eine perfekte Zukunft.«

Gregor nahm das gelassen hin. Dynas war nicht die erste DefenseCorp-Mission gewesen, die er mit genetischen Manipulationen im Hintergrund unternommen hatte. Diese waren alle in feurigen Zerstörungen geendet, und angesichts dessen, was Gregor bereits gesehen hatte, wettete er, dass DefenseCorp bald nach dieser Mission eine Reinigungsflotte nach Dynas schicken würde.

»Sie scheitern«, sagte Gregor. »Was wir gesehen haben, war eine Krankheit, keine Verbesserung.«

»Wie all die anderen«, sagte Lani stirnrunzelnd. »Früher ließ Helix uns wissen, wenn etwas scheiterte. Ließ uns aufräumen. Jetzt sind sie nicht mehr so nett. Ich glaube, sie wissen, dass ihnen die Zeit davonläuft.«

»Wegen unserer Mission?«

»Bist du blind, Mann?« Lani gestikulierte in Richtung ihrer Tür. »Siehst du diese Leute da draußen? Niemand glaubt mehr daran. Niemand will auf diesem nassen Felsen sein. Helix braucht einen Durchbruch, oder alle werden kündigen, und du kannst nicht so viele Leute zum Schweigen zwingen.«

»Wenn all das wahr ist und Sie sie beobachten sollen, warum haben Sie mich dann gefunden?«, fragte Gregor.

Er hatte nicht gedacht, dass Lani noch finsterer dreinblicken, ihre Augen noch wütender werden könnten, aber Gregor hatte sich geirrt.

»Weil wir zurückgelassen werden«, sagte Lani. »Helix gibt uns keine Informationen mehr, und sie haben die Sicherheit verstärkt. DefenseCorp hat uns gerade neue Befehle gegeben, und du wirst mir helfen, sie auszuführen.«

»Warum sollte ich das tun?«

»Weil ich, wenn du es tust, dafür sorgen werde, dass dein Trupp sein Schiff von diesem verfluchten Felsen bekommt.«

9

EINGEZOGEN

Das Geiselfrühstück stellte sich als ziemlich gut heraus - obwohl es später als ihr üblicher Ausflug durch Eier und Toast war, entschied Eponi, dass Zeit keine Bedeutung hatte, da sie keine Kontrolle darüber hatte, wie sie sie verbringen konnte. Ben plapperte während der gesamten Mahlzeit vor ihrem Gesicht, stellte gelegentlich Fragen über die Rennstrecken, bevor er in einen weiteren langen Monolog darüber verfiel, wie, wenn man ihm erlaubt hätte, die Rennfahrzeuge zu entwerfen, Eponi nie abgestürzt wäre. Niemand würde es, und die Dinge wären so viel besser.

Während Ben tief in sein eigenes Ego eintauchte, ließ Eponi ihren Blick durch die Cafeteria schweifen, ein Raum, der groß genug für mehrere hundert Menschen war und auch so viele beherbergte, aber für diese Anzahl viel zu leise war. Die DefenseCorp-Kantinen, die Eponi erlebt hatte, waren gefüllt mit prahlenden Soldaten, plaudernden Führungskräften und scherzenden Buchhaltern. Die Leute würden an den Tischen Spiele spielen oder Strategien für den nächsten Simulatorlauf ausarbeiten. Hier schien der

Standardausdruck, selbst wenn die Leute einander gegenübersaßen, der leere Blick zu sein, der verlorene Blick ins Nirgendwo.

An den Wänden der Cafeteria und verstreut über die Korridore des Turms waren Poster in Vintage-Kunststilen zu sehen, die noch zu vollbringende Wunder durch Helix darstellten. Die meisten zeigten Planeten oder Asteroiden, die eine menschliche Überarbeitung erhielten, aber ohne die sperrigen Anzüge und unterstützenden Schiffe, die für die Kolonisierung erforderlich waren. Über ein Lautsprechersystem wurden sanfte, ambiente Töne gespielt, unterbrochen von Durchsagen, die diesen oder jenen zu diesem oder jenem dirigierten. Niedrige Technik-Systeme - DefenseCorp würde alle Befehle direkt an dein Gerät senden - aber angesichts des seltsamen Status hier, war das vielleicht das, womit Helix arbeiten musste.

Nach der Mahlzeit wusste Eponi nicht, was sie erwarten sollte. Hatte Ben einen Verräter-Zeitplan? Eine Liste, die er durchgehen musste, bevor er seine Freunde zurückließ?

Angenommen, Ben hatte überhaupt welche.

»Wir gehen zu den Hangars«, sagte Ben, als Eponi fragte. »Du hast schon einen gesehen.«

Er lieferte das Letzte mit einem Zwinkern, das Eponi zum Kotzen brachte.

»Warum gehen wir dorthin?«, versuchte Eponi, als sie zurück zu den Aufzügen gingen.

»Warum sollten wir eine Pilotin zu den Schiffen bringen?«, erwiderte Ben. »Keine Ahnung, Eponi. Wirklich keine Ahnung.«

Sie wollte den Sarkasmus zurückschlagen, sagen, dass sie verdammt noch mal verstanden hatte, was in den Hangars war, du Stück Dreck, aber dass es keinen Sinn ergab, einen Feind in ein Schiff zu setzen, das so vielen schaden könnte. Eponi hatte bereits einen Skiff zum Absturz gebracht, um ein Zeichen zu setzen, ein großes Shuttle würde nur Schlimmeres anrichten.

»Also, wann hast du dich zum ersten Mal entschieden, Rennfahrerin zu werden?«, fragte Ben, während sie auf den Aufzug warteten. Er lutschte an etwas, das wie ein Lutscher aussah, aber Eponi vermutete, dass das krause, weiße, eindeutig nicht nach Süßigkeit aussehende Ding etwas ganz anderes bewirkte.

»Wann entscheidet sich jemand für eine Leidenschaft?«, sagte Eponi. »Als ich ein Kind war.«

»Richtig, richtig, aber ich meine, wann bist du tatsächlich drangegangen?«

»Als ich die Chance hatte«, sagte Eponi.

Es gab Leute, denen sie nichts dagegen hätte, ihre Lebensgeschichte zu erzählen. Wie zum Beispiel allen Nachrichtensendern, die über den Rennzirkus und seine Fahrer berichteten. Sie wollte Ben nichts geben, der weiterhin alle ihre Sinne mit gruseligen Alarmglocken erfüllte. Keine Seele in der Cafeteria war gekommen, um mit ihm zu reden, keiner hatte Ben ein Hallo zugerufen, als sie vorbeigegangen waren, und der Mann hatte die ganze Zeit sein albernes Lächeln beibehalten.

Eponi hatte Filme gesehen. Dieser Typ erfüllte jedes Klischee.

Zumindest verstand er den Wink und blieb ruhig, bis der Aufzug sie zum Landedeck brachte. Anders als der Hangar, in den Eponi den Skiff gesprengt hatte, sah diese Etage unbeschädigt aus. Sie sah auch Skiff-los aus, gedacht für größere Transporter. Die Schiffe, die Waren hinauf zu den Sternen und zurück bringen würden.

Mehrere füllten den Hangar gerade jetzt, alle die gleichen zweimotorigen, oval geformten Frachter, gebaut für kurze Systemsprünge und begrenzte längere Reisen. Angesichts von Helix' offensichtlichem Wunsch, sich geheim zu halten, war Eponi nicht überrascht, diese Art von Schiffen hier zu sehen: schwer zu entkommen, wenn nichts in der Nähe ist, das dazu fähig wäre.

Wenn die Cafeteria trostlos und lethargisch gewesen war, bewegten sich die Menschen hier zumindest zielgerichtet. Sie leiteten Frachtdrohnen über den schwarz gestrichenen Boden unter breiten, weißen Lichtern zwischen riesigen Öffnungen an den Seiten des Turms, die durch dasselbe mikroskopische Nano-Netz, das die Stadt selbst verhüllte, einigermaßen geschützt waren. Ein Schiff wurde gerade beladen, jede Kiste wurde sorgfältig in hochwertigen, silbern ausgekleideten Boxen an Bord gebracht.

»Ihr verschickt empfindliches Zeug«, sagte Eponi, als sie aus dem Aufzug kamen.

»Weißt du nicht, was wir hier machen?«, erwiderte Ben. »Alles medizinisch, alles genetisch. Natürlich ist es empfindlich.«

»Tut mir leid, ich hatte vergessen zu erwähnen, dass es mich nicht interessiert.«

Es interessierte sie schon, aber Desinteresse vorzutäuschen, um Ben vom Reden abzuhalten, war so ziemlich die einzige Karte, die Eponi noch ausspielen konnte. Nicht, dass es funktionierte.

»Keine Sorge, ich werde dir trotzdem alles darüber erzählen.« Ben zeigte auf das Shuttle, das gerade beladen wurde. »Das ist unseres.«

»Unseres?«

»Jap. Wir machen heute eine Lieferung. Kunden holen eine Bestellung ab.«

Eine Bestellung wovon? Ein Virus, das Menschen in

diese Monster verwandelt, gegen die Sai kämpfen musste? Das seine eigenen Wissenschaftler in Badezimmern durchdrehen ließ? Wer würde so etwas kaufen?

Zu viele Fragen, zu wenige Antworten, und Eponi vermutete, dass Ben Letztere nicht preisgeben würde. Trotzdem folgte sie ihm zum Shuttle, die Rampe hinauf und in die beengten bewohnbaren Quartiere.

Anders als das Landungsschiff, das für schwere Panzer-Transporte gedacht war, hatte dieses Shuttle Fracht im Sinn. Ein wenig Platz für die Besatzung, maximal für Fracht, der Wohnbereich des Schiffs verdichtet auf drei mit Pritschen gefüllte Räume, einen einzigen kreisförmigen Aufenthaltsraum mit einem vorgefertigten Mahlzeitenbereiter und dann den kurzen Flur zum Cockpit. Keine Schnörkel, kein Luxus, nur Fokus.

Ben bemühte sich nicht um eine Führung, und Eponi fragte nicht danach. Sie hatte diese Modelle schon früher gesehen, obwohl DefenseCorp im Allgemeinen auf befriedete Weichei-Schiffe verzichtete. Nicht aggressiv genug, nicht vielseitig genug in ihren Anwendungen. Wenn man nicht ein Dutzend Geschütztürme anbringen konnte, sagte DefenseCorp, wozu sich dann die Mühe machen?

Das Cockpit allerdings spiegelte das des Landungsschiffs wider. Standard-Doppelpilotenaufbau, mit Steuerknüppeln und Bildschirmen, die jede Oberfläche außer der Decke bedeckten, wo manuelle Hebel für jedes System die Gegenstücke auf dem Bildschirm absicherten. Redundanz bedeutete Überleben im Weltraum, und als Ben den Co-Pilotensitz einnahm und Eponi andeutete, auf den Hauptsitz zu rutschen, fragte sie sich, ob er tatsächlich vorhatte, sie zu unterstützen. Ob er wirklich beabsichtigte, dass Eponi fliegen sollte.

»Was machen wir hier?«, fragte Eponi. »Warum sitze ich auf diesem Platz?«

»Weil, und hier ist die Wahrheit, Eponi«, Ben schüttelte seinen Kopf so weit, dass jegliche Aufrichtigkeit davonflog. »Es gibt hier nicht mehr genug Piloten. Wir haben einige verloren. Sie nehmen entweder eines dieser Schiffe und fliehen einfach, oder, nun ja, Unfälle.«

»Was für Unfälle?«

»Die Art von Unfällen, die wir nicht haben werden«, Ben nickte zum Frontfenster hinaus, wo eine weitere Frachtladung auf dem Weg zur hinteren Bucht des Shuttles war. »Wir haben viel darüber gelernt, wie man dieses Zeug transportiert und sicherstellt, dass es sich nicht im Vakuum löst. Jetzt ist alles völlig in Ordnung.«

»Versuchst du, mich zu beruhigen oder dich selbst?«

Ben lachte, was Eponi überhaupt nicht half. Nicht dass es eine Rolle spielte, was Ben sagte. Der Mann schien wirklich vorzuhaben, sie ein Shuttle fliegen zu lassen, was bedeutete, dass Eponi die Kontrolle über ein Schiff haben würde. Eine Möglichkeit, von diesem Planeten wegzukommen, für immer von ihm weg.

Sie hatte Sever im Stich gelassen. Sai gerettet und ihn ausgeliefert. Soweit sie wusste, könnten Aurora und die anderen bereits tot sein. Diese Basis war voller Helix-Wachen gewesen. Aurora, Gregor und ein Neuling? Keine guten Chancen.

»Das ist also die Geschichte«, sagte Ben. »Wir werden hochfliegen, uns mit einem Partner treffen und die Container ausliefern. Wenn du dich bei diesem Einsatz bewährst, rate mal, dann vertrauen wir dir ein bisschen mehr. Ich weiß, es scheint verzweifelt, da du noch vor einem Tag für den Feind gearbeitet hast, aber hey, wir sind hier alle verzweifelt.«

»Klingt immer noch verrückt.«

Ben lächelte, dann verschob er sich ein wenig, zog sein Hemd mit der Hand hoch und hob den Saum gerade genug, um den hervorstehenden Griff eines Mikrolasers zu zeigen.

»Eponi, wir leben in verrückten Zeiten. Du wirst tun, was ich sage, oder ich werde dich erschießen und es an einem anderen Tag wieder versuchen«, sagte Ben. »Sie werden das Laden beenden, wir bekommen grünes Licht, und dann wirst du eine tolle Lieferung machen. Schön einfach.«

Eponi verdrehte die Augen, eine Geste, die Ben zum ersten Mal aus der Fassung zu bringen schien.

»Wenn du wüsstest, wie oft mir schon Waffen ins Gesicht gehalten wurden«, erwiderte Eponi. »Du willst, dass ich dieses Schiff fliege, gut. Du willst deine Krankheit an jemanden liefern, cool. Was auch immer. Ich bin nicht hier, um ein Held zu sein. Ich bin hier für das Geld. Ich bin hier, um zu leben. Also steck deinen Laser weg und lass uns das erledigen.«

10

SCHMUTZIGE GEHEIMNISSE

Als Kashmal seine Vorstellung während der zweiten Runde beendet hatte, als er fertig damit war zu erklären, welche Katastrophen auf Dynas im Gange waren, begann Rovo das Gefühl zu bekommen, als wären sie in einen Witz geraten; was bekommt man, wenn zwei Soldaten und ein Gentechniker in eine Bar gehen?

Eine interstellare Krise.

Okay, an der Pointe musste noch gearbeitet werden. Rovo spielte damit herum, während Kashmal sie aus der Bar führte und mit leicht wackeligem Gang zurück zu seiner Wohnung in einem hohen Gebäude zwei Blocks weiter brachte. Obwohl Rovo es aufgrund der ständigen ockerfarbenen Töne am Himmel und der feuchten Stadt nicht erkennen konnte, verriet ihm die Uhr seines Handgelenkcomputers, dass die Zeit in den Nachmittag übergegangen war.

Obwohl DefenseCorp Sever keinen Zeitplan für diese Mission gegeben hatte – was leicht zu machen war, wenn

Sever seine eigene Mitfahrgelegenheit vom Planeten finden musste –, war ein erfolgreicher Abschluss tendenziell umso unwahrscheinlicher, je länger die Dinge dauerten. Besonders da der Feind wusste, dass Sever es in die Stadt geschafft hatte.

Obwohl Gregors Trick seinen Zweck erfüllt hatte. Der Bug hielt Rovo über die Polizeiarbeit in der Stadt auf dem Laufenden, sowie über die verschiedenen Schnipsel, die von geheimeren Kräften gesendet wurden, und keine hatte gute Anhaltspunkte für Severs Aufenthaltsorte. Es schien, als gäbe es genug andere Probleme in der Stadt, wie einen großen Protest am Haupteingang des Turms. Augen beobachteten, aber inmitten der sich bewegenden Menschenmassen in Tauchanzügen blieb Sever ungesehen.

Kashmals Gebäude entbehrte des Feinschliffs, den Rovo von jemandem erwartet hätte, der an der Gestaltung der nächsten Version der Menschheit beteiligt war. Schwarze Ziegelsteine zogen sich zehn Stockwerke nach oben, bevor sie in einem Metallüberhang endeten, der die Feuchtigkeit in einem ständigen, schmalen Wasserfall an den Seiten hinunterschoss. Kashmal, seinen Koffer in der einen Hand und eine ID-Karte wie die, die Rovo gestohlen hatte – und immer noch in seiner Tauchanzugtasche hatte – in der anderen, piepste sie hinein.

»Tut nicht so, als wärt ihr nicht beeindruckt«, sagte Kashmal, als sie in eine Lobby voller Briefkästen, grünlicher Fliesen und sonst nichts hineingingen.

»Das wird kein Problem sein«, antwortete Aurora.

Ein tropfender Aufzug brachte das Trio in den achten Stock, und Kashmal führte sie zu seiner Wohnung, einer Eckwohnung. Ob eine Eckwohnung auf Dynas etwas bedeutete, hatte Rovo keine Ahnung.

Allerdings bewies Kashmal beim Öffnen seiner Wohnungstür, dass er sich keine grundlegende Hygiene leisten konnte. Essensreste unbekannter, vielfältiger Herkunft machten sich in einer erstickenden Welle bemerkbar, die Rovo zurück in den Flur trieb, um noch einen feuchten Atemzug zu nehmen, bevor er in Kashmals brutale Sauna hinabstieg.

»Ah, letzte Nacht«, sagte Kashmal, während er durch seine eigene Wohnung wanderte und zufälligen Müll in einen Eimer schob, den er neben der Tür aufgehoben hatte. »Die Dinge waren nicht allzu gut, und alles verfällt so schnell auf diesem verdammten Planeten.«

»Die Dinge waren nicht so gut?«, sagte Rovo und nahm die verzweifelte Lage von jemandem wahr, der schon lange die hygienischen Dinge des Lebens aufgegeben hatte. »Was ist passiert?«

Jenseits der verstreuten Verpackungen und Essensreste flackerte die Wohnung dem Tageslicht entgegen, als Aurora, um Kashmal herumschreitend, begann, schwere Jalousien hochzuziehen und Fenster einen Spalt zu öffnen. Ein schlechter Zug für die Geheimhaltung, aber ein notwendiger fürs Überleben.

Ein Wohnzimmer, eine Küche, ein kurzer Flur zu einem Badezimmer und, laut Kashmal, zwei Schlafzimmer reichten für den Grundriss. Nichts hatte es an die Wände geschafft, außer seltsam gefärbten Flecken hier und da. Rovo berührte einen, sein Finger kam feucht zurück, und er runzelte die Stirn. Schimmel schien auf einem Planeten wie Dynas unvermeidlich zu sein, aber das bedeutete nicht, dass Rovo es mögen musste.

Während Aurora damit begann, Kashmal zu befragen, gab sie Rovo hinter Kashmals Rücken ein Signal, eine einfache Geste mit zwei auf den Boden zeigenden Fingern.

Geh herum, sagte Aurora, und mach es leise. Ein einzelner Finger hätte Rovo dazu gebracht, Türen einzutreten und sich auf einen Kampf vorzubereiten.

Von der Küche aus, einer trostlosen Angelegenheit mit einem kleinen Kühlschrank und zwei Nahrungszubereitungsmaschinen auf einer verschmierten grauen Arbeitsplatte, ging Rovo zurück in den Flur. Warf einen Blick ins Badezimmer, das brauchbar aussah. Rovo betrachtete lange den Schrank über dem Waschtisch des Badezimmers und fragte sich, wie viele Pillen er darin wohl finden würde. Seine Abneigung, irgendetwas in dieser verdammt schmutzigen Wohnung zu berühren, hielt seine Hände jedoch an seinen Seiten.

Zum hinteren Teil hin endete der Flur mit zwei Türen. Eine offen zu dem, was wie Kashmals durcheinander gebrachtes Schlafzimmer aussah. Zumindest war an diesem Fenster die Jalousie hochgezogen und gab dem mit einem Laken bedeckten Bett etwas Licht. Die Tür des anderen Zimmers war geschlossen, ein altmodischer Knauf mit physischer Schlüsselkombination blickte Rovo an.

Wie lange war es her, dass Rovo so ein Schloss gesehen hatte? Jeder benutzte jetzt elektronische, die leichte Abnahme der Sicherheit wurde durch die gewonnene Bequemlichkeit wettgemacht, immer den 'richtigen' Schlüssel in der Tasche, in deinem Computer, griffbereit zu haben.

Rovo blickte den Flur hinunter, sah niemanden kommen, um nach ihm zu sehen, und streckte dann die Hand aus, um den Türknauf zu berühren. Versuchte, ihn ganz leicht zu drehen, und die Bewegung stoppte abrupt. Also verschlossen. Rovo versuchte, den Knauf in die andere Richtung zu drehen, nur um sicher zu gehen.

Dort steckte er auch fest.

Warte.

Rovo drehte den Knauf zurück in seinen verriegelten Bereich. Fühlte das Wackeln wieder. Diesmal, als er den Knauf nach links drehte, begann das Wackeln sofort. Nicht hektisch, aber wie jemand, etwas, das Hallo sagte. Durch das Metall kommunizierte.

Rovo trat zurück, ließ den Knauf los. Starrte die Tür an. Er könnte sprechen, fragen, ob da etwas drin sei, aber das würde Auroras Regeln für einen leisen Rundgang brechen. Neugier konnte Rovo weit tragen, aber seine Kommandantin bei einer Mission zu übergehen, die bereits so weit aus dem Ruder gelaufen war, ging für den Neuling zu weit, also drehte er sich um und ging zurück ins Wohnzimmer.

»Also wenn ich dich richtig verstehe«, sagte Aurora gerade, als Rovo zurückkam. »Du willst zur Arbeit gehen, obwohl wir hier sind, um dich zu retten?«

»Ich sehe hier keine Rettung«, Kashmal lehnte sich gegen seine Theke, während Aurora stehen geblieben war. »Ich sehe zwei Söldner in Tauchanzügen, ohne Waffen oder Schiffe. Ich habe, was ich in diesem Koffer brauche, aber ihr habt euren Teil nicht bereit. Bis das passiert, muss ich den Schein wahren. Arbeit zu erledigen.«

»Und was sollen wir dann deiner Meinung nach tun?«

»Vielleicht euren Job?«, sagte Kashmal. »Ich bezahle DefenseCorp für eine Rettung, nicht für die Gelegenheit, Babysitter zu spielen. Es ist gerade nach dem Mittagessen. Ich bin heute Abend wieder hier. Ihr holt euer Schiff, trefft mich hier oder schickt mir eine Nachricht.«

Aurora verdrehte die Augen in Richtung Rovo, während Kashmal sich daran machte, seinen eigenen Poncho wieder anzuziehen. Rovo zeigte ihr drei Finger, was eine erfolgreiche Suche andeutete, bei der etwas Interessantes gefunden wurde. Vier hätte missionskritisch bedeutet, fünf gefährlich.

»Kashmal«, sagte Aurora, den Blick auf Rovo gerichtet. »Wo arbeitest du?«

»Drüben im Helix-Turm«, antwortete Kashmal, während er seine Stiefel anzog. »Dort gehen alle hin, die am genetischen Teil arbeiten. Damit sie uns im Auge behalten können.«

»Dann komme ich mit dir.«

»Oh, ist das dein großartiger Plan?«, lachte Kashmal. »Einfach zum Feind spazieren und reinmarschieren? Sie werden dich töten und mich dann foltern.«

»Das wird nicht passieren«, erwiderte Aurora. »Wir werden schon klarkommen. Ich werde nicht mit dir reingehen, du bringst mich nur nah genug ran, damit ich den Rest erledigen kann.«

»Und was ist mit deinem Freund hier? Wird er sich uns bei unserer gemeinsamen Zerstörung anschließen?«

»Ich bleibe«, sagte Rovo, der Auroras Spiel erriet. »Du hast gesagt, dein Material ist in diesem Koffer? Dann macht es Sinn, ihn zu beschützen.«

Kashmal schien zum ersten Mal unsicher. Keine schlagfertige Antwort kam über seine Lippen, stattdessen warf er einen nervösen Blick in Auroras Richtung, als hoffte er, die Kommandantin würde ihren Kameraden überstimmen und das Trio zusammenhalten. Als Aurora nickte, runzelte Kashmal die Stirn.

»Bist du sicher, dass das der beste Weg ist?«, fand Kashmal seine Worte wieder. »Meine Wohnung ist sehr sicher. Niemand vermutet sie.«

»Weil sie zu eklig ist, um sich die Mühe zu machen, sie zu durchsuchen?«, sagte Rovo.

»Vielleicht!«, sagte Kashmal. »Aber versuch mal, einen Ort auf Dynas sauber zu halten. Diese ganze Welt ist Verrottung.«

Als er sah, dass keiner der beiden Sever nachgab, gab Kashmal klein bei, willigte ein und führte Aurora unter einigem Gemurre darüber, nicht in seinen Sachen herumzuwühlen, aus der Wohnung und weg.

Rovo zählte bis fünfzig, wartete darauf, dass Kashmal hereingestürmt käme und behauptete, etwas vergessen zu haben, aber der Mann tauchte nie auf. Aurora auch nicht. Rovo, der Neuling, war ganz allein auf einer feindseligen Welt, in einer feindseligen Stadt, mit einer, offen gesagt, feindseligen Wohnung um ihn herum.

»Zeit herauszufinden, wie feindselig«, murmelte Rovo.

Zuerst nahm er Kashmals Koffer und schob das silberne Metallding - so ziemlich das einzige saubere Objekt in der Wohnung - vorsichtig unter die einzige Couch der Wohnung. Kein besonders gutes Versteck, aber es würde vor flüchtigen Blicken sicher sein.

Als Nächstes durchsuchte Rovo Kashmals Küchenschubladen. Sever hatte es geschafft, ihre kleinen Waffen aus ihrer Rüstung mitzunehmen, aber Rovo wollte kein verräterisches Laseraufblitzen riskieren, wenn es nicht unbedingt sein musste. Kashmals Messer, scharf genug angesichts ihrer mangelnden Benutzung, wären besser. Er nahm ein größeres und ging dann zurück zur verschlossenen Tür.

»Hallo?«, versuchte es Rovo. »Ist jemand da drin?«

Stille. Was alles Mögliche bedeuten konnte. Jemand, der nicht sprechen konnte, ein eingebildetes Rütteln, jemand, der kein Gemeinsprache verstand - so schwer dieser Gedanke auch zu begreifen war.

»Rüttle am Türknauf, wenn du mich hören kannst.«

Immer noch nichts.

Sah so aus, als müsste er es auf die harte Tour versuchen. Rovo ging zurück in die Küche, wühlte herum, bis er das kleine Werkzeugset fand, das in jedem Haushalt so notwendig war. Schraubenzieher und dergleichen, diese Dinge, die in einer Galaxie, die sich in so vielen anderen Bereichen weiterentwickelt hatte, so allgegenwärtig waren. Manche Technologien kamen einfach nie aus der Mode.

Rovo ging zurück zur Tür, hockte sich vor den Knauf und nahm einen Schlitzschraubenzieher und einen Hammer heraus. Weder der Knauf noch das Schloss sahen besonders stabil aus, und Rovo war es völlig egal, ob Kashmals Wohnung heil blieb. Der Mann würde sowieso bald ausziehen.

Der Neuling von Sever setzte die Kante des Schlitzschraubenziehers am Schlüsselloch an, schob ihn so weit wie möglich hinein und begann dann mit dem Hammer zu hämmern, wobei er den Schraubenzieher bei jedem Schlag ein bisschen weiter hineindrückte. Nicht besonders subtil, aber was Geräusche anging, mussten rhythmische Hammerschläge weniger verdächtig sein als eine Tür einzutreten oder Löcher mit einem Laser zu brennen.

Sobald sich der Schraubenzieher durch die Schlüsselschlitze hindurchgezwängt hatte, lehnte sich Rovo auf das Werkzeug, zwang es zur Drehung und riss das Schloss aus dem Türrahmen. Rovo drückte seine rechte Hand gegen die lose Fasertür, hielt sie geschlossen, bis er den Schraubenzieher losließ, bis er zurücktrat und das Messer zog, es auf die Öffnung richtete, bereit, alles zu erstechen, was sich auf der anderen Seite befand.

»Ich werde die Tür in fünf Sekunden öffnen«, sagte Rovo. »Bleib weg davon und halte still. Wenn du Hände hast, heb sie hoch.«

Er zählte laut bis drei, dann schwang er die Tür auf.

Dort stand, inmitten eines riesigen und schmutzigen Kleiderhaufens, ein paar zerlesene Bücher zu ihren Füßen, ein kleines, dunkelhaariges Mädchen, die Augen weit und verängstigt unter einem einzigen weichen weißen Licht.

11

SICHERHEITSVERLETZUNG

enn du einem Söldner einen Auftrag gibst, so lautete der Spruch, eine gängige Redensart unter DefenseCorp-Mitgliedern, die den Satz so vervollständigen konnten, dass er zu jeder noch so verrückten Aufgabe passte, die ihnen gerade zugeteilt worden war. Wie zum Beispiel der Versuch, eine VIP von einem Planeten zu holen, wenn diese VIP eine weitere Schicht einlegen und arbeiten wollte.

Nicht dass Aurora im Moment einen guten Weg hatte, Kashmal von Dynas wegzubringen, aber seine Stunden in einem Helix-Labor zu drehen, würde ihnen auch nicht helfen, eine Lösung zu finden.

Es sei denn, Kashmal könnte sie in diesen bedrohlichen Turm bringen.

Das hässliche Gebäude mit all seinen schrägen Kanten und spitzen Abschnitten, als wäre es von einem modernen Märchenbösewicht entworfen worden, beherrschte die Skyline der Stadt, egal wohin Aurora und die anderen gingen. Ein bedrohlicher Schatten, der immer hinter dem nächsten Dach lauerte.

Skiffs und größere Schiffe umschwirrten den Turm in schnellen Schwärmen, während Kashmal und Aurora in einer Seilbahn eine Hauptstraße hinunterfuhren, an der der Turm im Mittelpunkt stand. Das Dach der Bahn, eine Glasangelegenheit, die mit Feuchtigkeit verschmiert war, bot dennoch einen klaren Blick auf das triste Treiben von Dynas. Die Fahrt gewährte einen guten Einblick in die Gruppen, die sich von ihrem Mittagessen zurück zu Büros, Häusern oder vielleicht auch Bars schleppten. Wie in jeder anderen Stadt, außer-

»Elend, nicht wahr?«, sagte Kashmal, der neben ihr vorne in der Bahn saß. »Dieser ganze Ort? Einfach furchtbar, von einer Minute zur nächsten.«

»Ich habe schon bessere Planeten gesehen«, erwiderte Aurora und ließ ihren Blick durch die Bahn schweifen, während sie neue Passagiere aufnahm. Gregor hatte gute Arbeit geleistet, die Verfolger abzuschütteln, aber Sever-Missionen lehrten einen schnell, dass man nie vorsichtig genug sein konnte. »Ich habe auch Schlimmeres gesehen.«

»Schlimmeres? Wie zum Beispiel?«

»Fantares. Während der ersten Besiedlung. Menschen ohne Optionen, die sich aus zerbombtem Gestein Häuser bauten.« Aurora und Sever hatten bei dieser Mission Wachdienst geschoben, obwohl die meisten Fantares-Migranten größere Sorgen hatten als in Kämpfe zu geraten. »Ihr habt hier Häuser. Licht. Verdammt, sogar Seilbahnen.«

»Oh ja, wenn die Menschheit die Sterne bereist, sollten solch technologische Wunderwerke wie Seilbahnen wirklich geschätzt werden.«

Aurora *schätzte* die Seilbahn tatsächlich. Nachdem sie den Morgen damit verbracht hatte, durch die Stadt zu wandern, und gestern in heftigen Kämpfen mit Soldaten und seltsamen Mutanten verstrickt war, fühlte es sich ziemlich gut an, zu sitzen und die Blocks vorbeiziehen zu sehen. Kashmal jedoch fuhr fort, Beschwerden aufzuzählen, als würde er Dynas für einen Wettbewerb um den heruntergekommensten Planeten der Galaxis anmelden, mit Aurora als Jurorin.

Die Fähigkeit, das Gerede verschiedener Missionsziele, höherer und niederer Offiziere und Menschenmengen auszublenden, hatte Aurora mit strenger Intensität entwickelt. Sie konzentrierte sich auf die Bahn, die Bürgersteige und den Himmel, alles, um Kashmals fortgesetzte Kommentare zu übertönen. Es war ihr egal.

Völlig egal.

Denn am Ende würde Aurora entweder tot sein oder zur nächsten Mission geschickt werden, mit einer weiteren klagenden, panischen Person, die es zu retten oder zu erschießen galt, bis sie endlich genug Geld angehäuft hatte, um sich diesen Mist nie wieder anhören zu müssen.

»Aber siehst du, sie können uns die Annehmlichkeiten nicht geben, weil sie nicht wollen, dass diese Schiffe hierherkommen«, sagte Kashmal, als die Bahn an der angekündigten Endstation langsamer wurde und Aurora wieder zuhörte. »Geheimhaltung hilft dir nicht, wenn die Leute, die diese Geheimnisse bewahren, entscheiden, dass es sich nicht lohnt.«

»Oder wenn sie beschließen, diese Geheimnisse für Bargeld zu verkaufen?«

»Genau. Jetzt steh auf, los.« Kashmal schubste Aurora von ihrem Sitz in den Gang und schnitt anderen den Weg ab, die aussteigen wollten.

Aurora ging lieber als Letzte, um mögliche Verfolger auszuschließen und alle in der Bahn im Auge zu behalten, aber sobald Kashmal sie in den Strom gedrängt hatte, gab es kein Halten mehr, und sie stapfte in eine Menge, die sich auf den Turm zubewegte. Kashmal ging hinter ihr, dann vor ihr, seinen eigenen Atem riechend, als ob ihm klar wurde, dass es keine gute Idee gewesen war, die erste Hälfte des Tages in einer Bar herumzulungern.

»Kashmal«, sagte Aurora und holte die VIP ein, während sie sich durch die Fußgänger schlängelten. »Wenn du mich noch einmal schubst, sorge ich dafür, dass du den Rest dieser Mission bewusstlos verbringst.«

Kashmal lachte: »Bitte tu das. Je eher ich diesen Ort verlassen kann, körperlich oder geistig, desto besser.«

Die Menge, die vom Mittagessen zurückkehrte, staute sich, als sie einen breiten Vorplatz am Fuß des Turms betraten, der mindestens mehrere Blocks breit war. Menschen strömten aus mehreren Straßen ein und aus, vorbei an korrodierten Statuen mit Helix-Logos, deren Steinsockel mit Namen graviert waren, die Aurora nicht kannte. Firmengründer? Angestellte? Opfer? Wer wusste das schon, wen kümmerte es.

Viel interessanter waren die Sprechchöre, die zu hören waren, als sie sich dem Turm näherten. Die kommende und gehende Menge wurde in einen mit Ketten abgesperrten Eingang geleitet, und auf beiden Seiten standen Dutzende weitere hinter diesen Ketten mit Schildern und riefen... irgendetwas?

Anstatt die Wahrheit an die Mächtigen zu richten, schien die Protestbewegung von Dynas ihre Inspiration von Kashmal zu beziehen, oder vielleicht war es auch umgekehrt. Die Schilder forderten moderneres Essen, Verbindungen zu galaktischen Unterhaltungsnetzwerken, bessere medizinische Versorgung. Einige deuteten auf Verschwörungen um vermisste Personen hin, und Aurora konnte nicht umhin, sich zu fragen, ob einige von ihnen zu Felix' virusmutierten Spielzeugen geworden waren.

»Ein Sammelsurium«, sagte Kashmal, als die eingehende Schlange zu einer strikten Zweierreihe wurde. »Leute, die die Arbeit hier nicht verstehen, die sowieso hier gefangen sind durch Ehepartner oder Umstände. Hoffnungslos.«

Aurora blieb still. Beobachtete. Weiter vorne sah es so aus, als würden sie einen Sicherheitskontrollpunkt erreichen, wo ihr fehlender Firmenausweis von einem kleinen Ärgernis zu einem kritischen Problem werden würde.

»Wie willst du reinkommen?«, fragte Kashmal, als die Schlange vorrückte. »Du kannst sie nicht alle bedrohen.«

»Ich könnte, aber ich werde es nicht tun. Lass deinen Peilsender an. Wenn wir anrufen, ist es Zeit zu gehen.«

Aurora blieb stehen und drehte sich zur Seite, um die anderen Arbeiter an sich vorbeiziehen zu lassen. Kashmal hatte den Verstand, weiterzugehen, ohne zurückzublicken. Es würde keinen guten Eindruck machen, wenn Aurora neben der Person, die sie beschützen sollte, einen Streit anfinge.

Im Moment hatte Sever Squad seinen Squadnamen verloren. Jedes Mitglied war auf sich allein gestellt, und während der Anblick der Skiffs, die alle zu den oberen Ebenen des Turms flogen, Aurora etwas Hoffnung gab, dass Eponi und Sai drinnen waren, hatte sie keine Ahnung, wo. Auch Gregor war weder bei Kashmals Unterkunft aufgetaucht noch hatte er versucht, sie über Severs sichere Leitung zu kontaktieren. Er könnte tot sein, ein Gefangener oder, wie Felix, etwas Schlimmeres.

Rovo hatte zumindest einen sicheren Platz. Aurora müsste sich für eine Minute oder zwei keine Sorgen um den Neuling machen. Im besten Fall würde Aurora in einem Shuttle herabsausen – mit Eponi am Steuer – und sie würden Rovo und Kashmals Koffer vom Dach seines

Gebäudes aufsammeln, in den Weltraum rasen und nie, nie wieder einen Fuß auf Dynas setzen.

Nachdem sie Kashmal zwanzig Schritte Vorsprung gegeben hatte, reihte sich Aurora wieder in den Strom ein. Als sie sich den Check-in-Toren näherte – großen grauen Bögen, die nach Metall und vielen anderen Dingen scannten – zählte Aurora vier Sicherheitsleute. Alle menschlich, mit dem glasigen Blick, der davon kommt, wenn man sich zu sehr darauf verlässt, dass die Technik die Arbeit für einen erledigt.

Aurora war auch nicht die Einzige, die gerade Probleme mit ihrer ID hatte. Ein anderer Mann hatte bereits die Schlange verlassen und schien einen der Sicherheitsleute, die alle dicke schwarze Uniformen mit der doppelten Helix in Weiß auf der Brust trugen, vergeblich anzuflehen.

»Wissen Sie überhaupt, wie lange es mich kosten wird, wieder nach Hause zu kommen?«, sagte der Mann. »Ich könnte genauso gut den Tag freinehmen!«

»Von mir aus«, antwortete der Wachmann mit einem steinernen Monoton, das zu seinen breiten Schultern passte.

»Ach ja? Ist es wirklich in Ordnung für Sie?«, sagte der Mann. »Ist es in Ordnung für Sie, dass Sie keinen Job mehr haben werden, wenn ich meine Arbeit nicht mache, weil dieser ganze Laden auseinanderfallen wird?«

»Nicht mein Problem.«

Aurora musste dem Sicherheitsmann für diese Antwort einige Punkte geben. Die schiere Mir-doch-egal-Haltung. Was das Folgende etwas schwieriger machte. Ein bisschen.

Als sie hinter den sich beschwerenden Mann trat, der gerade zu einer weiteren übertriebenen Darstellung hochnäsiger Wut ansetzte, stieß Aurora ihn direkt in den Wachmann. Der Aufwärtsschwung des Mannes traf das Gesicht des Wachmanns, und Aurora schritt vorbei, streckte ihren linken Fuß aus und hakte den Knöchel des zurücktaumelnden Wachmanns, sodass sowohl er als auch der protestierende, taumelnde Mann krachend zu Boden gingen.

Während sich alle Augen auf das Durcheinander richteten, drängte und schlängelte sich Aurora durch die Torbögen, die sofort rot aufleuchteten und einen lauten, scheppernden Alarm auslösten. Alle in Auroras Nähe drehten sich um, während der gefallene Wachmann den Mann verfluchte, und niemand bekam einen klaren Blick auf die Sever-Anführerin, die schnell durchschritt.

Für den Moment war Aurora in den Turm gelangt. Jeder kompetente Sicherheitsdienst würde die Sekunden um den Alarm herum zurückspulen und sie herausfiltern, was bedeutete, dass Geschwindigkeit jetzt Vorrang hatte. Das einzige Problem war jedoch, wohin?

Hinter dem Eingang des Turms zogen vier Fahrstuhlbänke freigegebenes Personal an, und Aurora wählte eine zufällig aus. Ohne ein festes Ziel hatte Hauptsache-weg-von-hier Vorrang. Als sie in die Nähe der Aufzüge kam, folgte Aurora einfach einem Mann in einem Poncho vor ihr, als er in eine der Kabinen trat und ein Stockwerk auswählte, indem er seinen Firmenausweis scannte und die Nummer aussprach.

»Das Gleiche«, sagte Aurora, als er in ihre Richtung blickte.

Die Aufzugstüren schlossen sich und versiegelten sie drinnen.

»Das Gleiche?«, erwiderte der Mann. »Ich kenne Sie nicht.«

Der Aufzug bewegte sich, fiel schnell.

»Bin neu hier.«

Ein Stockwerkzähler, heiße rote Zahlen über der Tür, verschwand in den negativen Bereich.

»Neu? Was ist Ihr ID-Code?«

Aurora schlug den Mann einmal in den Magen, um ihn zusammenzukrümmen, ein zweites Mal auf den Schädel, um ihn bewusstlos zu machen. Sie streifte das ID-Schild ab, als der Aufzug in der gewählten Etage zum Stillstand kam. Die Türen öffneten sich, während Aurora den schlaffen Körper zur Seite schob und ihr Bestes tat, um den Mann außer Sicht zu halten, bereit, gegen jeden zu kämpfen, der auf der anderen Seite der Tür stand.

Doch der Flur war leer, der Aufzug öffnete sich in ein Eckfoyer, das mit blau-schwarzen Fliesen verkleidet war. Aurora machte einen vorsichtigen Schritt hinaus und schaute in beide Richtungen. Sie konnte Glasabschnitte sehen, die die Fliesen in regelmäßigen Abständen unterbrachen, und jemand, irgendwo, schrie.

Hinter ihr schloss sich der Aufzug und fuhr davon, den bewusstlosen Mann mit sich nehmend.

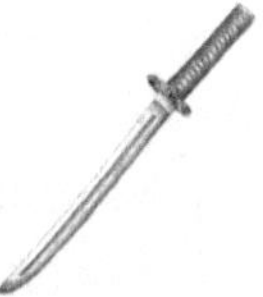

12

WISSENSCHAFTLICHE METHODE

Sai fand seine Mutter oben auf den Stufen wieder. Drei Stockwerke über ihrer Wohnung, zerschlagen und zertrampelt auf der Treppe, aber noch am Leben. Er warf sie sich über die Schulter, während der Turm weiter bebte und die Alarme weiter schrillten, und trug sie zurück in ihre Wohnung. Er legte sie auf das Bett, von dem keiner von ihnen gedacht hätte, dass es noch eine Minute länger genutzt werden würde, und begann ein neues Leben.

Mit dem Katana und schließlich anderen Waffen, die er Plünderern abnahm, die das Gebäude überfielen und dachten, Sai und sein Schwert wären eine leichte Beute, wurde der Sohn wie alle anderen, die noch auf seinem Heimatplaneten waren: ein plündernder Flüchtling. Er brach in die Wohnungen seiner Nachbarn ein, in die ehemaligen Häuser von Freunden, und nahm alles mit, was er finden konnte. Er machte die Wohnung seiner Familie zu einem Zufluchtsort, einer Festung.

Und wartete darauf, dass seine Mutter heilte, während draußen die Gebäude brannten. Nach einigen Tagen begann DefenseCorp mit seiner Säuberungsaktion, und das Unternehmen füllte den Himmel mit anderen Schiffen als den Evakuierungsshuttles. Es waren schwer bewaffnete Schiffe, die Soldaten absetzten, die jeden, der sich nicht ergeben wollte, mit extremer, tödlicher Härte beseitigten.

Etwas mehr als eine Woche später erreichten die Soldaten Sais Etage. Sie waren den Turm hochgeklettert - das Dach war eine instabile Ruine - und sie klopften nicht an, als sie zu Sais Tür kamen. Plünderer zu bekämpfen, hungrige und verzweifelte Menschen, war eine Sache. Gegen bewaffnete und gepanzerte Profis anzutreten ... Sai hätte es versucht, aber seine Mutter sagte nein. Flehte ihn an, es nicht zu tun.

»Nach allem, was du getan hast, lass dich nicht von deinen Freunden töten«, sagte seine Mutter vom Bett aus.

»Das sind nicht meine Freunde.«

Er stand am Fußende des Bettes und hielt in einer Hand das Katana und in der anderen eine wackelige Handfeuerwaffe, deren Akku kaum noch genug geladen war, um einen Schuss abzufeuern.

»Du musst sie zu deinen Freunden machen, Sai, sonst sind wir verloren«, sagte seine Mutter. »Du kannst nicht gegen alle kämpfen.«

Wenn Sai eine Schwachstelle hatte, dann war es seine Mutter. Was sie verlangte, würde Sai tun. Er mochte argumentieren, zögern, aber er würde es tun, und zwar aus einem Grund: Sie hatte Sai in dieses Universum gebracht, und das gab ihr jedes Recht, ihm zu befehlen.

Sai begrüßte die Söldner, als sie durch die Tür krachten, auf seinen Knien, mit dem Katana neben sich auf dem Boden, die Hände gefaltet und die Augen gesenkt. Als die Soldaten nach seinem Namen fragten, nannte er ihn und sagte, seine Mutter liege verwundet im Nebenraum. Der

Anführer, grimmig und unsichtbar hinter seiner zerschossenen, blaugrauen Rüstung, fragte Sai, ob er hier wohne.

Sai antwortete, dass dies sein Zuhause gewesen sei, aber es nicht mehr sei.

Keine Kämpfer kamen durch die Aufzugstür in Anaskyas Versuchsraum gestürmt. Sai lehnte sich an das Podium und jagte Erinnerungen nach, während ein zweiter Virusstamm durch seinen Körper raste. Wo der erste ihn warm gemacht hatte, als hätte ihn ein aggressives Fieber gepackt, vermischte sich dieser mit seinem früheren Bruder, um Sai zu zerreißen.

Sai war sich seiner eigenen Zellen, dieser kleinen Bausteine, die seinen Körper funktionieren ließen, nie bewusst gewesen. Jetzt konnte er jede einzelne spüren, wie sie sich mit dem Virus drehten, wie sie liefen und kämpften und verloren und gewannen, Flecken, die über seinen Körper flackerten und sich bewegten, während die Infektion nach ihrem Halt suchte.

Um ihn herum konnte Sai sehen, wie andere die gleiche Erfahrung machten. Menschen, älter und jünger als er, die an ihre eigenen Podien gefesselt waren und mit jedem Mal um eins wuchsen, wenn Captain Happy ein weiteres Opfer herunterbrachte, um es Anaskyas Versuchspersonen hinzuzufügen.

Die Ärztin führte den neuen Probanden zu seinem Platz, genau wie sie es bei Sai getan hatte, fixierte seine Handgelenke und begann mit den Injektionen. Anfangs konnte Sai kaum mit irgendetwas um ihn herum Schritt halten; das erste Virus hatte seinen Körper so verzerrt. Die neuen Injektionen weckten Sai jedoch auf, auch wenn sie ihn zugleich zerstörten. Wie eine Bombe mit brennender Zündschnur war Sai wach, Sai war bereit, und Sai rechnete damit zu sterben.

Offenbar war er nicht der Einzige.

Der Testraum hatte vier Reihen mit jeweils fünf Podien. Etwa die Hälfte war jetzt mit Patienten besetzt, die Sai sehen konnte, mindestens zwei Personen in jeder Reihe. Anaskya hielt die Dinge verteilt, und sie hatte Sai nahe der Mitte platziert. Als Sai seinen Kopf drehte, während die an seine Finger angeschlossenen Schläuche, die in seine Arme injizierten, Flüssigkeiten von klar bis gelb und grün pulsierten, sah er, dass die meisten ihm voraus waren; entweder verloren sie den Infektionskampf oder »gewannen« ihn vor ihm.

Ihre Gesichtsausdrücke machten es deutlich: vor Schmerz verzerrt oder entspannt in jener tauben Art, die Sai bei zu vielen Feinden gesehen hatte, bevor sie ihren Verletzungen erlagen. Einige zitterten, entweder vor Kälte oder im Wissen um das, was kommen würde. Andere weinten, einer schrie. Keine Musik spielte, nur das leise, konstante Summen der Belüftung.

Warum war Sai noch mal auf diesen Planeten gekommen? Wie war er an diesen Ort geraten? Diese Antwort lag in einem Teil von ihm, den Sai stetig abriegelte, Erinnerungen und Gedanken und Ziele wurden beiseitegeschoben, während die Viren sein Wesen verschlangen. Stattdessen klammerte er sich an seine Familie, seine Kinder und seine Frau und seine Mutter, und versuchte, versuchte, versuchte, diesen schrecklichen Raum und die Tatsache zu vergessen, dass er hier sterben würde.

Die Realität brachte Tränen hervor, augen füllende Tropfen, die zum ersten Mal seit einer Ewigkeit aufkamen und seine Wangen hinunterrollten, auf das Podium tropften.

Welcher Soldat weinte so mitten in einer Mission?

Einer, der an Geburtstage dachte, die er verpassen

würde, an Geschichten, die er weder erzählen noch hören könnte.

Hör auf damit.

Er würde seine Frau nicht zu den gefrorenen Stränden bringen und zusehen, wie das salzige Wasser die Eiskristalle wegspülte.

Nein. Tu es nicht.

An jenen frühen Tagen, als Sai DefenseCorp-Verträge auf seinem Heimatplaneten erfüllte, pflegten sie aufzuwachen, und seine Familie – alle fünf, Mutter, Ehefrau, Tochter, Sohn und er selbst – gingen hinaus, um den Morgenstern zu begrüßen, wenn seine schockweiße Gestalt am südlichen Himmel aufging.

Das reißende Krachen holte Sai aus seinen Tränen, aus seinen Erinnerungen zurück, und er blickte hinunter, um zu sehen, dass er das Podium zerbrochen hatte. Er hatte es in zwei Hälften gerissen und beiseite geworfen, seine Hände noch immer an den Schläuchen, die weiterhin die virale Lösung zuführten.

Sai betrachtete seine linke Hand, diese baumelnden Kabel, und zog daran. Er spürte Schmerz und sah blutige Spritzer, als die Drähte von seiner Hand, seinem Unterarm wegflogen. Die Lösung sickerte nun auf den Boden.

»Sai, hör auf!«, rief Anaskya von der anderen Seite des Raumes, wo sie einem anderen Opfer in seinen Platz half.

Stattdessen riss Sai seine rechte Hand frei. Wo er zuvor zittrig gewesen war, kaum in der Lage, bei Bewusstsein zu bleiben, hatte Sai nun eine exponentielle Klarheit. Alles erschien hyperreal; er konnte den Atem seines Nachbarn hören, konnte den tagelangen Schweiß riechen, der von ihren Körpern und seinem eigenen ausging. Sai konnte die Vibration spüren, als Captain Happys Aufzug erneut zum Boden herabfuhr.

Und in all dem konnte Sai spüren, wie seine Chancen dahinschwanden.

Niemand in diesem Raum war aus freien Stücken hierher gekommen, darauf konnte Sai wetten. Unwillige Versuchspersonen konnten Verbündete werden, und Sai brauchte sie schnell, bevor Anaskya es schaffte, welche Sicherheitskräfte auch immer sie hier hatte, hereinzubringen. Also ging Sai zur nächstgelegenen Person neben ihm, einer fitten älteren Frau, und riss sie frei.

Sie blinzelte ihn an, verstand den Moment nicht. Den Grund zu gehen.

»Rette sie«, sagte Sai, die Worte kamen zerkratzt und undeutlich, bevor er sich zum nächsten umdrehte.

Anaskya schrie Sai erneut an, diesmal näher. Nicht nah genug, um Sai davon abzuhalten, die Kabel eines anderen Mannes herauszureißen. Nicht nah genug, um Sai davon abzuhalten, eine weitere Reihe hochzustolpern, jetzt fummelnd, als der Aufzug sich öffnete und Captain Happy den Raum betrat. Er musste so viele Menschen wie möglich befreien.

Einige halfen nicht, einige fielen einfach um, erbrachen sich oder setzten sich auf den Boden. Aber ein paar reagierten auf Sais dringende Rettungsversuche, auf ihre plötzliche, blutige Freiheit, als Sai sie von ihren Podien zog.

Zwei Reihen weiter und Sai ging nach vorne, zur einzigen vollständig besetzten Reihe. Er stürzte sich auf das erste Ziel, eine junge Frau, die einigermaßen bei Bewusstsein wirkte, nur um von einer viel größeren Kraft beiseite in ein unbesetztes Podium geschleudert zu werden. Das gläserne Ding zersplitterte, als Sai hindurchfiel und sich auf dem Boden ausbreitete, mit wer weiß wie vielen Schnitten, die seine Gefangenenkleidung zerfetzten.

»Ich dachte, wir hätten über die Regeln gesprochen?«,

sagte Captain Happy, während er heranrollte, um über Sai zu stehen. »Du bist nicht sehr nett. Du solltest die Experimente des Doktors nicht durcheinanderbringen.«

»Tut mir leid«, murmelte Sai, bevor er Captain Happy einen Tritt gegen den Knöchel versetzte.

Das Ding war härter als Stein, aber Sai schaffte es, genug Kraft in den Schlag zu legen, um Captain Happy einen Schritt zurückzubewegen. Sai nutzte den Raum, um wegzukrabbeln, wobei seine Hände sich in Glasscherben gruben, bevor er aufstand und sah, wie Captain Happy sich zu einem Schlag bereit machte.

Der Schlag traf nicht. Bevor Captain Happy zuschlagen konnte, rannte die ältere Frau, die Sai zuvor befreit hatte, in den Rücken des Mannes und kratzte ihn mit ihren verwundeten Händen. Captain Happy grunzte, drehte sich um und warf sie ab, wodurch er seine Knie einem weiteren schnellen Tritt von Sai aussetzte.

Wenn man gegen viel größere Menschen kämpft, besteht die erste Aufgabe darin, sie auf dein Niveau herunterzubringen.

Captain Happys Knie gaben mit befriedigenden Knallgeräuschen nach, und mit einem hohen Quieken fiel Sais Peiniger zu Boden. Sai hätte die Sache zu Ende gebracht, aber bevor er konnte, stürzten sich die ältere Frau und mehrere andere auf den Mann, zerrten, rissen und bissen mit frenetischer, verzweifelter Hingabe.

Sai wich zurück, während der fröhliche Mann kämpfte, während er überwältigt wurde. Andere Versuchspersonen befreiten die verbleibenden Experimente im Raum. Anaskya war verschwunden, und rote Lichter, die über den verbleibenden Türen, einschließlich des Aufzugs, leuchteten, sagten das Offensichtliche.

Captain Happy war geopfert worden, und der Rest von

ihnen war gefangen. Sai schaute sich um, zusammen mit denen, die sich nicht dem Rachewahn angeschlossen hatten, und fragte sich, wie lange es dauern würde, bis das Virus jeden Einzelnen von ihnen beanspruchte, bis sie wahnsinnig würden und einander verschlängen oder einfach allein auf dem mit Glas übersäten Boden stürben.

13

MOTIVE

Ein Außenposten, nicht weit von der Schwarzen Stadt entfernt, verbunden durch eine Straßenbahnlinie, die nicht mehr in Betrieb war. Er war geschlossen worden, und Helix hatte der DefenseCorp und anderen neugierigen Parteien auf Dynas erklärt, dass es dort nichts gäbe. Nur eine veraltete Einrichtung, die aus Kostengründen stillgelegt wurde.

»Und dann, erst gestern, sehen wir einen Haufen Skiffs in diese Richtung fliegen«, sagte Lani.

Sie waren zurück in der Lobby und nicht mehr allein. Lani hatte Gregor warten lassen, bis die beiden anderen Agenten von ihren Mittagsaktivitäten zurückkehrten, und jetzt stand das Quartett inmitten all dieser Kisten voller aktiver Ausrüstung.

»Ihr konntet nicht so schnell einen neuen Auftrag erhalten«, sagte Gregor.

Galaktische Übertragungszeiten, begrenzt durch Lichtgeschwindigkeit und Quantenverbindungen, konnten ewig dauern. Die DefenseCorp hatte sich aus diesem Grund in zahlreiche regionale Gruppen aufgeteilt. Die linke Seite der

Galaxie würde vielleicht jahrelang nichts von einer Katastrophe auf der rechten Seite erfahren.

»Unsere Anweisungen sind weitreichend«, antwortete Lani. »Haltet Helix um jeden Preis in Schach. Jeder weiß, dass das, was sie hier tun, riskant ist, und jeder versteht, warum wir sie unter Kontrolle halten müssen.«

»Ich glaube nicht, dass ihr erfolgreich seid«, erwiderte Gregor. »Diese Skiffs wurden wegen uns geschickt.«

»Nur wegen euch?«

»Vielleicht.« Gregor warf einen Blick auf die beiden anderen Agenten, beide ältere Männer, die gerade leichte Rüstungen anlegten und Gewehre zusammensuchten. »Sind sie eingeweiht?«

»Genauso wie ich.«

»Und wie sehr ist das?«

Lani schüttelte den Kopf. »Gregor, ich weiß nicht, ob du das kapierst, aber du bist jetzt auf meinem Planeten. Entweder du erzählst mir, was du weißt, oder ich halte dich so lange eingesperrt, bis du es tust, und welche Mission auch immer du hier erfüllen wolltest, verpufft ohne dich.«

Es bestand die Chance, dass Gregor sich hier herauskämpfen könnte. Lani stand in Reichweite für einen Handkantenschlag, und die anderen beiden waren damit beschäftigt, ihre Kleidung und Waffen anzulegen. Sie würden langsam reagieren, überrascht sein. Gregor könnte sie ausschalten und dann weitermachen.

»Was würdest du tun«, sagte Gregor, »wenn du etwas fändest, das, wie du sagst, außerhalb der Grenzen liegt?«

»Es zerstören«, antwortete Lani. »Nichts darf auf diesem Planeten leben, ohne unsere Zustimmung zu haben, egal wie sehr Helix das Gegenteil glauben mag.«

Eine selbstsichere Aussage für eine so kleine Gruppe, aber Lani zuckte nicht mit der Wimper, als Gregor ihren

Blick erwiderte und nach einer Lüge suchte. Die meisten Menschen würden unter dem Druck von Gregors starrem Blick zusammenbrechen, zu stammeln beginnen oder zurückweichen. Lani tat nichts dergleichen, und Gregor musste ihr dafür ein wenig Respekt zollen.

»Das wollte ich hören«, sagte Gregor. »Wir sind in der Nähe dieser Basis gelandet, nachdem Helix uns bei unserem Anflug angegriffen hatte. Die Einrichtung ist kompromittiert. Eine Kreatur, die sich selbst Felix nennt, ist aus einem Experiment entstanden und hat den Ort befallen.«

»Ihr seid in der Nähe gelandet? Wie seid ihr dann den ganzen Weg bis zu dieser Stadt gekommen?«

»Mit der Straßenbahn.«

Lani schüttelte den Kopf. »Natürlich haben sie sie aktiv gelassen. Helix hat Scheuklappen, Gregor. Alles, was nebensächlich für ihr Ziel ist, übersehen sie einfach. Sie haben nur Augen für die Hauptattraktion, und jetzt vermasseln sie sogar das.«

Dem konnte Gregor nicht widersprechen.

»Ihr solltet diese Basis zerstören«, sagte Gregor, »und mich zu meiner Mission zurückkehren lassen.«

»Nee«, erwiderte Lani. »Du hast gesagt, du weißt nicht einmal, wo dein Trupp ist. Du wirst sie nicht finden, wenn du blind in dieser Stadt herumwanderst, also warum hilfst du uns nicht?«

»Nein.«

»Falsche Antwort. Ich sagte, das ist mein Planet, was bedeutet, es sind meine Regeln, was bedeutet, du kommst mit uns.«

»Mit uns kommen« bedeutete, zum Dach des Gebäudes zu gehen, wo ein Skiff mit DefenseCorp-Logo angedockt und bereit war. Die vier kletterten eine kurze Metallleiter hinauf und an Deck, wobei Gregor half, weitere Kisten mit Waffen zu schleppen, von denen Lani meinte, sie würden nützlich sein, wenn es an der Zeit wäre, die Basis zu säubern.

Sayers, einer der anderen Agenten, dessen auffälligstes Merkmal eine Narbe quer über die Stirn war, die durch seine Glatze enthüllt wurde, übernahm die Kontrollen im Cockpit. Wicks, der andere, ging zum Bug, um die Frontkanone des Skiffs zu bedienen, während Lani und Gregor in der Mitte Platz nahmen. Zwei weitere Seitenkanonen vervollständigten die Bewaffnung des Skiffs, eine aggressive Ausstattung angesichts der Mission.

Während Sayers die Motoren des Skiffs aufwärmte und die elektrischen Turbinen ihr technisches Heulen von sich gaben, versuchte Lani, Gregor seine Rolle zu erklären: Er sollte der Führer sein, die anderen drei zu diesem Felix leiten, damit sie die tödliche Strafe vollstrecken und so verhindern konnten, dass dieses Experiment außer Kontrolle geriet.

»Du willst, dass ich führe«, erwiderte Gregor. »Okay. Ich kann führen. Aber ich werde meinen Hammer brauchen.«

»Deinen Hammer?«, fragte Lani.

»Meinen Hammer und meine Rüstung. Beides ist an der Straßenbahnstation. Ihr bringt mich dorthin, und dann können wir auf die Jagd gehen.«

Lani warf Gregor den fragenden Blick zu, den er immer bekam, wenn er von seinem Hammer sprach, weil jeder unweigerlich dachte, er meinte ein kleines Ding zum Nägel einschlagen und nicht einen Schädelspalter. Ebenso unweigerlich hinterfragten sie es nie wieder, nachdem sie Gregors Hammer gesehen hatten.

Der Skiff hob ab in den gelben Nachmittag, Dynas'

Dunst unverändert und immer feucht. Das Deck dieses Skiffs hatte Nieten, sodass die Stiefel aller Halt fanden, als das Gefährt an Geschwindigkeit gewann, über die Stadt aufstieg und sich nach Westen orientierte, in Richtung der geschlossenen Straßenbahnstation und eines Rendezvous mit dem Virus.

Über und um sie herum nahm die Schwarze Stadt an Fahrt auf. Mehr Skiffs und Shuttles rasten in den Turm als Gregor am Morgen bemerkt hatte, und die Straßen unter ihrem gleitenden Skiff schienen voller zu sein, als hätte die Stadtbevölkerung endlich eine lange Nacht abgeschüttelt und beschlossen, dass ein Spaziergang, egal wie trostlos, nötig war. Ponchos, Taucheranzüge und Kombinationen aus beidem boten einen eintönigen Anblick, wie matschige, grauschwarze Käfer, die durch die Pfützen stapften.

»Es ist wirklich der schlimmste Planet«, sagte Lani. Sie und Gregor lehnten sich über die linke Seite des Skiffs und schauten hinunter. »Wenn die Projekte nicht so interessant wären, wäre ich schon längst weg.«

»Würden sie dich gehen lassen?«

»Nicht sicher, hab nie gefragt«, erwiderte Lani. »Bis jetzt.«

»Was meinst du damit?«

»Wenn das, was du sagst, stimmt und dieser Außenposten wirklich ein illegaler Zufluchtsort ist, den Helix schützt, dann ist die ganze Sache kompromittiert.« Lani nickte in Richtung der Stadt hinunter. »Wir sind hier, um diese Leute und alle anderen außerhalb dieses Planeten vor abtrünnigen Wissenschaftlern zu schützen, die irgendeine Biowaffe über das hinaus verbreiten, worin wir investieren. Wenn das passiert, dann hat Helix unseren Vertrag gebrochen, und sie müssen ausgelöscht werden.«

»Felix zu zerstören wird die Experimente nicht stoppen.«

»Nein, aber wir können sie hoffentlich verlangsamen«, sagte Lani. »Dann, wenn du gehst, kannst du mich mitnehmen und wir werden die großen Bosse einschalten. Diesen Ort ausräuchern. Und uns hier rausholen.«

»Also würdest du das für dich selbst tun.«

»Verdammt richtig, für mich selbst«, sagte Lani, als sich das Skiff der Tramstation näherte und Sayers das Schiff für eine ruhige Landung nach unten steuerte. »Für Sayers und Wicks auch. Wir sind seit Jahren hier, Gregor, und die Mission hat uns so lange gehalten, aber wir sind bereit, fertig zu werden. Das Problem ist, DefenseCorp wird keine Evakuierung genehmigen, bis die Mission abgeschlossen oder gescheitert ist.«

Warum musste jeder seine eigenen Motivationen haben? War es nicht genug, einfach in die Reihen des Feindes zu marschieren und sie niederzureißen? Ein paar Gegner zu verprügeln? Gregor war Sever nicht beigetreten, um sich in die persönlichen Probleme der Leute einzumischen; wenn man einer Mission zustimmte, führte man sie durch und fand die Freuden dort, wo man konnte.

»Ich kann sehen, dass du kein Fan davon bist.« Lani lachte. »Weißt du was, es spielt keine Rolle.«

»Tut es das nicht?«, erwiderte Gregor. »Du brauchst mich, um dir den Weg zu zeigen.«

»Und du brauchst uns zum Überleben«, sagte Lani. »Wie alles andere in dieser Galaxie, haben wir einen Deal. Wir beide profitieren davon.«

Sayers landete auf der geschlossenen Tramstation und Gregor führte sie hinaus. Lani sprengte das Schloss an der Dachzugangstür und sie stiegen in die stille, dunkle Station hinab, zu der stillen, dunklen Tram, wo drei Sever Squad-Anzüge dunkel und still saßen.

»Sieh dir das an«, sagte Lani. »Du hast die Extras nicht erwähnt.«

»Sie gehören nicht euch.«

»Ich sehe keinen Grund, warum wir sie uns nicht ausleihen können«, erwiderte Lani. »Dieser hier sieht aus, als wäre er ungefähr meine Größe. Wicks, passt du in den blauen?«

»Mmhmm«, murmelte Wicks, während er mit Rovos Anzug hantierte.

»Sie werden ohne die Codes oder ihre DNA nicht funktionieren«, sagte Gregor und begann, seine eigene Rüstung anzulegen. »Lasst sie.«

Lani neigte den Kopf, und Sayers, der hinter ihr stand, zog blitzschnell seine eigene Handfeuerwaffe. Zielte auf Gregor.

»Dann wirst du uns die Codes geben«, sagte Lani. »Jetzt. Denn wir haben einiges aufzuräumen und dann einen Planeten zu verlassen.«

14

HOCH, HÖHER UND DAVON

Die Steuerhebel des Karts – zwei leicht gekrümmte, wie gekrakelte Cs – fühlten sich fest in Eponis Händen an. Empfindlich, vibrierend, als die Batterien des Karts seine Düsen ansprangen und das Gefährt einen Meter über den glatten, fertigen Boden hoben. Um Eponi herum schloss sich die gläserne Cockpitblase und ihr Ohrhörer knackte, als sie die Verbindung zu einem der berühmtesten Rennfahrer der Galaxie herstellte.

»Also gut, äh«, der Ton setzte für einen Moment aus. »Eponi? Ja, Eponi. Kannst du mich gut hören?«

Hatte ihren Namen schon vergessen. Das tat weh, aber Eponi ließ das Heulen des Karts es wegspülen. Sie hielt die Hebel, sie würde die Runde fliegen. Das war es, was zählte.

»Ich kann dich hören«, antwortete Eponi.

Die Strecke erstreckte sich vor ihr, blinkende blaue Lichter glänzten unter Selenos rotem Himmel, rotem Sand, roten Bergen. Der glänzende schwarze Asphalt zwischen den blauen Lichtern würde sich winden und drehen, über und unter dem Gelände entlangführen und dabei die

Fähigkeit eines Kart-Piloten testen, innerhalb der Grenzen zu bleiben. An manchen Stellen sogar am Leben zu bleiben.

»Sieht aus, als wärst du schon ein paarmal mit so einem Ding geflogen, oder?«

Der Wettbewerb erforderte einige Erfahrung, um diesen besonderen Preis zu wählen, und ja, Eponi hatte diese Erfahrung. Diese Nächte auf der alten Strecke, nach Feierabend. Aber das hier? Ein offizieller, tagsüber genehmigter Rundflug? Nie.

»Ich weiß, wie man fliegt«, sagte Eponi und ließ ihren Blick zum zehnten Mal in ebenso vielen Sekunden über die Infobildschirme gleiten.

Das Kart war in Ordnung. Grün und startklar.

»Dann machen wir das so«, sagte die Stimme am anderen Ende, die derzeit auf Platz drei der galaktischen Rangliste stand, mit der Begeisterung eines Katers. »Fang an, nimm's langsam und genieß die Fahrt. Bleib unter hundert, und ich sag dir, wann du bremsen und abbiegen musst. Sollte 'ne gute Zeit werden.«

Unter hundert? Selbst die grünsten Kart-Strecken drückten auf dreihundert Kilometer pro Stunde. Eponi wusste, dass heute viele Leute auf der Strecke waren, die den nächsten neuen Rennfahrer einstellen wollten. Wahrscheinlich beobachteten sie sie nicht – offizielle Probefahrten würden später kommen, mit Leuten, die sich hochgearbeitet hatten, anstatt einen Glückstreffer bei ihrer letzten Rennwette zu landen.

Sie beobachteten sie wahrscheinlich nicht, aber Eponi würde sie trotzdem zum Hinsehen bringen.

Eine kleine Drohne, ein kleiner Ball mit einem einzigen hellroten Licht, flog vor Eponis Kart und schwebte dort. Da sie die einzige Fahrerin auf der Strecke war, positionierte sich die Drohne direkt vor ihrem Gesicht und stellte sicher, dass sie es nicht verpassen würde, wenn das Licht auf Grün umsprang. Und falls doch, würde das Kart selbst vibrieren und ihr mit mehreren Sinnen mitteilen, dass es Zeit war loszulegen.

Eponi atmete lang und langsam aus. Sie musste ihre Nerven auf der Strecke unter Kontrolle halten, ihren Griff locker und flexibel halten, ihre Augen nach vorne gerichtet. Die Panik in Schach halten. Die Rennfahrer, die abstürzten, waren diejenigen, die zu viel Zeit mit der Gefahr verbrachten, an der sie schon vorbeigerast waren.

»Okay, los geht's«, sagte die Stimme auf der anderen Seite, schon gelangweilt. »Schön langsam.«

Eponi drückte den Beschleuniger durch und wurde in ihren Sitz gepresst, als das Kart nach vorne schoss, das sofortige Drehmoment der Elektrizität katapultierte das reibungslose, schwebende Kart über die Strecke. Eponi schaffte es, ihren Griff zu halten, auch wenn der Schwung ihre Finger wegziehen wollte. Die Stimme schrie etwas in ihr Ohrstück, aber es spielte keine Rolle. Kam nicht an.

Sie flog. Die Kurven schmolzen dahin, als Eponi in den Instinkt verfiel, in all die Simulator-Übungen, die sie in den Nebenzeiten absolviert hatte, wenn sich niemand darum scherte, was sie tat. Diese langen Tage, an denen sie digital von einem Rundkurs zum nächsten durch die Sterne glitt, zahlten sich jetzt aus; Eponi war diese Strecke noch nie in der Realität gefahren, aber millionenfach in einer virtuellen.

Irgendwann während der ersten Runde war die Stimme in ihrem Ohr verstummt. Irgendwann während der zweiten war jemand Neues dazugekommen, der nichts weiter sagte, als dass sie weitermachen solle, dass sie die Zeit nahmen und ihr sagen würden, wann sie aufhören sollte.

»Zeit zu gehen«, sagte Ben, als das Armaturenbrett des

Shuttles piepte und anzeigte, dass die Frachtluke geschlossen worden war. »Wir haben, was wir brauchen.«

Er hatte zumindest die Waffe weggesteckt. Offenbar hatte er entschieden, dass Eponi in diesem engen Cockpit mit Feinden rundherum draußen keinen tödlichen Trick versuchen würde.

»Wo genau fliegen wir hin?«, fragte Eponi.

»Hoch, höher und davon«, antwortete Ben und warf einen Blick auf seinen Handgelenkscomputer. »Wir sind pünktlich für das Treffen. Sie werden uns hier rausholen.«

»Sie?«

Wie viele Leute wollten von diesem Planeten weg, und wie vielen fehlte eine Möglichkeit dazu? Severs gesamtes Missionsbriefing lief darauf hinaus, jemanden von einem Ort zu extrahieren, der gar nicht so feindlich erschien, doch sie hatte den wachsenden Eindruck, dass Dynas kein Ort war, an dem irgendjemand sein wollte.

»Das ist meine Sorge«, sagte Ben. »Bring uns einfach nach oben. Sobald wir aus der Atmosphäre raus sind, werden wir in eine Umlaufbahn einschwenken und unser Rendezvous machen.«

Eponi überlegte, ob sie Ben fragen sollte, ob er schon einmal geflogen war. Sprüche wie »in eine Umlaufbahn einschwenken« halfen nicht, wenn man eine Astrogation plante, die Millionen von Kilometern bei wahnsinnigen Geschwindigkeiten umfasste. Jedes Weltraum-Rendezvous erforderte präzises Timing, Planung, Kommunikation.

Andererseits war nichts davon ihr Problem. Dass Ben sie erschießen würde, wenn sie nicht mitspielte, war es definitiv.

Eponi startete die Triebwerke des Shuttles, schaltete den externen Lautsprecher ein und gab die Standardwarnung aus, dass dieses spezielle Shuttle in Kürze starten würde und wenn man nicht verbrennen wollte, sollte man besser einen großen Abstand einhalten.

Die Worte taten ihre Wirkung, und bald hatte Eponis Shuttle Platz, um einen Meter über dem Boden zu schweben, sich zu drehen und in Richtung des Ausgangs der Andockbucht zu blicken. Dynas' gelber, trübseliger Himmel hing dahinter und tropfte Feuchtigkeit über die Öffnung der Bucht. Das Nanonetz der Stadt tat seine Arbeit und klares Licht kam von oben. Kein schlechter Abflugvektor.

»Hast du die Genehmigungen?«, fragte Eponi Ben. »Oder vertrauen wir einfach darauf, dass uns niemand einen Laser in den Hintern jagt?«

Ben sah sie seltsam an. »Genehmigungen? Was meinst du damit?«

Eponis Hand schwebte über dem Gashebel, während sie lachte: »Ist das dein Ernst?«

Der Meisteringenieur errötete, was für Eponi ein äußerst befriedigender Moment war. »Ich ... verstehe nicht. Wir haben die Fracht geladen. Das Shuttle ist flugbereit, oder? Was müssen wir noch tun?«

Zwei Möglichkeiten. Eponi könnte das Shuttle anhalten, hier landen und Ben das Problem erklären. Ihm begreiflich machen, dass das Entsenden von Raumschiffen ohne die richtigen Leute zu informieren, dazu neigte, Verteidigungssysteme auszulösen. Ben könnte vielleicht die Formulare ausfüllen, die ganze Sache in Ordnung bringen, und Eponi wäre immer noch eine Geisel.

Eine Geisel, die Ben keinen Grund hatte, am Leben zu lassen, sobald sie ihr Rendezvous erreicht hätten.

Also Option zwei. Eponi schob den Gashebel des Shuttles nach vorne und ließ die Triebwerke viel zu stark für einen Hangarstart aufheulen. Das Schiff schoss hinaus, versengte und wirbelte Menschen, Fracht, Drohnen und alles andere in der Umgebung durcheinander. Falls Ben vorher keine Feinde hatte, hatte er jetzt mit Sicherheit welche.

»Was zum Teufel?«, schrie Ben, als das Shuttle sich vom Turm löste und in den Himmel schoss.

»Wenn wir nicht hier sein sollen, müssen wir schnell verschwinden«, sagte Eponi und passte ihren Kurs an, während sie etwas Energie in die rudimentären Verteidigungssysteme des Shuttles leitete.

Keine Waffen, nur eine leichte Panzerung und Ausweichsysteme, die das Shuttle lange genug am Leben erhalten sollten, um Schutz zu erreichen. Die nutzloseste Konfiguration überhaupt, aber hier waren sie nun.

»Ich wollte keine Aufmerksamkeit erregen«, sagte Ben, seine Stimme jetzt angespannt und wütend.

»Dann hättest du mich nicht als deine Pilotin auswählen sollen.«

Wie auf Stichwort empfing das Shuttle einen eingehenden Ruf vom Turm. Ben griff danach, um zu antworten, aber Eponi war schneller und unterbrach den Anruf, bevor er begann.

»Noch nicht«, sagte Eponi. »Sobald sie merken, dass du und nicht ich dahintersteckst, ist deine Tarnung aufgeflogen.«

»Meine Tarnung?«

»Klar«, sagte Eponi. »Im Moment wissen sie nur, dass du mit einer bekannten feindlichen Pilotin an Bord gegangen bist. Ich könnte dich als Geisel genommen haben. Das könnte alles mein Plan sein. Wenn sie zurückrufen, sagst du das.«

Lichter leuchteten nacheinander am Armaturenbrett des Shuttles auf, als die Verteidigungssysteme des Turms und wahrscheinlich auch einige Verfolger ihre Aufmerksamkeit auf das Shuttle richteten. Bereit, das Schiff aus der Existenz zu löschen.

Der Ruf kam erneut.

»Antworte«, sagte Eponi. »Überzeuge sie, nicht zu feuern, oder wir sind beide tot.«

Ben sah aus, als hätte er eine Panikattacke. Schweiß bedeckte sein Gesicht, sein Atem kam und ging in manischen Stößen, und der Mann drehte sich im Cockpit um, als erwarte er, ein Loch zu finden, durch das er springen und in eine Zeit zurückkehren könnte, in der das alles nie passiert wäre.

»Drück den verdammten Knopf«, wiederholte Eponi und zog das Shuttle in einen steileren Aufstieg.

Direkt hinauf in diesen gelben Himmel und darüber hinaus zu den Sternen. Wenn sie lange genug lebten, um so weit zu kommen.

»Hier ist Ben, Ben Taigo«, sagte Ben, nachdem er auf den Knopf geschlagen hatte, wobei er mehrmals während des Satzes schluckte. »Bitte nicht schießen. Bitte.«

»Dies ist kein planmäßiger Abflug«, sagte eine strenge Stimme am anderen Ende. »Jeder nicht autorisierte Flug wird abgebrochen, es sei denn, Sie können mich vom Gegenteil überzeugen?«

Eponi warf Ben einen bösen Blick zu. Erinnere ihn daran, wer hier der Bösewicht war. Nicht er, sondern sie. Die Pilotin, die das Shuttle als Geisel nahm.

»Eponi. Ich habe sie an Bord gebracht, äh«, Ben sah Eponi mit weit aufgerissenen Augen an.

»Er wollte, dass ich das Shuttle überprüfe, bestätige, dass es flugbereit aussieht, im Austausch für etwas extra Nachtisch«, sagte Eponi, eine lächerliche Aussage. »Er hat weggeschaut, und jetzt gehört mir das Shuttle. Also lasst uns verhandeln.«

Die andere Leitung verstummte. Eponi drückte den Stummschalter auf ihrer Seite und sah zu Ben hinüber, als der gelbe Himmel vor ihnen dunkler wurde. Der Weltraum nahte.

»Hast du sowas schon mal gemacht?«, sagte Eponi. »Denn, um ehrlich zu sein, du bist ein schrecklicher Verbrecher.«

»Ich ... nein.«

Eponi fand es ein wenig traurig, wie schnell Bens Selbstvertrauen verschwunden war. Manche Menschen waren einfach nicht für ein Leben jenseits der Grenzen geschaffen.

»Shuttle, Eponi«, fuhr der Helix-Flugoffizier fort. »Das Schiff, in dem Sie sich befinden, hat keine interstellaren Fähigkeiten. Wenn Sie zum Turm zurückkehren, werden wir nicht auf Sie feuern. Es muss kein Leben verloren gehen. Das kann vergessen werden.«

Eponi verzog das Gesicht. Vergessen? Sie mussten wirklich wollen, dass sie am Leben blieb, um so etwas anzubieten. Was hatte Eponi, woran Helix interessiert war?

»Tut mir leid, ich werde meine Chance nutzen«, sagte Eponi. »Dynas ist, buchstäblich, das Schlimmste. Ich komme nur zurück, wenn ich dieses Ding nirgendwo anders hinbringen kann.«

»Dann lassen Sie sich Zeit«, Eponi konnte den Hohn in der Stimme hören. »Wenn Sie die Sinnlosigkeit erkennen, werden wir hier sein.«

Der Anruf wurde beendet, die Ziellichter ebenso, und das Shuttle stieg höher und weiter. Ben sah aus, als würde er jeden Moment ohnmächtig werden. Eponi, vom Adrenalinrausch erfüllt, grinste, als die Sterne in Sicht kamen.

[15]

VATERSCHAFT

Ach, verdammt.

Rovo führte einen emotionalen und faktischen Krieg. Ersteres würde zu unvermeidlichem Zorn führen, zu einer seltsamen Verzweiflung darüber, dass ein Kind selbst auf einem so nassen und wertlosen Planeten wie Dynas so behandelt werden konnte. Letzteres, letzteres wäre das, was Sever Squad erwarten würde. Eine rationale Analyse; die Situation auseinandernehmen und einen Sinn in dem finden, was er sah.

Sie schniefte.

Rovo hielt sich davon ab, die Hand auszustrecken, sich umzudrehen und im Badezimmer ein Taschentuch zu suchen, um es dem Mädchen anzubieten. Er musste sich zurückhalten wegen dem, was er vor nicht allzu langer Zeit in diesem Außenposten gesehen hatte. Felix, die Krankheit.

Kashmal hatte vermutlich einen Grund dafür, dieses Kind in dem Raum einzusperren, einen Grund, sie nicht zu erwähnen.

Fakten. Es mussten Fakten sein.

»Kannst du mich verstehen?«, fragte Rovo das

Mädchen, das nicht versucht hatte, die Schwelle der Tür zu überqueren.

Sie sah, abgesehen von dem Schmutz und dem zerlumpten Gewand – Kleid? Schlafanzug? Rovo kannte sich mit Kinderkleidung nicht aus – etwa sechs oder sieben Jahre alt aus, irgendwo in dem Bereich, wo sie in der Lage sein sollte, ihn zu verstehen und dennoch zögern würde, ihren sicheren Raum zu verlassen, egal wie ekelhaft er war.

Als Rovo über das Mädchen hinweg blickte, war ihr Zimmer wirklich eine Katastrophe. Zerknitterte Betttücher – keine Matratze in Sicht – und ein mehliges Kissen, ein Eimer in einer Ecke mit einer Papierrolle, deren Zweck Rovo mit einem magenumdrehenden Stirnrunzeln erkennen konnte. Die Wände hatten Kratzer entlang, zufällige Muster und Formen, die alle etwas höher endeten, als das Mädchen stand. Ob sie mit einem Werkzeug oder den Fingern des Mädchens gezeichnet worden waren, konnte Rovo nicht sagen.

»Ja«, sagte das Mädchen, oder besser gesagt, krächzte.

Irgendwie war das Mädchen auf diesem nassen Katastrophenplaneten durstig. Rovo ging in die Hocke, um auf Augenhöhe mit dem Mädchen zu sein, und nahm sie genauer in Augenschein. Ihr braunes Haar, zerzaust und lang, floss bis unter ihre Taille und fast bis zu ihren Knien. Schmutz verschmierte ihre Wangen, aber ihre grünen Augen waren hell und sie sah nicht unterernährt aus. Kashmal musste das absolute Minimum getan haben, um sie am Leben zu erhalten, und selbst einfache Proteinriegel, die durch einen Schlitz gefüttert wurden, waren heutzutage mit so vielen angereicherten Nährstoffen vollgepackt, dass das Mädchen wahrscheinlich besser dran war, als Kashmal selbst erwartet hätte.

Nichts davon bedeutete, dass Rovo Kashmal nicht einen

kräftigen Schlag auf den Kiefer verpassen würde, wenn er die Ratte das nächste Mal sah. Ein Kind, krank oder nicht, unerwünscht oder nicht, in einem Raum wie diesem eingesperrt zu lassen, verdiente nichts weniger.

Rovo hatte Schwestern. Jüngere. Bevor er aus finanzieller Notwendigkeit in den Weltraum gesprungen war, hatte er ihre Beziehungen, ihre Gesundheit wie ein Hai überwacht und alle potenziellen Bedrohungen ausfindig gemacht und zerstört. Er war auch gut darin gewesen. Vielleicht zu gut: Sie waren froh gewesen, als Rovo einen Job auf einer Orbitalstation annahm und ihnen von der Pelle rückte.

»Was machst du hier drin?«, fragte Rovo.

»Ich soll mich versteckt halten«, antwortete das Mädchen. »Immer.«

»Warum?«

»Weil ich krank bin.«

Da haben wir's. Rovo schloss für einen langen Moment die Augen. Er hatte die Tür geöffnet, und obwohl er sie nicht berührt hatte, war die Luft, in der das Mädchen wochenlang – Monate? Jahre? – gelebt hatte, über einen ungeschützten Kopf, Mund, Nase und Rovos Lungen geweht. Jeder luftübertragene Virus hätte ihn bereits gefunden.

Aber vielleicht war sie nur erkältet, hatte eine gewöhnliche Grippe?

»Krank woran?«, sagte Rovo. »Etwas sehr Schlimmes?«

Das Mädchen nickte, schniefte wieder. Schaute auf den Boden und ihre Hände, die mit ihren Haaren spielten. Rovos Gesicht verzog sich. Das war beschissen. Das war nicht der Plan. Knallharte Söldner sollten eigentlich reinrasen, zerstören und dann als siegreiche Helden wieder verschwinden. Sie sollten keine Kinder wie diese finden.

»Weißt du, wie es sich verbreitet?«, sagte Rovo. »Deine Krankheit? Kannst du sie mir anhauchen? Oder musst du mich berühren?«

Das Mädchen schaute verwirrt zu ihm auf. »Es ist innen drin.« Sie tippte auf ihre Arme. Ihre Brust. »Er sagt, es ist ein Teil von mir, und wir müssen abwarten und sehen, was passiert.«

»Wer sagt das? Kashmal?«

Das Mädchen nickte wieder. Ein niedliches kleines Nicken, bei dem ihr Kinn ganz bis zu ihrer Brust ging und wieder zurück.

Trotzdem half die Antwort des Mädchens Rovo nicht viel bei der Entscheidung, ob ihm zu helfen ihn umbringen würde oder nicht. Er und das Mädchen starrten sich einige Sekunden lang an, während er eine andere Taktik zusammenstellte.

»Wie füttert Kashmal dich?«, fragte Rovo. »Oder leert er... das?« Rovo zeigte auf den Eimer. »Kommt er hier rein?«

»Manchmal.«

»Trägt er irgendetwas? Wie eine Maske?«

»Was?«

Hmm.

»Sieht er aus wie ich?« Rovo zeigte auf sein Gesicht, dann auf das kleine Mädchen. »Wie du? Trägt er nichts?«

»Er sieht nicht aus wie ich«, antwortete das Mädchen und machte dann einen Schritt nach vorn. Rovo wich instinktiv zurück. »Hast du Angst vor mir?«

Rovo schüttelte den Kopf. »Nicht vor dir. Vielleicht vor dem, was in dir ist.«

Das Mädchen hatte die Tür noch nicht erreicht. Wenn Rovo sich jetzt bewegte, könnte er sie wahrscheinlich vor ihrem Gesicht zuschlagen. Sie wieder wegsperren. Oder... er könnte davon ausgehen, dass der Virus nicht luftübertragen war. Die Tür war nicht gerade luftdicht verschlossen. Und wenn das Mädchen ihn berühren musste, um die Krankheit zu übertragen, dann konnte Rovo sie herauslassen. Ihr etwas zu essen geben und einfach seine Hände von ihr fernhalten.

»Hast du einen Namen?«

»Ja«, sagte das Mädchen.

»Kannst du ihn mir sagen?«

»Kashmal sagt, ich soll das nicht.«

»Nun, Kashmal hat mir gesagt, dass du es kannst«, führte Rovo seinen Gedankengang fort. »Tatsächlich soll ich heute, während er weg ist, auf dich aufpassen, und dafür muss ich deinen Namen wissen, oder?«

Das Mädchen reagierte einen Moment lang nicht, dann lächelte sie langsam auf diese schüchterne Art, wie Kinder es tun, wenn sie wirklich glücklich und gleichzeitig sehr besorgt sind, weil das, was sie gleich sagen oder tun werden, ihnen so verdammt viel bedeutet.

»Kaia«, sagte das Mädchen. »Das ist mein Name. Der, den meine Mutter mir gegeben hat.«

»Das ist ein wunderschöner Name«, sagte Rovo. Er wollte nach der Mutter des Mädchens fragen, aber angesichts ihres jetzigen Aufenthaltsorts und ihrer Vergangenheit vermutete Rovo, dass ihre Eltern schon lange nicht mehr im Bild waren. »Hast du Hunger, Kaia?«

Ein weiteres Nicken.

»Dann komm doch mit mir, und wir besorgen dir etwas zu essen, ja?«

»Aber ich soll doch mein Zimmer nicht verlassen?«

»Kashmal hat gesagt, ich soll auf dich aufpassen, erinnerst du dich? Das bedeutet, ich darf neue Regeln aufstellen, und ich sage, du darfst rauskommen, okay?«

Es stellte sich heraus, dass Kaia aus ihrem Zimmer und

in die Küche der Wohnung zu lassen bedeutete, ein hungriges Biest freizulassen. Rovo suchte hektisch nach Essen in Kashmals Wohnung, das nicht verdorben oder potenziell tödlich aussah, aber nach ein paar Schränken fand Rovo einige Dosensuppen, die Kaia vorerst satt machten.

Von da an spielte Rovo weiter den plötzlichen Vater, schloss Kaias Zimmer ab, half dem Mädchen, Kashmals spuckende, heiße Dusche zu benutzen, und wickelte sie dann in die saubersten Decken, die er finden konnte. Nachdem er all das getan hatte, begann Kaia, wie ein echter Mensch auszusehen. Echt genug, dass Rovo sie auf der Couch parkte, ihr sagte, sie solle still sitzen, und dass er mit neuer Kleidung für sie zurückkommen würde.

Nicht, dass Rovo irgendeine Ahnung hatte, wo er Kleidung herbekommen oder wie er in dieser Stadt an Geld dafür kommen sollte. Im Vergleich zu Severs zunehmend verlorener Mission schien dies jedoch eine Herausforderung zu sein, die er bewältigen konnte.

»Was sind das?«, fragte Kaia von ihrer Couch-Decken-Festung aus, als Rovo sich ausrüstete und seine Waffen in seinen Taucheranzug steckte.

»Die sind zu meinem Schutz«, sagte Rovo. »Du brauchst dir darüber keine Gedanken zu machen. Niemand wird dir etwas tun.«

Kaia akzeptierte das ohne viel Nachfragen, teilweise weil Rovo seinen Handgelenkcomputer auf der Couch gelassen hatte, eingestellt auf einen lokalen Kindersender. Alberne Formen brabbelten über Zahlen oder Buchstaben oder so etwas, und Kaia schien wie hypnotisiert.

»Bleib auf dieser Couch sitzen, okay, es sei denn, du musst auf die Toilette«, sagte Rovo und dachte, das wäre sicher genug. »Und wenn jemand klopft, mach nicht auf, es sei denn, sie sagen, dass sie ich sind.«

Kaia nickte nach all dem auf ihre typische Art, und obwohl Rovo sich nicht sicher sein konnte, ob das Kind ihn überhaupt gehört oder aufgepasst hatte, ging er trotzdem. Drei Schritte den Flur hinunter blieb er stehen, drehte sich um und klopfte an die Tür.

Wartete. Kein Geräusch.

»Kaia«, sagte Rovo, nicht ganz schreiend, aber laut genug, um durchzudringen.

»Das bin ich!«, kam die Antwort des Mädchens zurück. »Bist du schon wieder da?«

»Nein, ich teste dich nur«, sagte Rovo. »Du hast bestanden!«

Von drinnen kam Gelächter, und Rovo versuchte nicht, ein Lächeln zu unterdrücken. »Okay, das Spiel beginnt jetzt wieder von vorn. Niemand außer mir.«

Kaia kicherte wieder, wahrscheinlich wegen des Computers.

Als Rovo die Straßen erreichte, hatte er zwei große Fehler in seinem Plan erkannt: Erstens hatte er seinen Computer bei Kaia gelassen, was bedeutete, dass er keine Möglichkeit hatte, einen Stadtplan zu suchen, um herauszufinden, wo er war und wo es Geschäfte geben könnte. Und zweitens war ihm klar geworden, dass die Wohnung mit ihrem schimmeligen Essen, den vielen Besteckteilen und mehr eine riesige Todesfalle für ein Kind darstellte, das sich selbst überlassen war.

Er hatte auch den Aktenkoffer oben gelassen, da er vermutete, dass Kashmals Beweise Rovo nicht dabei helfen würden, ein unauffälliges Profil zu wahren.

Während frischer Regen um ihn herum niederprasselte – Dynas hatte beschlossen, nicht nur Feuchtigkeit, sondern auch echtes Wasser hinzuzufügen – versuchte Rovo zu entscheiden, ob es sinnvoller wäre, umzukehren und zu warten oder den Job einfach schnell zu erledigen.

Kaia würde Kleidung brauchen, wenn sie den Planeten verlassen sollte. Wenn Aurora und Kashmal zurückkämen und eine schnelle Flucht nötig wäre, würde Rovo wetten, dass sie keine Verzögerungen wegen Kaia riskieren würde. Er musste das jetzt tun oder nie.

Also streckte Rovo die Hand aus und stupste die nächste vorbeigehende Person an der Schulter an. Der Mann, in einen dicken, dunklen Poncho gehüllt, drehte sich von Rovo weg und wandte sich mit einem erschrockenen Blick und offenem Mund um.

»Was willst du?«, fragte der Mann, als erwarte er, dass Rovo ihn direkt angreifen würde.

»Ich versuche nur, das nächste Bekleidungsgeschäft zu finden«, versuchte es Rovo. »Ich bin neu hier.«

»Neu hier?«, der Mann schien verwirrt. »Ich dachte, sie lassen niemanden mehr rein?«

»Schätze, ich bin etwas Besonderes«, sagte Rovo. »Bekleidungsgeschäft, wo?«

»Oh, äh, gehen Sie zwei Blocks in diese Richtung. Die haben so ziemlich alles«, der Mann kniff die Augen zusammen. »Arbeiten Sie im Turm?«

»Danke!«, sagte Rovo, ging an dem Mann vorbei und lief den Bürgersteig entlang.

Führe nie ein Gespräch über den nützlichen Punkt hinaus. Besonders nicht, wenn du versuchst, undercover zu bleiben.

Glücklicherweise ermutigte Dynas und seine schreckliche Atmosphäre den Mann nicht dazu, seiner Frage nachzugehen, und das leiser werdende Platschen deutete darauf hin, dass er jede Verfolgung aufgegeben hatte.

Rovo fand den kleinen Laden genau dort, wo der Mann

gesagt hatte, und im Gegensatz zu einigen der städtischeren Planeten oder tatsächlich den eigenen Ausrüstern der *Nautilus*, warb dieser Laden unter der grimmigen Realität, dass seine Kunden einfach keine andere Wahl hatten.

Fette, beschädigte weiße Buchstaben auf schwarzem Grund verkündeten, dass der Laden *Der Webstuhl* hieß, obwohl alles drinnen für Rovos ungeübtes Auge synthetisch zu sein schien. Kunststoffe waren im Überfluss vorhanden, gefertigt, um dem allgegenwärtigen Wasser zu trotzen, und obwohl die Kinderabteilung nicht groß war – Rovo schauderte bei dem Gedanken, wer Dynas als den idealen Ort zum Großziehen einer Familie ansah – gab es ein paar taucheranzugartige Outfits, die Kaia passen würden.

Nun, wie sollte er sie bezahlen?

Der Webstuhl war nicht überfüllt, aber die wenigen Leute, die durch die Regale schlenderten, machten einen erfolgreichen Raub riskant. Rovo könnte das Outfit schnappen und losrennen, sehen, ob es jemanden genug interessierte, ihn zu verfolgen. Oder um Großzügigkeit bitten? Er nahm einen roten Kinderanzug vom Ständer, drehte sich zur Kasse und spürte, wie sich die Mündung einer Pistole in seinen Rücken drückte.

»Hätte nicht gedacht, dass Söldner Klamotten kaufen«, flüsterte eine hitzige Stimme hinter ihm. »Andererseits braucht das Mädchen wohl was zum Anziehen.«

SEVER UND DIE WISSENSCHAFTLERIN

Das war das seltsamste verdammte Gefängnis, das Aurora je gesehen hatte. Die Wände und Gänge waren nicht nur in einer helleren, saubereren Blau-Schwarz-Kombination gehalten als die schleimigen Korridore, die sie auf anderen, besseren Welten gesehen hatte, es schien hier auch nicht viele Gefangene zu geben. Aurora ging an einer leeren Zelle nach der anderen vorbei, all das hübsche Glas zeigte nur zerknitterte Pritschen und leeren Raum.

Zumindest bis sie die fünfte Zelle erreichte, an der rechten Seitenwand einer Ebene, von der Aurora verstanden hatte, dass sie ein riesiges Quadrat bildete. Die Zellen befanden sich innen und außen, aber nicht direkt gegenüber voneinander. Das ergab zumindest etwas Sinn: Man hielt die Gefangenen davon ab, zu kommunizieren und irgendwelche Pläne zu schmieden. Ausbrüche waren schwieriger, wenn man allein war.

Allerdings konnte sich Aurora, als sie diesen einen, diesen hoffnungslosen Tropf in der fünften Zelle sah, nicht vorstellen, dass Ausbrechen in seinen Gedanken eine Rolle spielte. Der Mann lehnte auf allen Vieren, die Knie am Boden und die Hände aufgestützt, und übergab sich in einen Abfluss in der Mitte der Zelle. Krankheit spielte offensichtlich eine Rolle, offensichtlich, weil Aurora die verfärbten Flecken auf der Haut des Mannes sehen konnte. Er trug nichts außer notdürftiger Unterwäsche, sein schulterlanges Haar klebte an seinen verschwitzten Schultern und zuckte bei jedem keuchenden Atemzug.

Nach Felix, nach dem Anblick der Mutationen, die bereits an den Menschen dieses gottverlassenen Planeten von wem auch immer ihn regierte vorgenommen worden waren, ließ der Anblick einer »normalen« kranken Person, wie schwer auch immer, Aurora sich leer fühlen. Nicht ängstlich, nicht angewidert, einfach nur … losgelöst. Vielleicht war das die Folge eines solchen Lebens; die Konfrontation mit so viel Schrecklichem raubte einem das Mitgefühl.

Das, und die versiegelte Glaszelle bedeutete, dass Aurora wahrscheinlich nicht bekommen würde, was auch immer den Mann plagte. Felix hatte angedeutet, dass sein Virus eine Art Bluttransfusion erforderte, eine Injektion, um übertragen zu werden, und es war kein großer Gedankensprung zu erkennen, dass das, was Felix geplagt hatte, von genau hier stammte.

Aurora erweiterte die Mission in ihrem Kopf und fügte ein optionales Ziel hinzu: Wenn sie diesen Ort auf dem Weg nach draußen zerstören oder zumindest lahmlegen könnte, würde sie es tun.

»Wer bist du?«, kam die Frage den Gang hinunter, gestellt von einer Frau, die einen zerzausten, befleckten Laborkittel trug und einen großen silbernen Koffer, der Kashmals sehr ähnlich sah, unter dem Arm trug.

»Bessere Frage«, sagte Aurora und stellte sich der Frau

in der Mitte des Ganges gegenüber, obwohl mehrere Meter zwischen ihnen lagen. »Wer bist du und was machst du hier?«

Die Frau verzog das Gesicht, als könne sie ein Verhör in dem, was offensichtlich ihr eigener Palast war, nicht ganz begreifen. Sie wirkte so gelassen mit dem Gefängnis, mit dem, was um sie herum geschah, dass Aurora keine Antwort brauchte, um zu wissen, dass diese Frau das Leiden dieser Gefangenen verursachte oder zumindest dabei half.

»Ich bin Eindringlingen keine Rechenschaft schuldig«, antwortete die Frau. »Wenn Sie so freundlich wären, sich dort hineinzubegeben?« Sie tippte auf eine Zelle zu ihrer Rechten, eine leere, obwohl die verstreuten Laken und der befleckte Boden darin darauf hindeuteten, dass sie erst kürzlich leer geworden war. Ein Ausweis im Ärmel der Frau veranlasste die Zellentür, sich zu öffnen. »Ich werde Ihnen bald helfen können.«

»Glaub ich nicht«, erwiderte Aurora. »Aber vielleicht kannst du mir stattdessen helfen.«

Aurora machte einen kurzen Schritt auf die Frau zu, die mit einem ebenso kleinen Rückzug reagierte.

»Ich habe zwei Freunde, die gestern hierher, in diesen Turm, gekommen sind«, sagte Aurora und legte diese stählerne Bedrohlichkeit in ihre Stimme, die jeder kompetente Captain zu nutzen lernte. »Ich habe nichts von ihnen gehört und frage mich, ob du vielleicht weißt, was passiert ist?«

»Ständig kommen Leute in diesen Turm«, antwortete die Frau und behielt Aurora im Blick, während sie den Koffer fest umklammerte. »Ich lerne sie nicht alle kennen. Und leider verschwinden manche auch.«

»Verschwinden?«, sagte Aurora und rückte weiter vor,

während die Frau sich weiter zurückzog. »Vielleicht in diese Zellen?«

Jetzt lächelte die Frau: »Oh nein. Ich helfe diesen hier. Ich weiß immer, wo sie sind.« Ihr Lächeln verschwand so schnell, wie es gekommen war. »Obwohl sie meine Arbeit manchmal nicht zu schätzen wissen.«

»Erstaunlich.«

Da Diplomatie außer Frage zu stehen schien und Auroras Geduld sich dem Ende neigte, begann sie einen weiteren langsamen Schritt, sprintete dann aber los. Ohne Rüstung bewegte sich Aurora schneller als erwartet – wie befreiend es war, ohne kiloschwere Last zu kämpfen – und ihr Ziel schien ebenso überrascht, drehte sich um, um wegzulaufen, stolperte aber über ihre eigenen Stiefel und fiel auf die Brust, wobei der Koffer wegrutschte und über den glatten Boden glitt.

Aurora hatte ihren eigenen Stiefel auf dem Rücken der Frau, bevor ein weiterer Atemzug verging, und ihre Hand an deren Hals einen Sekundenbruchteil später, wobei sie den Mund der Frau so drehte, dass sie sprechen und atmen konnte.

Vorerst.

»Sag es mir noch einmal«, sagte Aurora. »Ich hatte zwei Freunde. Sie kamen zu diesem Turm. Weißt du, wo sie sind?«

Die Frau hustete. Versuchte, etwas zu sagen, hustete dann wieder. Aurora lockerte ihren Griff ein wenig, nahm ihre Hand vom Hals der Frau. Nicht jeder reagierte gut auf aggressives Verhör, und Aurora konnte geduldig sein; die Frau war keine große Kämpferin.

»Du bist eine von ihnen, nicht wahr?«, sagte die Frau zwischen weiteren Hustenanfällen. »Diese Soldaten, die nach Dynas kamen?«

»Klar, einer von denen«, sagte Aurora. »Jetzt beantworte die Frage, oder ich fange an, Dinge zu zerbrechen.«

»Dann ja, ja, ich weiß, wohin einer deiner Freunde gegangen ist«, sagte die Frau, klug genug, sich unter Auroras Fuß nicht zu winden. »Er ist unten bei den anderen und versucht, das Geschenk zu überleben, das ich ihm gemacht habe.«

Oh, verdammt. Sai hatte Felix nicht im Außenposten gesehen, er wusste vielleicht nicht, was mit diesem Virus passieren würde, vorausgesetzt, die Frau injizierte ihren Gefangenen immer noch dasselbe Zeug. Das bedeutete, Aurora musste für ihren Freund ein Heilmittel finden.

Die netten Handschuhe kamen jetzt aus.

Aurora trat von der Frau herunter, packte ihren Kragen und zog sie auf die Füße. Sie zeigte auf den Aktenkoffer: »Sag mir, dass da drin ein Heilmittel für das ist, was du hier treibst?«

»Heilmittel?«, sagte die Frau und schüttelte dann den Kopf. »Es gibt kein Heilmittel, weil dies keine Krankheit ist. Ich mache sie zu besseren, vollständigeren Menschen.«

Die Frau klang nicht mehr ängstlich, und das erschreckte Aurora. Sie hatte schon früher selbstgefällige Wissenschaftler getroffen, Leute, die so von ihrer eigenen Arbeit eingenommen waren, dass sie die Bedrohungen um sie herum nicht wahrnahmen. Das machte ihre Arbeit gefährlich, gab Aurora aber eine Chance: Egoisten redeten gerne über ihre Projekte, und die Wissenschaftlerin könnte eine Option verraten, wenn Aurora sie zum Reden brachte.

Diese Hoffnung starb, als von hinten, von den Aufzügen her, Rufe ertönten. Aurora drehte sich um und hielt die Frau zwischen sich und dem halben Dutzend Helix-Soldaten, die die alles bedeckende Körperpanzerung trugen, die sie im Außenposten gesehen hatte, und mit erhobenen Waffen schnell auf sie zukamen.

»Lass sie los, und wir schießen nicht!«, sagte der Anführer der Soldaten, den Aurora als solchen erkannte, vermutlich wegen der goldenen Umrandung seines Doppelhelix-Abzeichens. »Du bist in der Unterzahl!«

»Das kann ich sehen«, sagte Aurora und flüsterte dann der Frau zu: »Sag ihnen, sie sollen zurückbleiben, oder ich breche dir das Genick, bevor sie einen Schuss abgeben können.«

»Mir das Genick zu brechen, wird deinen Freund nicht retten«, antwortete die Frau. »Was auch immer dein Grund für dein Hiersein ist, ich bezweifle, dass es darum ging, mich zu töten und dann in diesem Gang zu sterben.«

Nicht falsch. Die Frau hatte einen guten Punkt. Aurora wich zurück und zog die Wissenschaftlerin mit sich. Die Soldaten kamen weiter, hielten den gleichen Abstand und wiederholten ihre Forderungen, ohne einen Schuss abzugeben.

»Heb deinen Aktenkoffer auf«, sagte Aurora, als das Paar an dem Gegenstand vorbeikam. Die Frau gehorchte und ging mit Aurora in die Hocke, um den silbernen Behälter vom Boden aufzuheben. »Und geh weiter.«

Nachdem die Wissenschaftlerin den Aktenkoffer aufgehoben hatte, entschied der Anführer der Soldaten offenbar, dass diese laufende Verhandlung nirgendwohin führte. Er hob eine Hand, und die hinteren drei Soldaten drehten sich um und begannen, in die andere Richtung zu laufen.

»Diese Etage ist quadratisch, oder?«, sagte Aurora und setzte ihren Rückzug fort.

»Du bist so schlau. Bist du sicher, dass du keine eigene

Injektion willst?«, antwortete die Frau. »Es würde dir helfen, da bin ich mir sicher.«

»Behalt deine Nadeln für dich.«

Aurora schätzte eine Minute, vielleicht zwei, bis die laufenden Soldaten hinter ihr sein würden. Ihre Geisel konnte nicht beide Seiten gleichzeitig abdecken, was einen Schuss in den Rücken zum wahrscheinlichsten Ausgang für sie machte.

Nicht gut.

An der Ecke des Ganges nutzte Aurora die Wendung, um schneller rückwärts zu gehen. Ein weiterer Aufzug befand sich nicht weit entfernt auf dieser Seite, gegenüber der größeren Bank, wo Aurora angekommen war. Dieser, im Gegensatz zum Standard-Unternehmensdesign der anderen, hatte Warnaufkleber und rote Lichter ringsum. Ein wichtiger, ein gefährlicher, und möglicherweise ein Fluchtweg.

»Entsperre den Aufzug«, sagte Aurora zu der Frau und zog sie zur Tür.

»Natürlich«, antwortete die Frau. »Obwohl dir vielleicht nicht gefallen wird, was du dort unten findest.«

Die Frau kam Auroras Befehl nach, schlug ihr Handgelenk gegen die Aufzugstür und änderte die roten Lichter in grüne. Aurora schlug auf den Rufknopf, als die Soldaten um die Ecken auf beiden Seiten bogen und ihr zuriefen, sie solle aufgeben.

Die Türen öffneten sich nicht. Der Aufzug war nicht bereit.

Aurora war die Zeit ausgegangen.

Aurora stieß die Frau weg und hob die Hände. Der Anführer der Soldaten packte Auroras Geisel, während die anderen beiden Aurora selbst ergriffen, ihre Hände nahmen und sie mit metallenen Betäubungshandschellen fesselten, bereit, Auroras Nerven zu betäuben, wenn sie aggressive Bewegungen machen würde.

»Bleib unten und sei still«, sagte einer der Soldaten zu ihr. »Und vielleicht töten wir dich nicht.«

Die Frau schüttelte die Hilfe des Anführers der Soldaten ab, wandte sich wieder Aurora zu mit diesem hinterhältigen Lächeln, das sie so gut trug: »Es tut mir leid, dass dein Plan nicht ganz funktioniert hat, aber mach dir keine Sorgen. Wir haben immer Platz für weitere Versuchspersonen wie dich. Diese feinen Herren werden dich in eine Zelle führen, und ich werde dich in ein paar Stunden sehen.«

»Ich freue mich schon darauf«, sagte Aurora, als die Wachen, die sie gefesselt hatten, sie hochhoben und gegen die Wand des Ganges drückten.

Alles in allem war Aurora noch nie verhaftet worden. Dies trotz all der feindlichen Invasionen, die sie durchgeführt hatte, Missionen, die lokale Gesetze mit wilder Missachtung brachen. Normalerweise gingen ihre Feinde einfach auf den Killerschuss. Weniger gefährlich auf diese Weise. Ein toter DefenseCorp-Soldat würde nicht zurückkommen, um dich zu verfolgen.

Und als sich die Türen des Aufzugs öffneten, den Aurora gerufen hatte, sah sie ihre Chance, genau das zu tun.

[17]

REALITÄTSRUMMEL

Sai war nie ein Anführer gewesen, kein Direktor, kein Manager von Menschen. Er bevorzugte seine Sprengstoffe, sein Schwert und die praktische Arbeit, die damit einherging. Doch fiebrig und wütend, in einem großen Raum voller Versuchspersonen, die dasselbe fühlten, musste jemand die Initiative ergreifen. Jemand musste die Seuche in die richtige Richtung lenken.

Anaskya war zum Aufzug gegangen. Verschwunden, als ihr großer Begleiter sein grausiges Ende an den scharfen Nägeln, beißenden Zähnen und sabbernden Kiefern von kaum noch menschlichen Wesen fand.

Neben der Aufzugstür, in seiner verschwommenen Sicht schwankend, standen Sais Sohn und Tochter. Lächeln auf ihren Gesichtern, springend und zur Tür zeigend. Nicht echt, konnte nicht echt sein, aber verdammt, sie sahen so aus. Im gleichen Alter wie Sai sie zuletzt gesehen hatte, vor Jahren und Jahren. Pfefferminzbänder im Haar seiner Tochter, wie er es an Feiertagen gemacht hatte.

Wenn seine Kinder wollten, dass er in den Aufzug ging,

wenn sein fiebernder, infizierter Verstand das als den Weg sah, dann würde Sai ihn nehmen.

Als Captain Happys letzte Überreste zerrissen wurden, taumelte der Sever-Soldat zum Aufzug und schlug auf den Rufknopf. Er presste die ID des Mannes, die er von dessen zerfetztem Hemd gerissen hatte, gegen den Scanner des Aufzugs und sah die grüne Bestätigung, die Prioritätsfreigabe, die alle anderen Rufer ausschaltete.

»Hierher«, rief Sai der Gruppe zu, ein nasser, hustender Ruf, der gut zu Sais Gefühlslage passte. »Wenn ihr eine Chance auf Heilung wollt, müssen wir sie erwischen.«

Sai konnte nicht sagen, wie viel die anderen Dutzend oder so Opfer verstanden, aber die meisten folgten dem Ruf. Sie ließen von ihren fleischigen Bissen ab und schlurften in Sais Richtung.

Der Mann, der alles begonnen hatte, dessen Virus fortgeschrittener schien als das aller anderen, führte die taumelnde Crew in einem schwankenden Lauf an, als wäre sein Körper mit Flüssigkeit gefüllt, die bei jedem Schritt hin und her schwappte. Die roten Augen des Mannes weinten einen gelblichen Eiter, während seine Haut ansonsten weiterhin schnell zu einem dunkleren Blau wechselte, wie ein riesiger, sich ausbreitender Bluterguss. Als er sich näherte, während sich die Aufzugtüren öffneten, begrüßte er Sai mit offenem Mund und einem heiseren Grunzen.

»Gemeinsam«, erwiderte Sai, nicht wissend, was er sonst sagen sollte.

Der DefenseCorp-Soldat streckte die Hand aus, bevor er sich stoppen konnte, und legte sie auf die Schulter des anderen, kranken Mannes. Er verstärkte den Griff für einen Moment, wie er es bei Gregor oder Eponi getan hätte. Er kannte dieses menschliche Wrack seit weniger als ein paar

Minuten, aber gemeinsamer Zweck schmiedete gemeinsame Bande.

Sie gingen in den Aufzug und die anderen strömten hinter ihnen herein. Sai wusste nicht genau, ob sie ein Gewichtslimit überschritten, ob es ihnen schaden oder helfen würde, so viele Infizierte in enger Nähe zu haben. Er wusste nur, dass seine schwimmende Sicht, ein ständiges Brennen in seinen Armen und Beinen und eine gelegentliche, sekundenlange Halluzination, die ihn zurück zu seiner Familie brachte, bedeuteten, dass Sai auf einer düsteren Reise ins Nirgendwo war.

Der Aufzug hatte nur einen anderen Knopf. Dafür zumindest konnte Sai Anaskya danken. Ihr Wunsch nach direkter Effizienz gab Sai eine Entscheidung weniger zu treffen, eine Entscheidung weniger zu grübeln. Er schlug auf den Knopf, beobachtete, wie sich die Türen schlossen, und lauschte dem schweren, nassen Atmen um ihn herum.

Von ihrem Aussehen her kam Sais bunt gemischte, infizierte Gruppe aus allen Schichten der Gesellschaft von Dynas. Einige trugen Taucheranzüge, zerrissen und befleckt, was auf ein Leben auf den Straßen der Stadt hindeutete. Leichtere Opfer vielleicht, die man sich nahm. Andere, wie der dem Untergang geweihte Mann neben Sai, trugen Kleidung mit dem Doppelhelix-Logo. Mitarbeiter, die auf dem Altar des Unternehmens geopfert wurden.

Aus freien Stücken oder unter Zwang?

Sai vermutete Ersteres, dank Letzterem. Ein angebotener Bonus oder eine Reise von dieser Welt, und als die Realität dieser Wahl offensichtlich wurde, eine Waffe in den Rücken gedrückt, um die Leute davon abzuhalten, sich gegen ihre ursprünglichen Ideen zu wenden.

Die kurze Fahrt im Aufzug und der sich zersetzende

Zustand des Mannes ließen keine Zeit, Sais Idee zu bestätigen.

Als sich die Aufzugtüren öffneten, versuchte Sai, einen Sinn in dem zu finden, was er sah. Direkt gegenüber, das Gesicht gegen die Wand gepresst und einen dieser billigen Taucheranzüge tragend, war seine Kapitänin. Zwei Soldaten arbeiteten an ihr, während ein halbes Dutzend in der Nähe herumlungerte, alle zum Aufzug zurückblickend, ihre maskierten Gesichter zweifellos verwirrt über die kranke Masse, die auf sie zurollte.

Sai gab keinen Befehl, schritt nicht als Erster hinaus und verlangte, dass jeder einzelne Wächter zu Futter für die mörderischen Gelüste seiner Monster gemacht würde. Die Monster taten es von selbst.

Der ruinierte Mann führte den Ansturm an, erfasste diese schwarzen Doppelhelix-Uniformen mit seinen Augen und stürmte mit einem wahnsinnigen, hustenden Gebrüll aus dem Aufzug. Sai drückte sich in den Aufzug zurück, als die anderen folgten, in den Flur strömten und mit tränenden Augen auf ihre auserwählten Opfer losgingen.

»Sai!«, rief Aurora über die Schreie hinweg, und Sai verließ endlich den Aufzug, um seine Kommandantin am Boden zu finden, wie sie eine kranke Frau wegkickte, die halbherzig nach Auroras Knöchel griff.

»Lass sie in Ruhe«, sagte Sai und griff durch den Nebel, um sowohl Auroras Tritt als auch den Griff der infizierten Frau wegzuschieben. »Die mit den Uniformen, die sind der Feind. Sie haben euch das angetan.«

Die Frau blickte Sai an, ihr vom Wetter gezeichnetes Gesicht begann dieselben dunkelblauen Flecken wie der Krieger zu zeigen, und sie wollte gerade etwas sagen, als ihr Kopf einfach explodierte, in Flammen aufging und zerschmolz, während einer der Wächter seine Waffe auf sie abfeuerte. Er zielte als Nächstes auf Sai, als dieser plötzlich einen Druck an seinem linken Knöchel spürte.

Sai schlug auf dem Boden auf, als der Schuss des Wächters durch den Raum jagte, wo er eine Sekunde zuvor noch gestanden hatte. Aurora zu seiner Linken zog ihr Bein zurück, nachdem sie Sai zu Boden getreten hatte, rollte sich zusammen und stürzte sich kopfüber auf den Wächter, wobei ihr verfilztes, verschwitztes Haar einen bauchzermalmenden Angriff auf den Mann anführte und ihn zu Boden warf.

Die Decke des Gefängnisgangs ragte über Sai auf, als er auf dem Rücken lag. Der Sturz hatte seine Brust hart getroffen und die Luft aus seinen geschwächten Lungen gepresst. Er sah, wie Aurora ihren Angriff mit hinter dem Rücken gefesselten Händen ausführte, und wusste, dass er aufstehen musste, dass er etwas tun musste.

Zwischen einem Blinzeln und dem nächsten stand seine Mutter da, lächelte auf ihn herab und sah genauso aus wie an jenem schrecklichen Tag auf dem Turmdach. Sie beugte sich vor, streckte beide Hände nach Sais aus, und er ergriff sie, spürte, wie seine Mutter ihn hochzog, und-

»Sai! Ich könnte hier etwas Hilfe gebrauchen!«, rief Aurora, und seine Mutter verschwand, ersetzt durch die ringende Gestalt seiner Hauptfrau einen Meter entfernt, die versuchte, die Waffenhand des Wächters am Boden festzuhalten.

Richtig. Das war es, was er tat. Kämpfen.

Sai stürzte vorwärts und fiel auf den Wächter, verfehlte Aurora und rammte seinen Ellbogen mit genug Kraft in das Gesicht des Wächters, um den Mann schlaff werden zu lassen.

Die infizierten Opfer hielten sich im Gang gut, tacklelten, bissen und zerrissen die gepanzerten Wächter.

Mehrere von Sais behelfsmäßigen Gefährten waren« durch Laserfeuer ausgelöscht worden, aber Überraschung und Wildheit hatten alle bis auf zwei der Wächter niedergestreckt, die Momente später von der verbleibenden Horde niedergerungen wurden.

»Sai, würde es dir etwas ausmachen, mich aus diesen Handschellen zu befreien und mir dann zu erklären, was zum Teufel hier vor sich geht?«, sagte Aurora und übertönte das panische Geschrei der Mahlzeit der Infizierten.

Um die Handschellen zu öffnen, musste er ein Abzeichen von ihrem niedergeschlagenen Wächter holen, was nicht so schwierig hätte sein sollen, außer dass Sais Finger sich anfühlten, als wären sie so dick wie Würste, und seine Kinder immer wieder am Rande auftauchten, was es schwer machte, sich zu konzentrieren.

»Sai, konzentrier dich«, sagte Aurora, nachdem er einen unbeholfenen Versuch unternommen hatte, die Abzeichentasche auf der Brust des Wächters zu öffnen. »Was ist los mit dir? Mit ihnen?«

»Ich«, Sai schloss die Augen. Versuchte, alles nur für einen Moment auszublenden. Neu zu starten. »Sie haben uns etwas injiziert. Das ist es, was sie hier machen, im Turm, denke ich. Der Zweck dieses ganzen Ortes.«

Sai musste weitersprechen, musste die Worte weiter heraussprudeln lassen, denn wenn er aufhörte, wenn sein Mund sich schloss, hatte Sai plötzlich das Gefühl, dass er ihn vielleicht nicht wieder öffnen könnte. Sein Fieber musste steigen, dieses Virus sandte seine Hitze auf und ab und überall in seinem Körper.

»Sie werden uns in etwas anderes verwandeln«, fuhr Sai fort, sog Luft ein, so gut er konnte, und schaffte es, das Dienstabzeichen des Wächters herauszubekommen. Aurora drehte ihm den Rücken zu, präsentierte die Handschellen, und ein schweißnasses Tippen löste die blauen Metallschellen. »Anaskya sagte immer« wieder, es würde uns helfen, besser zu werden, aber ich glaube nicht, dass sie weiß, was sie tut.«

Aurora drehte sich um, half Sai auf die Füße, behielt ihre Hände auf seinen Schultern. Ihr Gesicht sah klar, fest, real aus. Aber natürlich war es das. Aurora war nicht wie Sais Kinder, seine Mutter. Keine Halluzination.

»Real?«, sagte Sai, nachdem Aurora eine Frage gestellt hatte, die er nicht mitbekommen hatte. »Du bist real, oder?«

»Ich werde gleich viel weniger real sein, wenn du deine Freunde nicht von uns fernhältst«, erwiderte Aurora und drehte Sai herum, um ihn den Überlebenden gegenüberzustellen, die sich um sie beide versammelt hatten und so verstört und ruiniert aussahen, wie Sai sich fühlte.

»Sie sind nicht«, Sai schaute sich um, die Gesichter, die ihn anstarrten, reichten von kaum zusammenhängend bis brodelnde Wut, aber alle teilten ein einzigartiges Merkmal, das Sai schon einmal gesehen hatte. »Sie sind nicht meine Freunde.«

»Vielleicht solltest du das überdenken, bevor sie uns fressen.«

»Wir sind infiziert«, sagte eine der anderen, eine muskulöse Frau, die die blutigen Überreste einer Doppelhelix-Uniform trug. »Das ist alles. Das ist alles. Aber wir sind nicht verrückt, nur, nur wütend. Und krank.«

Eine Krankheit, die dringend einer Heilung bedurfte. Eine, von der Sai vermutete, dass Anaskya sie haben würde. Falls es überhaupt eine gab.

»Wir müssen ihr nach«, sagte Sai. »Anaskya. Sie ist die einzige Option.«

»Sprichst du von einer Wissenschaftlerin? Der Anführerin dieser Gruppe?«, fragte Aurora. »Denn sie war gerade eben noch hier.«

Sobald Aurora die Worte beendet hatte, brach die infizierte Gruppe auf und eilte die Gänge entlang, rief nach Anaskyas Namen und erhielt Antworten von Gefangenen, die noch in ihren Zellen eingesperrt waren. Aurora und Sai sahen ihnen nach, und Sai wäre ihnen gefolgt, wenn Aurora ihn nicht festgehalten hätte.

»Sai, ich muss es wissen. Was passiert mit dir? Bist du kompromittiert?«

Sai berichtete von den Symptomen. Sagte, er fühle sich in der Lage zu stehen, sich zu bewegen. Dass jede länger anhaltende Aktion katastrophal wäre.

»Und Eponi?«, fragte Aurora. »Weißt du, wo sie ist?«

»Sie hat mich verraten. Hat mein Leben gerettet und mich gleichzeitig getötet.«

»Sie ist also hier, im Turm?«

»Vielleicht?«, Sai versuchte den Kopf zu schütteln, aber Aurora ging einfach über seinen Kommentar hinweg.

Sie erklärte, in der peitschenknallenden Art eines Missionsbriefings, die Aurora hatte, Kashmal und den Aktenkoffer, das Ziel und den Plan, eine Shuttle-Fahrt nach draußen zu sichern, sobald Sever Squad wieder vereint wäre. Sai verstand jedes fünfte Wort, und selbst die ließ er entschwinden.

Denn die Wahrheit war, er würde bald tot sein, oder etwas so Anderes, dass der Sai, der den ganzen Weg hierher gereist war, genauso gut verschwunden sein könnte.

18

DAS ENDE DER INFIZIERTEN

Teil von Sever Squad zu sein bedeutete, dass Gefahren einen Weg fanden, dich zu erreichen - sei es direkt, wie Lanis auf sein Gesicht gerichtete Waffe, oder indirekt, wie als Wicks versuchte, den Code von Rovos Rüstung zu knacken und dabei fast deren selbstzerstörerische Manipulationsschutzfunktion auslöste. Die Rüstung begann einen schnellen Countdown, und Lani ließ Gregor klugerweise vorbei, um eine zwölfstellige Zeichenfolge auf dem Tastenfeld der Rüstung einzugeben, direkt neben der Naht an der linken Seite.

Zu sterben, wenn die Kampfrüstung seines eigenen Teams explodierte, wäre nicht der dümmste Tod gewesen, den Gregor in seiner Zeit bei DefenseCorp gesehen hatte, aber es wäre nah dran gewesen. Nichts würde jedoch den Moment übertreffen, als er miterlebte, wie sich ein flüchtender Gefangener versehentlich Sekunden vor dem Eintritt in die Atmosphäre in das kalte Vakuum des Weltraums katapultierte. Der Fallschirm nützte dem armen Mann nichts.

»Danke«, bot Wicks an und stand weit von Gregor entfernt. »Hatte vergessen, dass sie das machen.«

Agenten. Gregor war zunächst begeistert gewesen, Lani zu sehen, dachte, vielleicht würde sie ihm helfen, den Rest von Sever zu finden, vielleicht bei der Beschaffung eines Schiffs von der Welt zu helfen. Stattdessen hatte Lani Gregor daran erinnert, warum er es vorzog, die Mitglieder des Geheimdienstes von DefenseCorp zu meiden.

Zum einen bewahrten sie zu viele Geheimnisse. Lani konnte so viel sagen, wie sie wollte, über die Zerstörung von Felix und das Halten von Helix in Schranken, aber DefenseCorp hätte dasselbe mit regelmäßigen Inspektionen erreichen können, mit einer Fregatte in Bereitschaft, um jegliches anstößige Material einzuschmelzen. Agenten in der Stadt einzuschleusen bedeutete, dass DefenseCorp andere Ideen hatte oder eine Investition aus diesem ganzen Unterfangen garantieren wollte.

Aber kümmerte das Gregor?

Wenn man einen Kometenminenarbeiter ohne Besitz nimmt, ihm eine Chance als muskelbepackter Vollstrecker gibt, der sich zu einer Elitekampfform entwickelt, erzeugt das Loyalität. Aurora würde diese Agenten vielleicht bedrängen. Sai würde vielleicht ihre wahren Motive hinterfragen.

Gregor hatte seinen Hammer zurück, und sie brachten ihn an einen Ort, wo er ihn einsetzen konnte. Vorerst reichte das.

»Ich gebe euch die Codes«, sagte Gregor. »Ihr gebt die Rüstung zurück, wenn wir uns mit meinem Trupp wiedervereinigen.«

»Natürlich«, erwiderte Lani. »Wir werden nicht viel erreichen, wenn wir in dem Ding durch die Stadt stapfen.«

»Wenn ihr versucht, sie zu behalten, werde ich euch töten. DefenseCorp hin oder her.«

Lani lachte: »Klar. Was immer du sagst.«

Nachdem die Bedingungen klar waren, gab Gregor die Codes, und mit Lani und Wicks in Auroras und Rovos Anzügen ausgestattet, kehrte das Quartett zum Dach der Station zurück, sprang auf ihr Gleitboot und sauste aus der Stadt.

Der dicke, feuchte, gelbe Nebel hüllte das Gleitboot ein, als es das Nanonetz verließ, verstopfte Gregors Lüftungsschlitze und erforderte manuelle Reinigung. Er zeigte Lani und Wicks, wie es ging, indem er den Lufteinlass der Rüstung zyklisch reinigte, während man den Atem anhielt, um diese Luft und den gelben Staub aus den Lüftungsschlitzen zu drücken. Ein echtes Vergnügen, aber im Prozess wurde Gregor klar, wie wenig diese Agenten über echten Kampf wussten.

»Nein, hatte noch nie mit so einer Rüstung zu tun«, sagte Wicks, nachdem Gregor ihm die Reinigung der Lüftungsschlitze erklärt hatte. »Ich bevorzuge die subtilen Methoden. Aber wenn wir gegen etwas Schlimmes antreten, kann man nicht vorsichtig genug sein.«

»Dann lass mich dir ein paar Dinge beibringen, wenn du überleben willst«, erwiderte Gregor.

»Und ich dachte, du würdest dich nicht um uns kümmern«, sagte Lani, zweifellos grinsend hinter ihrem Visier.

»Meine Freunde werden ihre Rüstungen zurückhaben wollen«, sagte Gregor. »Ich will sie nicht nach Hause tragen müssen.«

Die Erkundung der verschiedenen Funktionen der DefenseCorp-Rüstung nahm den Rest der Gleitbootfahrt in Anspruch, bis Felix' eroberter Außenposten wie eine matte

Halluzination aus dem ockerfarbenen Dunst auftauchte. In dem Tag, seit Gregor zuletzt hier gewesen war, hatte sich nicht viel am Außenposten verändert.

Tatsächlich hatte sich überhaupt nichts verändert.

»Wie kommt es, dass dieser Ort nicht von Soldaten wimmelt?«, fragte Gregor in die Luft. Er hatte halb erwartet, dass diese Expedition enden würde, bevor sie den Boden erreichten, da jede nennenswerte Streitmacht Verstärkung oder sogar überwältigende Truppen hätte schicken müssen. »Man lässt Feinde nicht auf eigenem Territorium gewinnen.«

»Doch, wenn der Preis des Sieges zu hoch ist«, sagte Lani. »Wer weiß, wie viele der angeheuerten Schläger tatsächlich wissen, was sie beschützen?«

Gregor vermutete, dass er sich vielleicht auch auflehnen würde, wenn er herausfände, dass an seinen Freunden experimentiert würde, sie in wandelnde Monster verwandelt würden.

Sayers steuerte das Gleitboot aufs Dach, bot an, es zu bewachen, während die anderen drei abstiegen und mit einem Aufzug an der Außenseite des Außenpostens hinunterfuhren. Gregor wurde klar, dass dies der Weg gewesen sein musste, den Sai und Eponi zur Flucht genommen hatten.

Wie ging es den beiden? Und Aurora und Rovo? Gregor fühlte sich mit dieser Gruppe ziemlich sicher, aber war der Rest seines Trupps noch am Leben?

Er umklammerte seinen Hammer fester, hielt ihn bereit, als sie sich einem Seiteneingang näherten, der aufgebrochen worden war. Die große Waffe, bereit, kinetische Energie in ihre Schläge umzuwandeln, gab Gregor ein Gefühl von Sicherheit. Wie zu Hause, nur zerstörerisch.

»Bevor wir reingehen«, sagte Lani, als sie sich in der

Nähe der Tür formierten, mit Gregor bereit, die Führung zu übernehmen. »Gibt es noch etwas, das wir über Felix wissen sollten? Womit er kämpft?«

»Kommt ihm nicht zu nahe«, sagte Gregor. »Benutzt Feuer. Und hört nicht auf ihn.«

Wicks und Lani schienen zu nicken, also kehrte Gregor zu dem bizarren Albtraum zurück, den er lieber vergessen hätte, schlug die dünne Tür mit seinem Hammer ein und ging hinein.

Dieser Flur war allerdings neu. Laserspuren zeichneten die Wände, zusammen mit gelegentlichen silbernen Linien von einem Schwert - zweifellos Sais Katana. Gregor sah all dies durch das Licht seines Helms, da der Strom der Basis offenbar ausgefallen war. Nicht wirklich überraschend, angesichts des Kampfes hier.

»Das war ein großer Kampf«, sagte Lani. »Wie viele von euch kamen? Eine Armee?«

»Fünf«, antwortete Gregor.

Links passierten sie die Baracken, deren Kojen noch mit Bettwäsche und persönlichen Gegenständen von zumindest einigen Soldaten ausgestattet waren. Soldaten, die entweder tot oder mittlerweile Schlimmeres waren.

Gregor hatte keinen Plan des Stützpunkts im Kopf, also folgte er den Katana-Schnitten und den Spuren des Laserfeuers. Theoretisch würde sie das zurück zum Zentrum des Konflikts bringen, wo sie Felix finden würden. Oder er würde sie finden.

»Habt ihr zufällig Schaufeln mitgebracht?«, fragte Wicks, als sie um eine Ecke bogen und vor einer Trümmerwand standen, wo der Gang offenbar eingestürzt war. »Ich grabe nicht mit bloßen Händen.«

»Wir gehen drum herum.« Gregor führte sie in einen

Raum zur Linken – ein Büro? Ein Lagerraum? – und machte seinen Hammer bereit. »Geht zurück.«

Es brauchte drei donnernde Schläge, um ein Loch durch die Wände in den nächsten Raum zu schlagen, einen größeren Raum, der wie eine Kommandozentrale aussah. Tote Monitore bedeckten die Wände und standen auf Schreibtischen. Wichtiger war, dass eine Tür am anderen Ende in einen weiteren Gang führte, der ...

»Ich hasste diesen Aufzug«, sagte Gregor.

»Ist er genauso blutgetränkt wie dieser Ort?«, fragte Lani und blickte sich im Zentrum des Stützpunkts um, wo die halb verblassten, noch klebrigen Überreste von Sever Squads erstem Durchmarsch durch diese Gänge zu sehen waren.

»Felix wartete unten auf uns«, sagte Gregor. »Hier oben versuchten Wachen, uns in einen Hinterhalt zu locken. Weder das eine noch das andere gelang. Es war lästig.«

Gib ihm jederzeit einen offenen Kampf. Nicht diese beengten Verhältnisse, diese Heimlichtuerei. Auch keine genetischen Mutanten.

»Apropos«, sagte Lani. »Du meintest, Felix wüsste immer, was hier so vor sich geht. Wo ist unser Freund?«

»Ich habe nichts Ungewöhnliches gesehen«, fügte Wicks hinzu. »So lustig diese Rüstung auch ist, ich werde sauer sein, wenn du uns den ganzen Weg hierher geschleppt hast für nichts.«

Nichts schien jedoch der Trend zu sein. Der Stützpunkt lag ruhig und leer da, ohne einen Laut. Nicht einmal Ratten oder anderes Ungeziefer zeigten sich. Als hätte sich der ganze Stützpunkt nach Severs Kampf entschieden, still zu werden.

Die Leere hätte unheimlich sein sollen, aber angesichts dessen, was hier vor nicht allzu langer Zeit geschehen war, fand Gregor es friedlich. Wie der Besuch eines Grabes.

Gregor führte Lani und Wicks zurück Richtung Kraftwerk, dann nach links und durch weitere Büros, zu dem Ort, an dem sie Rovo gerettet hatten. Zu dem Ort, an dem Gregor zuletzt Felix' gesammelte Mutationen als riesigen biologischen Haufen gesehen hatte, wartend auf neues Blut zum Hinzufügen.

Nur dass hier, im leeren Aufzugsschacht, der als Felix' Zellbehälter gedient hatte, Gregor nichts sah. Nur ganz unten ein klebriger Rest schwarzen Schleims.

»Du gehst da runter?«, fragte Wicks, als Gregor zur einzigen Leiter des Schachts ging. »Warum?«

»Weil ich wissen will, ob Felix weg ist, falls er es ist.«

Gregor stieg schnell hinab, den Hammer über den Rücken geschlungen und die Hände an den Außenschienen der Leiter, sodass er die mehreren Stockwerke zum Boden hinunterrutschen konnte.

Seine gepanzerten Stiefel landeten mit einem ekligen Platschen und verteilten Biomasse in alle Richtungen. Gregor kniete sich hin und berührte das schwarz-graue Zeug mit der Hand. Die Masse zitterte, als seine gepanzerten Finger sie berührten. Also noch am Leben, auch wenn es nicht so an ihm zu saugen schien, wie es das am Tag zuvor bei Rovo getan hatte.

»Und?«, rief Lani von oben. »Etwas gefunden?«

»Noch nicht«, antwortete Gregor und stand auf.

Aurora hatte gesagt, sie würde Felix entweder selbst töten oder DefenseCorp dazu bringen, die Kreatur vom Orbit aus wegzubrennen. Jetzt sah es so aus, als müsste sie keins von beidem tun.

Hinter ihm hörte Gregor das langsame, mahlende Geräusch einer elektrischen Tür, die manuell aufgeschoben wurde. Der Sever drehte sich langsam um und zog dabei den Hammer über seinen Kopf.

Dort stand, eine gebeugte Masse, viel grauer und brüchiger, als Gregor sich erinnerte, der Grund, warum Lani Gregor hierher zurückgeschleppt hatte.

»Hallo, Felix«, sagte Gregor.

»Du bist gekommen, um einem sterbenden Mann Gesellschaft zu leisten?«, antwortete Felix. »Wie freundlich von dir.«

19

BEINAHE FREI

Die Schwerelosigkeit zu erreichen war ein elastischer Moment. Die Schwerkraft von Dynas verschwand augenblicklich, aber Eponis Körper reagierte darauf mit schwingenden Empfindungen, als sich jedes Organ, jedes Blutgefäß und jeder Nerv an ihre plötzliche Entfesselung anpassten. Beim ersten Mal, als Eponi dieses Gefühl erlebt hatte, hatte sie sich überall übergeben.

Jedes andere Mal war sie dem manischen Grinsen erlegen, das das Fliegen im Weltraum ausmachte. Wunder über Wunder über Wunder.

»Ich hasse das«, sagte Ben neben ihr und umklammerte seine Waffe, wobei er eher grün als alles andere aussah.

Manche Menschen würden nie verstehen können, was es bedeutete, die Fesseln eines Planeten hinter sich zu lassen. Andere wie sie? Eponi war sich durchaus bewusst, dass das Aufwachsen in der Gefangenschaft banaler Jobs und das Festsitzen auf einer rückständigen Welt sie empfänglich für Freiheit machte, wie illusorisch diese Freiheit auch sein mochte.

Sie hatte Dynas zwar verlassen, ja, aber Ben hielt sie

immer noch als Geisel. Obwohl sie jetzt, im Weltraum ohne einen anderen Piloten, ihn auch als Geisel hatte.

»Du wirst dich entweder daran gewöhnen oder nicht«, sagte Eponi.

»Ich gehöre nicht in den Weltraum«, schüttelte Ben den Kopf. »Deshalb habe ich überhaupt erst den Helix-Job angenommen. Wenn alles gut gelaufen wäre, hätte ich für immer dort bleiben können.«

»Dann bist du gegangen.«

»Dann bin ich gegangen«, sagte Ben. »Verbring einen Tag auf Dynas und es ist schon zu lang.«

Vor ihnen wurde der Weltraum heller, als Sterne und Planeten zu Milliarden in der Schwärze auftauchten. Der Heimatstern von Dynas lag hinter ihnen, sein Licht tat wenig, um die Distanz zu überstrahlen, als Eponi das Shuttle so neigte, dass Dynas zwischen dem Stern und dem Schiff lag. Eine kleine künstliche Sonnenfinsternis.

Sinnlos, es sei denn, man wollte einen relativen Treff-punkt inszenieren.

Während des Aufstiegs hatte Ben erwähnt, dass er keine Koordinaten hatte. Nur einen Namen, ein Datum und ein Versprechen. In den Schatten von Dynas gelangen und warten, und Ben würde seinen Käufer finden und seine Flucht.

»Wie hast du überhaupt Kontakt zu diesen Leuten aufgenommen?«, fragte Eponi, während sie das Shuttle hochschickte, um Dynas' Umlaufbahn anzugleichen, und es dann drehte, um die Sicht nach außen gerichtet zu halten. Je weniger sie von diesem nassen Planeten sah, desto besser. »Ein paar Laser, die zum Himmel gerichtet waren?«

»Dynas ist nicht von der Galaxie abgeschnitten«, sagte Ben. »Helix braucht Nahrung, Käufer für ihre Produkte. Es ist nur sehr kontrolliert. Ich bin zufällig einer der Leute, die diese Kontrolle ausüben.«

»Und diese Leute, die wir treffen, werden uns und das, was du da hinten hast, mitnehmen?«

»Das ist der Plan.«

»Warum sollten sie dich nicht einfach erschießen und das Zeug umsonst mitnehmen?«

Ben grinste auf diese selbstsichere Art, wie es überhebliche Menschen tun, »Die Kisten sind verschlossen. Ich bin der Einzige, der weiß, wie man sie öffnet.«

Eponi lachte. Sever war auf unzählige solcher Drohungen gestoßen. Hochmütige Arschlöcher, die behaupteten, man könne sie nicht töten, weil irgendeine Waffe, irgendein Schatz, irgendein Geheimcode von ihrem Leben abhing. Es stellte sich heraus, dass man alles öffnen konnte, mit genug Geschick, Geduld und, wenn nötig, Sprengstoff.

»Du nimmst mich nicht ernst«, sagte Ben.

»Definitiv nicht«, erwiderte Eponi. »Du wirst entweder tot enden, oder, nun ja, tot.«

»Nicht jeder in der Galaxie macht Geschäfte auf Leben und Tod, weißt du«, entgegnete Ben. »Manchmal kommen die Leute auch ohne das Töten aus.«

Eponi konnte zugeben, dass ihre Karriere ihre Perspektive verzerrt hatte.

Als Kart-Rennfahrerin, die am Rande der Galaxie unterwegs war, war Eponi vielen Deals und Kompromissen ausgesetzt gewesen, der Art von Dingen, die außerhalb der hellen Lichter, der Menschenmengen und Kameras stattfanden, die Menschen zu Stars machten. Sie saß da, während Manager und Besitzer und Teams und Agenten ihr Leben, ihre Zeit für Profite verschacherten. Und sie machte mit. So funktionierte die Galaxie, die Branche und das Leben. Dass Ben auf Dynas etwas Ähnliches gefunden hatte, während er Zellen für eine verrückte Firma vertickte, überraschte sie nicht.

Was sie überraschte?

Dass Ben nicht dachte, dass jemand ihn ausnutzen würde.

Das Shuttle blinkte eine Warnung, ein kleines rotes Licht, das anzeigte, dass ein anderes Raumschiff in relativer Nähe eingetreten war. Eponi hatte das Shuttle nach außen gerichtet, um zumindest mit dem nach vorne gerichteten Radar alles zu erfassen, was von außerhalb des Systems kam. Dieser Kontakt kam jedoch von hinten. Das Schiff musste um Dynas herumgesprungen sein und den Planeten umkreist haben, um sich ungesehen zu nähern.

Waren sie paranoid? Vielleicht. Strategisch? Definitiv.

»Sieht aus, als wären deine Freunde hier«, sagte Eponi.

»Unsere Freunde«, erwiderte Ben. »Verärgere sie nicht.«

»Was, denkst du, ich könnte das?«

»Ja.«

Das Shuttle, das sie von Dynas gestohlen hatten, hatte nicht das ausgeklügelte Radar, an das Eponi gewöhnt war. DefenseCorp stellte sicher, dass ihre Schiffe bereit waren, jede potenzielle Bedrohung zu scannen, zu sehen und anzugreifen. Dieses Shuttle zeigte nur die Position an. Eponi konnte nicht sagen, ob das sich nähernde Schiff groß, klein oder tödlich war. Nicht dass sie irgendwelche Waffen hätten, um zurückzuschlagen. Anstatt Ausweichmanöver zu versuchen, irgendwelche Steuer- oder Pilotenbewegungen, ließ Eponi das Shuttle hängen und lehnte sich in den Sitz zurück. Wartend auf die Entführer.

»Erwarten sie mich?«, sagte Eponi. »Oder werde ich

eine Unannehmlichkeit sein, die man einfacher ins Vakuum wirft?«

»Das sind keine Mörder«, sagte Ben. »Sie sind nur ein Unternehmen, genauso wie das, für das du arbeitest. Genauso wie das, für das ich gearbeitet habe. Alles, was sie wollen, ist Profit und etwas zu verkaufen.«

»Du solltest wirklich eine neue Karriere als Motivationsredner beginnen«, erwiderte Eponi. »Du lässt mich mich so warm und kuschelig fühlen.«

Bevor Ben mit mehr als einem Augenrollen antworten konnte, erschütterte ein Ruck das Shuttle. Das sich nähernde Schiff legte zum ersten Andocken an und koppelte sich an die Luke an der Seite ihres Shuttles. Ein weiteres Piepen und ein blinkendes Licht zeigten eine sichere Luftschleuse an, bereit, Bens Schmuggelware und Ben selbst zu transferieren.

Persönlich hasste Eponi diese langsamen interstellaren Spaziergänge. Wo nur eine dünne Membran einen von einem schnellen Tod trennte. Die Galaxis war voll von Geschichten über schiefgegangene Transfers: Da gab es die versehentlichen Dinge wie eine falsche Verriegelung, einen Sensor, der eine enge Verbindung anzeigte, während in Wirklichkeit ein haarfeiner Riss bedeutete, dass der ganze Sauerstoff hinausgesaugt wurde. Oder vielleicht sah alles gut aus, der Transfer lief glatt, und jemand dachte, es wäre vorbei. Ein Knopfdruck eine Minute zu früh und puff, eine ganze Crew war verschwunden.

Besser, auf eine Freigabe zu warten, also wartete Eponi, während Ben zurückging, um nachzusehen. Sie blieb im Cockpit, wo sie, wenn nötig, die Türen schließen und sich in diesem winzigen Abteil einschließen konnte. Sich gerade genug Luft geben, um zur Atmosphäre zurückzukehren, falls etwas katastrophal schieflaufen sollte. Falls Bens

Käufer weniger an Ben und seiner Geisel interessiert wären.

Vertrauen gehörte nicht zu ihren vorherrschenden Eigenschaften.

»Eponi, kannst du mich hören?«, kam Bens Stimme durch den Lautsprecher des Cockpits.

»Glasklar«, antwortete Eponi. »Hast du deine Freunde schon getroffen?«

»Sie haben die Verbindung hergestellt. Sollten in einer Minute rüberkommen. Ich werde mit ihnen sprechen und dir dann Bescheid geben, wie es weitergeht.«

Das gab Eponi reichlich Zeit, die Sterne anzustarren, ihre Atemzüge zu zählen. Sich umzusehen, ob irgendetwas im Cockpit zurückgeblieben war, das ihr vielleicht einen Hinweis geben könnte, mit wem sie sich trafen. Welche Firma. Nicht dass sie es nicht irgendwann herausfinden würde, aber jeder Informationsfetzen könnte helfen.

Wie gesagt, Eponi vertraute niemandem, den sie nicht kannte. Besonders keinen Unternehmen.

Als Eponi zum ersten Mal ihre Heimat auf Seleno verlassen hatte, hatte die Kart-Racing-Organisation die Reise bezahlt. Eponi hatte gedacht, sie würde eine rote Masse hinter sich lassen, wo so viele Träume starben oder verpufften, dank ihnen. Eponi unterschrieb alles, worum sie gebeten wurde. Sie ging auf ihre Forderungen ein, fuhr jedes Rennen, das sie konnte. Und erst, erst als sie die anderen Profi-Rennfahrer traf, diejenigen, die schon jahrelang dabei waren, fand sie heraus, wie schlecht sie sich selbst aufgestellt hatte. Wie sehr sie den willkürlichen Entscheidungen von Menschen ausgeliefert war, die viel mächtiger waren als sie.

Obwohl sie all das Talent hatte.

Dieses Talent trieb Eponi dazu, Forderungen zu stellen,

mehr Geld, bessere Ressourcen zu verlangen. Was alles gut funktionierte, solange sie gewann, solange es niemand Neues gab, der dasselbe bekommen konnte, ohne all den Ärger.

Sie stürzte einmal zu oft. Wie alle Kart-Rennfahrer, aber auch, wegen ihrer Forderungen, nicht. Sie entschieden, dass es sich nicht lohnte, sie zu reparieren, wenn der nächste Rookie ohne Beschwerden fliegen würde. Und wenn man in so jungem Alter aus seiner Lebensleidenschaft ausgestoßen wird?

Dann landet man bei Absetzmissionen für ein gefährliches Unternehmen, als Teil eines gefährlichen Trupps.

Apropos, wo waren sie? Unten auf dieser Oberfläche. Waren sie noch am Leben? Würden sie überrascht sein zu erfahren, dass Eponi die Flucht geschafft hatte, nur eine Luftschleuse entfernt von einem Sprung in ein anderes Leben?

Sie legte ihre Hände auf das Kontrollpanel und beugte sich vor, versuchte da draußen irgendeine Antwort zu finden. Wenn sie zum anderen Schiff rüberginge, dieses angebliche Angebot annähme und mit Ben wegginge, wäre sie draußen. Wahrscheinlich als DefenseCorp-Deserteurin gebrandmarkt, mit einer Lizenz zum Fangen oder Töten, wenn jemand auf sie stieße. Aber Eponi war kleine Fische, kleine Beute. DefenseCorp würde sich nicht darum kümmern, sie zu fangen, und sie würden sie in der Dunkelheit verschwinden lassen, wie so viele andere es taten.

Keine Waffen mehr, keine Missionen mehr, keine Rüstung mehr, keine fremden Planeten mit noch fremderen Menschen und noch fremdartigeren Viren.

Sie könnte Fracht transportieren, Dinge hin und her schicken, bis sie genug gespart hätte, um ihr eigenes Kart zu bekommen. Kein schlechtes Leben. Überhaupt nicht schlecht.

»Eponi?«, sagte Ben, seine Stimme störte ein. »Bist du noch wach?«

»Ich bin hier, wo bist du?«

»Auf ihrem Schiff«, antwortete Ben. »Sie nehmen den Deal an. Sie nehmen, was wir mitgebracht haben. Und mich.«

Ben lieferte das Ende mit schwerem Gewicht, einer Endgültigkeit. Die Art von Ton, den man beim Schluss machen mit jemandem verwendet, oder einer Idee, oder einem Traum. Oder vielleicht nur, um einen Freund zu enttäuschen.

»Dich?«, sagte Eponi und ließ das Eis, das sich aus seinen Worten gebildet hatte, durch ihre Adern fließen und jeglichen Schock wegfrieren. Kein Vertrauen, erinnerst du dich? »Bedeutet das, was ich denke, dass es bedeutet?«

»Es bedeutet, du bist frei«, antwortete Ben. »Nicht mehr meine Geisel.«

»Warum nehmen sie mich nicht mit?«

»Kein Platz«, sagte Ben. »Aber eigentlich, als ich ihnen sagte, wer wir waren, wollten sie sich deinen Arbeitgeber nicht zum Feind machen. Schätze, DefenseCorp hat zu viel Einfluss.«

»Richtig.«

Was konnte sie sonst sagen?

»Danke, Eponi«, sagte Ben. »Danke, dass du mich da rausgeholt hast. Und jetzt hast du dein Schiff. Du kannst zurückgehen und deine Freunde abholen.«

In einem Shuttle, das das System nicht verlassen konnte?

»Klar. Hab ein schönes Leben, Ben.«

Eponi unterbrach die Verbindung. Eine Sekunde später

erschütterte ein weiterer Ruck das Shuttle, als die Verriegelung sich löste. Diese Luftschleusendichtung fiel weg. Die Scanner piepten erneut und verfolgten das andere Schiff, als es zum äußeren Rand des Systems beschleunigte, wo es auf annähernd Lichtgeschwindigkeit oder darüber beschleunigen würde auf seinem Weg zu einer anderen Welt, einem anderen Leben.

Ihr Shuttle konnte sie nirgendwo hinbringen.

Nein, das stimmte nicht. Das Shuttle konnte sie an den einzigen Ort bringen, an den sie gehen musste.

Zurück auf diese elende Welt.

20

TUMULT IM NASSEN

Es gab nur wenige sinnvolle Reaktionen, wenn dir jemand eine Waffe in den Rücken drückte. Da war die erste Möglichkeit: aufgeben. Die Hände hochreißen und hoffen und beten, dass der Typ, der dich bedroht, etwas von dir will, sonst bist du tot.

Allerdings verbot DefenseCorp diesen Zug.

Warum? Weil DefenseCorp kein Lösegeld zahlen würde, und jedes Mal, wenn der Entführer das herausfand, na ja, dann neigten sie dazu, ihre Geiseln gleich ins Grab zu bringen.

Option zwei: Versuchen zu kämpfen, einen Ellbogen ausfahren oder den Kopf nach hinten rammen, wenn der Feind zu nahe kommt, und sehen, was passiert. Vielleicht schaffst du es, ihm die Nase zu brechen, ihn die Waffe fallen zu lassen, sie vielleicht zu schnappen und zurückzudrehen. Auf jeden Fall alles geben in dem wilden, hektischen Gerangel, um zu sehen, wer es in einem Kampf Mann gegen Mann lebend herausschafft.

Oder Option drei: Es ausreden. Erfolgschancen? Gering. Aber für Rovo, ehemaliger Kommunikationsoffizier bei DefenseCorp und Meister vieler Sprachen, vielleicht ein bisschen höher.

»Du lässt die Waffe sinken«, sagte Rovo und zwang eisige Ruhe in jedes Wort, »und dann lässt du mich umdrehen, damit wir von Angesicht zu Angesicht reden können, um herauszufinden, was du hier machst, und wie ich dir entweder helfen oder dich töten kann.«

»Klingt für mich nicht nach einem guten Deal«, sagte der Typ mit der Waffe. »Knie dich hin, damit ich dir diese Handschellen anlegen kann.«

»Versuch's nochmal«, erwiderte Rovo. Während er sprach, suchten seine Augen den Laden ab, auf der Jagd nach etwas Nützlicherem in der Nähe, etwas, das ihm helfen könnte, hier lebend rauszukommen. Er sah nichts, was bedeutete, dass Rovo kreativ werden musste. »Denn rate mal, ich bin nicht allein. Wenn du diese Waffe nicht wegsteckst, wird einer meiner Freunde dir ein Loch in den Schädel jagen.«

»Ach ja?«, antwortete der Typ und verbarg ein Lachen unter den Worten. »Ich glaube, du lügst.«

Der Mann änderte seinen Tonfall, sprach in etwas nahe seinem Kinn, zu jemandem, der nicht Rovo hieß. Eine Frage, die zu irgendeiner Art von Verstärkung gesendet wurde, die draußen auf der Straße wartete. Und in diesem Moment hatte Rovo die Ablenkung, die er brauchte.

Das Geheimnis bei Option drei? Wenn du es richtig machst, gibt es dir eine großartige Option zwei.

Rovo ging in die Hocke und drehte sich, schlug mit seinem linken Arm auf Bauchhöhe zu. Das Ducken nahm die Waffe des Mannes aus ihrer tödlichen Zielrichtung und brachte Rovo auch hinter ein Kleidergestell zu seiner Linken, wobei die hängenden Outfits die Sicht von der

Straße für eventuelle Verstärkungen des Mannes blockierten, die sich vielleicht für einen Schuss aufgestellt hatten.

Rovos Schlag traf auf feste Polsterung, einen dicken Neoprenanzug, vielleicht professionelle Qualität. Darunter bewegte sich dünner Muskel bei dem Aufprall. Als er seinen Kopf herumdrehte, erkannte Rovo, dass er nicht einen knallharten erfahrenen Killer vor sich hatte, sondern einen jüngeren Mann, der eine Atemschutzmaske trug und die Waffe hielt, als wüsste er nicht, was er damit anfangen sollte.

Hatte Helix etwa einen Mangel an Sicherheitspersonal? Hatten Sever und Felix so viele ausgeschaltet, dass sie jetzt Reserven von überall her zusammenkratzten?

Wie auch immer, der Junge schien nicht zu wissen, was er tun sollte, also traf Rovo die Entscheidung für ihn. Er tackelte den Helix-Schläger geradewegs zu Boden. Mit seiner linken Hand riss Rovo die Waffe weg und warf sie quer über den Boden.

»Du bleibst unten, dann behältst du dein Leben«, sagte Rovo und presste sein Gesicht nahe an das seines möchtegern Entführers. »Du bist hier völlig überfordert, Kleiner.«

»Ich bin kein Kleiner.«

»Schon klar. Dann bleib unten, Mann.«

Der Junge tat es nicht, versuchte sich zu wehren, also verpasste Rovo ihm einen Ellbogen an die Schläfe, um ihn auszuknocken. Ein weiterer Blick zeigte, dass sich eventuelle Verstärkungen Zeit ließen hereinzukommen, was bedeutete, dass Rovo keine Zeit verschwenden wollte, um hier rauszukommen.

Rovo rannte. Er würde es nicht feige nennen, nur das kluge Spiel spielen. Während die anderen Kunden sich an die Seiten drückten, sich raushalten, kam Rovo auf die Füße und rannte zur Tür, griff im Laufen nach ein paar

Mädchenoutfits: kleine Nachthemden. Perfekt für jede andere Welt, aber nicht für diese.

Der Bürgersteig spritzte, als Rovo darauf hinauspolterte. Jetzt wäre der Moment für jegliche Verstärkung des Jungen gewesen, sich zu zeigen, aber niemand wartete auf ihn. Vielleicht war der Junge zu selbstsicher gewesen, ohne Backup reingeprescht. Die einzigen Leute auf dem Bürgersteig waren der übliche Abschaum, die sich durch den späten Nachmittag schleppten, auf der Suche nach einem Funken Hoffnung, den sie nicht fanden. Ein paar beobachteten Rovo, als er vorbeirannte und dabei Wasser aufspritzte. Niemand schien zu reagieren. Denn natürlich, wenn dein ganzes Leben eine düstere Katastrophe ist, dringt echte Action nicht einmal zu dir durch.

Rovo musste zu Kaia. So viel war klar. Wenn sie ihn bis zum Laden verfolgt hatten, dann würden sie wissen, woher er kam, würden hinter, nun ja, vielleicht nicht dem Mädchen her sein. Dem Koffer? Wie auch immer, Kashmals Wohnung war kompromittiert.

Neoprenanzüge waren nicht gut zum Rennen. Zwei platschende Blocks später war Rovo mehrmals ausgerutscht und hingefallen. Jeder Schritt schien den Neoprenanzug in Rovos Falten zu quetschen und erinnerte ihn daran, wie gut seine Rüstung früher gewesen war. Aber in verzweifelten Zeiten akzeptiert man verzweifelte Maßnahmen, und Rovo bewegte sich weiter.

In dem Block vor Kashmals Wohnung sah Rovo nichts. Ein leerer Bürgersteig, keine stehenden Fahrzeuge mit wartenden Hinterhalten. Ein Blick zurück zeigte, dass der Junge aus dem Laden ihn nicht verfolgte oder ihn verloren hatte.

Für einen Moment atmete Rovo durch. Er verlangsamte

seinen Schritt, als er sich Kashmals Tür näherte, bevor er hineinging und zum Aufzug steuerte.

Während er in die Kabine trat, die ihn nach oben bringen würde, versuchte Rovo, einen Plan zu schmieden. Er hatte nur eine Waffe. Er würde beide Hände brauchen, um Kaia und den Aktenkoffer zu halten, und selbst wenn er sie gesichert hätte, wusste er nicht wirklich, wohin er gehen sollte. Zweifellos war Aurora zum Turm gegangen, aber dorthin konnte Rovo nicht.

Den Koffer und Kaia direkt zu denen bringen, die sie haben wollten? Nein.

Gregor also. Der Hammermann könnte Rovos einzige Option sein. Rovo könnte versuchen, Gregors wahrscheinlichste Richtung von ihrem Trennpunkt aus zu verfolgen, obwohl das auch nicht viel versprach. Rovo war kein Jagdhund, obwohl selbst diese Fähigkeiten auf einem so nassen Planeten wie Dynas vielleicht nicht helfen würden.

Das ließ nur die Tramstation übrig. Wo Rovo, Aurora und Gregor ihre Rüstungen zurückgelassen hatten. Wenn Rovo es dorthin zurück schaffte, könnte er sich zumindest wieder ausrüsten. Vielleicht durchhalten.

Gregor und Aurora würden auch irgendwann versuchen, dorthin zurückzukommen: keiner von ihnen würde ihre Rüstung zurücklassen, wenn sie die Wahl hätten. Rovo hatte den Anzug nur im Simulator und bei dieser Mission getragen, und schon fühlte er sich wie eine zweite Haut an.

Also die Tramstation. Rovo würde dorthin gehen und entweder sterben oder lange genug überleben, um gerettet zu werden.

Die Aufzugtüren öffneten sich und Rovo bog nach links ab, in Richtung der Wohnung. Hielt inne. Niemand stand im Flur, aber es kamen Geräusche, laute Stimmen, die jemandem Befehle gaben. Vielleicht Kaia, vielleicht einander. Rovo drückte seinen Rücken an die gegenüberliegende Wand, streckte dann die Hand aus und drückte den Notfallknopf am Aufzug, um ihn auf dieser Etage zu halten. Das würde eventuelle Verstärkung ein wenig verzögern.

Rovo ging vorwärts, Schritt für Schritt, seine Füße knirschten auf den griffigen Fliesen. Das einzige kluge Zugeständnis, das dieser Planet an die Feuchtigkeit machte. Rovo hielt seine Waffe hoch, bereit. Kaum atmend.

»Sie sagen, sie haben ihn verloren, dass er wahrscheinlich hierher kommt«, sagte eine der Stimmen aus dem Raum, völlig ungestresst. »Du behältst die Tür im Auge, ich packe das Mädchen fertig ein.«

Das Mädchen einpacken?

Wie auch immer, Rovo wartete nicht darauf, dass sie bereit waren. Er stürmte den letzten Meter, schwenkte um die Tür und feuerte dabei, wobei er seine Waffe auf Manneshöhe richtete, nicht auf ein Mädchen. Der erste Bolzen traf ein Ziel in komplett schwarzer taktischer Ausrüstung. Brannte ein Loch direkt in seine Brust und der Mann brach zusammen, während der andere, der Kaia halb in einer Art Jacke fixiert hatte, herumwirbelte und Kaia zwischen sich und Rovo brachte.

»Willst du riskieren, sie zu treffen?«, sagte der Mann, dieser hier älter. Helix hatte anscheinend noch ein paar Erwachsene in seinen Reihen. »Sie ist doch diejenige, die du willst, oder?«

Rovo sah den Aktenkoffer nirgendwo. Vielleicht hatten sie ihn noch nicht gefunden. Vielleicht wussten sie nicht einmal, dass er existierte.

»Es gibt keinen Grund, warum sie verletzt werden sollte«, sagte Rovo. »Du kannst sie jetzt loslassen.«

»Und warum sollte ich das tun?«, erwiderte der Mann,

seine Stimme ruhig. Zu ruhig angesichts der Umstände. Rovo versuchte, mit den Augen umherzuschweifen, um zu sehen, ob noch jemand in der Wohnung war. »Die Zeit spielt mir in die Hände. Deine läuft ab. Leg die Waffe nieder und, wenn du meinen Freund da nicht getötet hast, überlebst du das vielleicht.«

Der Mann hatte in einer Sache recht: Rovo hatte keine Zeit zum Reden. Er musste die Chance ergreifen. Sein Gegner würde auch nicht wollen, dass Kaia getötet wird, das würde ihren Preis ruinieren. Also stürmte Rovo auf ihn zu.

Der Mann erstarrte, er hatte entweder einen Schuss oder Verhandlungen erwartet. Mit Kaia in den Händen konnte er nichts tun, um Rovo davon abzuhalten, ihm mit dem Griff seiner Waffe ins Gesicht zu schlagen. Rovo fing Kaias linke Hand, als der Mann sie fallen ließ, stabilisierte sie.

Drehte sie weg, bevor Rovo einen letzten Schuss abgab.

»Alles in Ordnung?«, fragte Rovo Kaia, während er die enge Umhüllung entfernte, in die die Wachen sie eingewickelt hatten.

Sie nickte, ihre Augen angespannt mit etwas, das nicht ganz Angst war. Vielleicht Stress? Vielleicht Aufregung? Wie auch immer, Rovo war beeindruckt. In dem Alter, umgeben von ein paar Leichen, hätte Rovo gedacht, er würde in Tränen ausbrechen. Nach seinen Eltern schreien. Aber vielleicht hatte Kaia keine richtigen Eltern, nach denen sie schreien konnte.

Kashmal qualifizierte sich sicherlich nicht dafür.

»Okay, lass uns gehen. Raus auf die Straße und laufen«, sagte Rovo. »Bereit?«

»Ich kann rennen«, sagte Kaia.

»Natürlich kannst du das«, Rovo griff unter das Sofa

und zog den Aktenkoffer hervor. »Brauchst du sonst noch etwas?«

»Was meinst du?«

»Nun, ich denke nicht, dass du hierher zurückkommen wirst. Vielleicht nie mehr.«

Sollte er das Kaia sagen? Schwer zu sagen. Das kleine Mädchen sah nicht so aus, als hätte sie ein behütetes Leben geführt. Harte Nachrichten mussten regelmäßig zu jemandem kommen, der in so einem Zimmer lebte. In so einer Wohnung. Auf einem Planeten wie Dynas.

»Kann ich etwas holen?«, fragte Kaia.

»Mach schnell«, antwortete Rovo.

Das Mädchen flitzte davon, zurück in ihr Zimmer, und Rovo schleifte die beiden Körper in die Küche, ließ sie dort hinter der Theke liegen, gerade so verborgen vor einem flüchtigen Blick. Nicht gerade ein hochkarätiger Zug, aber besser als sie offen liegen zu lassen, wo sie durch ein Fenster gesehen werden konnten. Alles, um ein paar Sekunden zu gewinnen.

Sie kam zurück, trug einen kleinen Ball. Ein kleiner Löwe, hoffnungslos fehl am Platz auf dieser Welt. Fleckig gelb, überstrapaziert. Aber sie umarmte die Puppe, als bedeutete sie ihr alles, und da Rovo ihr alles andere wegnahm, ließ er sie das behalten.

21

DER EINZIGE WEG VON DYNAS

Der Gefangenenaufstand auf Cassius Fünf. Das war es, womit Aurora dies vergleichen konnte. Damals, als Sever Squad, mit einer anderen Besatzung außer Aurora und Gregor, eingeschleust wurde und sich absichtlich gefangen nehmen ließ. Einmal drin, hatten sie daran gearbeitet, einen totalen Aufstand anzuzetteln, der große Teile der Hauptstadt von Cassius Fünf zerstörte. Die Eigentümer des Planeten hatten beschlossen, dass sie auf eine Verlängerung des Vertrags mit Defense-Corp verzichten konnten.

DefenseCorp hatte das anders gesehen.

Natürlich war es eine Sache, einen Haufen unzufriedener Gefangener anzuführen. Aus einem High-Tech-Labor auf einem elenden Planeten mit einem Haufen verheerender kranker Wissenschaftsexperimente auszubrechen, war etwas ganz anderes.

Aurora und Sai, letzterer kaum noch bei Bewusstsein, sammelten alle Infizierten, die sie auf der Gefängnisebene finden konnten. Das bedeutete, sie aus den Zellen zu befreien, gestohlene Wachausweise zu benutzen, um die

Glastüren zu öffnen und die Insassen, wenn möglich, zu überreden, sich ihnen anzuschließen. Einige waren zu schwach, um sich überhaupt von ihren Pritschen zu erheben, und Aurora hatte keine Zeit, den Arzt zu spielen, also ließ sie sie ohne einen zweiten Blick zurück.

Nachdem sie sich versammelt hatten, gingen die zerlumpten zwanzig zu den Aufzügen, die Aurora benutzt hatte, nur um festzustellen, dass sie verschlossen waren. Der Rufknopf funktionierte nicht, und das Durchziehen eines Wachausweises ergab nur eine Fehlermeldung, dass der Rang nicht hoch genug sei, um die Sperre aufzuheben.

»Es gibt einen anderen Weg«, sagte eine der anderen Infizierten, eine Frau in Helix-Uniform, die nicht ganz so mitgenommen aussah, als sie sich um die Aufzugtüren drängten. »Es muss Notausgänge geben, nur für den Fall. Aber sie sind auf dieser Etage aus offensichtlichen Gründen versteckt.«

»Nun, jetzt ist es unsere Etage, also sag's uns«, erwiderte Aurora.

Sai nickte zustimmend und wäre umgefallen, hätte Aurora ihn nicht aufgefangen.

»Es ist einfacher, wenn ich es euch zeige«, sagte die Frau, bevor sie sie zu einer leichten Einbuchtung in der Wand in der rechten Ecke führte, nahe dem Gefangenenaufzug und den Überresten des Kampfes.

Der graue Stahlabschnitt war gerade groß genug herausgeschnitten, um wie eine Doppeltür auszusehen, obwohl ein flüchtiger Blick nichts gezeigt hätte. Kein Griff, kein Knopf, schon gar kein Ausgangsschild oder andere Hinweise. Aurora musste nicht lange nachdenken, um zu erraten, warum: Im Falle eines echten Notfalls konnten die Eingeweihten entscheiden, ob sie die Gefangenen retten wollten oder nicht. In einer Situation wie dieser, wo die Gefangenen der Notfall waren?

Lass sie hier. Lass sie verrotten.

»Wie öffnen wir sie also?«, fragte Aurora.

»Versuch's mit dem Ausweis«, sagte die Frau. »Der Scanner ist auf der rechten Seite.«

Aurora klatschte die ID-Karte gegen die Wand und fühlte sich dabei ein wenig dumm. Es war möglich, dass die Frau unter Fieberwahnvorstellungen litt, dass sie nur Zeit verschwendeten. Natürlich hatten sie keine anderen Anhaltspunkte, also warum nicht.

Angesichts Sais sich verschlechterndem Zustand und den zunehmend wilden Blicken, die die anderen Infizierten einander zuwarfen, nahm Aurora an, dass es nicht mehr lange dauern würde, bis alle anfingen, ihre Freunde anzuknabbern.

Das Klatschen des Ausweises bewirkte nichts. Kein Geräusch, kein Zeichen.

»Bist du sicher, dass es diese Ecke ist?«, fragte Aurora.

»Ich bin sicher«, antwortete die Frau. »Die meisten Etagen im Turm sind so angeordnet.«

»Wie ein Gefängnis?«

»Nein, wie ein Quadrat. Diese Ecke beherbergt immer die Treppe, ich weiß nicht, warum wir das hier ändern sollten. Diese Etage war nicht immer für diesen Zweck bestimmt.«

Aurora betrachtete die Frau genauer. Sie war etwas älter, wahrscheinlich keine Praktikantin. Ihr weißeres Haar, die Haut und die leicht gebeugte Haltung deuteten auf eine lange Karriere hin, die am Ende ausgebrannt war. Aurora hätte sie gefragt, was sie hier machte, warum sie für dieses verrückte Experiment ausgewählt wurde, aber dafür war keine Zeit. Und Aurora war nicht hier, um die ganze Geschichte zu erfahren.

»Das machen wir«, sagte Sai, seine Stimme so leise, dass Aurora jedes seiner Worte wiederholen musste, damit die anderen es hören konnten. »Wir nehmen alle Waffen. Jede einzelne, die wir haben, und stapeln sie auf. Bis auf eine.«

Die altbewährte Explosion. Alle diese Lasergase auf einmal entzünden, ein Loch in die Wand sprengen. Keine schlechte Taktik, obwohl der Nebeneffekt, sich selbst zu entwaffnen, um die improvisierte Bombe zu befeuern, nicht gerade der beste Plan war.

Allerdings hatten die Infizierten bereits eine Menge Wachen mit ihren Fäusten und Zähnen erledigt, vielleicht konnten sie einfach so weitermachen. Sich auf die physische Art befreien.

»Ihr habt ihn gehört«, sagte Aurora. »Holt die Waffen, stapelt sie auf. Genau hier.«

»Diese Türen sollen Feuer aufhalten«, protestierte die Frau, als einige der Infizierten sich daran machten, Sais Befehlen zu folgen und erbeutete Waffen nahe der Tür aufeinander zu stapeln. »Glaubst du wirklich, das wird sie aufsprengen?«

»Feuer und Explosionen sind zwei verschiedene Dinge«, sagte Sai, sich an Aurora lehnend und schwer atmend. »Es ist nicht die Hitze, die die Tür öffnen wird, sondern die Kraft.«

Aurora und Sai bewegten sich den Gang hinunter, während das Auftürmen weiterging, bis die Infizierten alle Waffen übereinander gestapelt hatten. Eine Pistole blieb übrig und wurde Aurora übergeben, als der Haufen fertig war. Sie winkte alle Infizierten hinter sich, bis zur Hälfte des Ganges.

»Nicht weit genug«, sagte Sai. »Ich glaube jedenfalls

nicht. Das könnte eine Menge Splitter geben. Vielleicht sogar Schlimmeres. Wir sollten um die nächste Ecke gehen.«

»Die ist nicht stark genug, um von so weit weg zu schießen.« Aurora betrachtete die kleine Pistole. Sie war für den Nahbereich gedacht, ungenau bei allem über ein Dutzend Meter. »Jemand muss näher ran.«

»Dann mache ich es«, sagte Sai. »Es ist meine Idee, und sieh mich an. Ich bin sowieso nicht mehr richtig am Leben.«

Aurora zögerte. Selbstaufopferung war nicht gerade der Kodex von Sever Squad, aber in einer unmöglichen Situation musste man manchmal eine unmögliche Entscheidung treffen. Aber sie waren hier noch nicht verloren. Noch nicht. Sie konnten etwas austüfteln. Vielleicht eine der größeren Waffen durch die Pistole ersetzen, den Schuss vom Ende des Ganges aus abfeuern und hinter die Ecke springen?

»Sai, es gibt andere Möglichkeiten«, sagte Aurora. »Wir können etwas anderes versuchen.«

»Nein, nein«, sagte Sai und versuchte vergeblich zu zeigen, während sein Arm zuckte. »Ich kann kaum stehen. Ich werde dich nur aufhalten. Lass mich das tun, lass mich am Ende etwas Sinnvolles tun.«

Aber Aurora gab Sai die Pistole nicht. Stattdessen bedeutete sie ein paar der geistig klareren Infizierten, einschließlich der älteren Frau, Sai von der Ecke wegzuziehen. Aurora würde den Schuss abgeben. Sie konnte feuern und hinter die Ecke zurückspringen oder sich zu Boden werfen, um die Gefährdung zu begrenzen.

Aurora hatte keine Familie. Sie hatte niemanden, der auf sie wartete. Sie würde den Abzug betätigen.

Zumindest war das Auroras Plan, bis sie eine Hand auf ihrer Schulter spürte und sich umdrehte, um den großen

Mann zu sehen, den brutalen, der den Ansturm aus dem Aufzug angeführt hatte.

Er war stark, zweifellos in seinem früheren Leben ein Mitarbeiter irgendeiner Sicherheitstruppe, aber jetzt verunstalteten rote Flecken und nässende Risse sein Gesicht, blaue Flecken brachen entlang der Kopfhaut aus, während sein Haar in Wellen ausfiel. Seine einfache Gefängnisuniform wies Risse entlang einer Verbrennung auf, wo ein Laser sein Bein gestreift hatte. Nichts an ihm sah gesund aus.

»Lass mich«, sagte der Mann. »Ich habe sowieso genug von diesem verdammten Leben.«

»Ich kann den Schuss versuchen«, sagte Aurora.

»Und wenn du verfehlst?«, erwiderte der Mann, seine Stimme schwach, pfeifend. Seine Lungen zerfielen. »Du verbrauchst Energie, die wir brauchen. Die du brauchst. Ich mach das schon.«

Selbstaufopferung. Eine seltene Eigenschaft. Aber es gab Ziele, die erreicht werden mussten, und Aurora verstand, sah in den Augen des Mannes einen Blick, den sie schon einmal gesehen hatte: Er hatte seinen Frieden mit seiner Entscheidung gemacht.

»Gibt es jemanden, dem ich etwas ausrichten soll?«, fragte Aurora. »Eine Nachricht, die du übermitteln möchtest?«

Der Mann versuchte zu lachen, aber stattdessen kam ein Keuchen heraus, ein Husten, und er nahm die Pistole aus Auroras nachgebender Hand. »Man kommt nicht nach Dynas, weil man jemandem etwas sagen muss, weil man etwas zu erledigen hat. Dynas ist ein Ende, und ich bin bereit, dass es vorbei ist.«

»Dann danke ich dir«, sagte Aurora, und sie ging mit dem Rest der Gruppe um die Ecke. Die Schar infizierter

Schläger, die sich alle ans Leben klammerten, während ein verrücktes Virus ihre Körper zerfleischte, schob sich zurück, um ihr Platz zu machen.

Sie duckten sich, die Hände über den Ohren, wie Sai es angewiesen hatte. Der Mann, mit einem letzten Nicken in Auroras Richtung, stieß einen wilden, schwachen Schrei aus und rannte auf das Waffenbündel zu. Ein ohrenbetäubender Knall erschütterte den Boden, gefolgt vom knisternden Zischen, als elektrische Energie die Luft versengte. Alarme, kleine weiße Lichter in den Fugen des Bodens, blinkten und ließen ihre Hörner ertönen.

Als Aurora um die Ecke bog, wartete ein neuer Durchgang.

Die Stahlplatte war zersprengt worden, Stücke und Teile hingen herum und waren fast bis zur Ecke im Gang verstreut. Schwarze Explosionsspuren überzogen die Wände. Von dem Mann war nichts übrig geblieben.

»Genau da, wo ich es vermutet hatte«, sagte die Frau.

Aurora wollte die Treppe hinaufstürmen, die ganze Gruppe in Bewegung setzen, aber sie hielt sich zurück. Sever Squad hatte hier ein Ziel, und im Moment war das, lebend herauszukommen. Dann Kashmal finden, ein Schiff besorgen, Rovo und diesen Koffer aufsammeln und zu den Sternen aufbrechen. Hoffentlich würden sie unterwegs Gregor und Eponi finden.

Nirgendwo auf dieser Liste stand die Anforderung, einen Haufen gescheiterter Experimente zu retten. Aurora sollte nicht ein paar Dutzend infizierte Menschen vom Planeten wegschleppen, wo sie sich in der Galaxie ausbreiten oder etwas Schlimmeres anrichten könnten. Es wäre wahrscheinlich besser, wenn all diese Infizierten hier sterben würden.

Aurora würde sich nicht als herzlos bezeichnen, nur als fokussiert.

»Ich muss wissen«, sagte Aurora zu der versammelten Gruppe im splitterübersäten Gang, »ich muss wissen, womit ihr infiziert seid. Was es mit meinem Freund machen wird. Und vielleicht mit mir.«

Sie starrten sie ausdruckslos an, ein paar machten Geräusche, dass sie sich bewegen und nicht reden sollten. Bis schließlich dieselbe Frau, die auf den Notausgang hingewiesen hatte, eine Hand hob.

»Keiner von uns weiß es«, sagte die Frau. »Ich meine, wir wissen, was das Ziel ist. Der ganze Zweck dieses Projekts. Aber wir wissen nicht, womit Anaskya uns infiziert hat, was es bewirken wird oder wie es von einer Person zur nächsten übertragen wird.«

»Moment mal«, sagte Aurora. »Welches Projekt?«

Sai, der sich immer noch auf sie stützte, drückte etwas nach unten. »Aurora, lass uns einfach gehen. Sie werden uns keine Schwierigkeiten machen. Und wir könnten sie vielleicht brauchen.«

»Keiner von euch wird mich umbringen, oder?«, sagte Aurora. »Ihr werdet nicht den Verstand verlieren?«

Sie ging davon aus, dass sie wahrscheinlich mit jedem fertig werden könnte, der das tat, aber wenn das ganze Kollektiv beschließen würde, durchzudrehen, könnte das ein Problem werden.

»Bitte«, sagte die Frau. »Bitte hilf uns einfach. Bring uns hier raus.«

DefenseCorp war gegen Gefälligkeiten. Jeder, dem sie halfen, jeder, der Ressourcen in Anspruch nahm, musste entsprechend zur Kasse gebeten werden. Aber hier? Vielleicht könnte Aurora das einmal durchgehen lassen, nur dieses eine Mal. Ihnen eine Chance geben, sich selbst zu retten.

Und wenn es einige von ihnen vom Planeten schaffen würden, nun, das wäre nicht Auroras Problem.

»Also gut«, seufzte Aurora. »Also gut. Wenn ihr mir folgt, dann befolgt ihr meine Befehle. Wir werden versuchen, hier rauszukommen, und zwar indem wir nach oben gehen. Wir finden ein Schiff und verschwinden von diesem nassen Felsen. Entweder ihr seid damit einverstanden und kommt mit mir, oder ihr könnt jederzeit euren eigenen Weg gehen. Es ist mir egal. Wenn ihr versucht, mich aufzuhalten oder mir in die Quere zu kommen, werde ich euch töten. Ohne Fragen zu stellen.«

Es wurden keine Fragen gestellt. Und niemand lief davon.

Aurora führte den Aufstieg die Treppe hinauf an, die genau das war: Lange Metallstufen in einem langweiligen, grauen Treppenhaus, das sich endlos nach oben wand. Trotzdem stiegen sie hinauf. Die taumelnde Gruppe hinter ihr kam langsamer voran, einige rutschten aus und fielen, andere halfen ihnen wieder auf. Eine richtig mitfühlende Truppe, die zusammenhielt. Es wäre herzerwärmend gewesen, wäre da nicht das sich zersetzende Fleisch, die Knochen und Haare gewesen, die es abstoßend und traurig machten.

Zwei weitere Stockwerke und sie hörten weitere Geräusche. Solche, die Aurora ziemlich leicht entschlüsseln konnte, weil sie sie gut kannte. Bellende Befehle, der Rhythmus von Schritten mit professionellem Anstrich. Ein aggressiver Trupp, der von oben auf sie zukam. Aurora hob eine Hand und stoppte den Aufstieg am nächsten Treppenabsatz.

»Wir können zurückrennen«, schlug Sai vor. »Wir können sie nicht direkt angreifen, Aurora. Wir haben keine Waffen.«

»Ich weiß«, sagte Aurora und wandte sich der Tür am Treppenabsatz zu. Zurückzugehen wäre die falsche Richtung. »Versuchen wir es hier. Sie werden nicht jede Tür in diesem Turm verschlossen haben.«

Aurora schlug den Ausweis des Wachmanns gegen das schwarze Lesegerät neben der Tür, und diesmal, anders als unten, funktionierte der Ausweis. Die Tür glitt zur Seite und offenbarte etwas Helles und Gläsernes. Ein weißer Raum, aber völlig anders als der Zellenblock unten. Lange Tische nutzten den offenen Bereich, mit verschiedenen Kästen auf jedem, einige umgeben von Maschinen und surrenden Monitoren. Über ihnen verliefen Lüftungsrohre. Keine Menschenseele in Sicht.

»Los jetzt«, sagte Aurora. »Bevor sie uns erwischen.«

Sie hasteten in den neuen Raum, ihre Verkommenheit stand in krassem Gegensatz zur sterilen Reinheit des Stockwerks. Der Letzte schloss die Tür hinter sich und Stille herrschte. Geräusche schienen hier fehl am Platz, wo offensichtlich Wissenschaft am Werk war. Aurora konnte erkennen, dass dies ein Labor war, der Ort, an dem, wie sie vermutete, das Ding hergestellt worden war, das ihren Freund infiziert hatte.

»Was machen wir jetzt?«, fragte Sai. »Sie werden uns hier drin früher oder später finden.«

»Wir gehen zu den Aufzügen«, sagte Aurora. »Hoffen wir, dass sie sie nicht abgeschaltet haben.«

Aurora sagte nicht, dass, wenn es keine anderen Türen auf dieser Etage gab, verschlossene Aufzüge bedeuteten, dass sie alle dem Tode geweiht waren.

Während sie durch das Labor gingen und sich der gegenüberliegenden Seite näherten, wo sich der Aufzugbereich mit einem Paar leuchtender Schilder bemerkbar machte, warf Aurora einen Blick auf verschiedene Proben. Die Monitore und was sie anzeigten. Die meisten waren unverständliches Kauderwelsch, die Art wissenschaftlicher Sprache, die nur diejenigen verstehen, die sie praktizieren. Aber andere hatten Etiketten, Bezeichnungen, die klar und zweckmäßig waren.

Die Käufer. Die Geldgeber. Diejenigen, die für all das bezahlten. Und diese Namen erkannte Aurora. Alles von Erkundungsunternehmen, die sich der Entdeckung der nächsten neuen Ladung wertvoller Mineralien widmeten, bis hin zu Tourismusagenturen, die einen einfacheren Weg suchten, Menschen auf fernen Planeten unterzubringen, und ja, einer, von dem Aurora wusste, dass er hier sein würde, von dem sie tief im Inneren wusste, dass er involviert sein musste.

Natürlich würde DefenseCorp in dies investieren. Natürlich würden sie dafür bezahlen, um zu sehen, ob sie ihre Söldner in eine effektivere Kampftruppe verwandeln könnten.

Das machte Aurora nicht wütend. Das Galaktische Gesetz zu brechen, war kein guter Zug, aber Galaktische Gesetze konnten immer geändert werden. Nein, was sie wütend machte, was Aurora die Faust ballen und mit den Zähnen knirschen ließ, selbst als einige der Infizierten den Aufzug erreichten und riefen, dass er tatsächlich funktionierte, war, dass DefenseCorp wusste, was hier vor sich ging, und Sever trotzdem hineingeschickt hatte. Sie waren ohne Grund blind hineingegangen.

Nun, Aurora konnte jetzt klar sehen. Und sie würde es

verdammt nochmal von diesem Felsen schaffen. Sie würde es schaffen und sie würde denjenigen, der diese Mission befohlen hatte, zur Rechenschaft ziehen. Koste es, was es wolle.

[22]

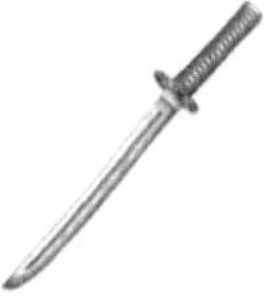

WAS JENSEITS LIEGT

Warum Sprengstoff? Das fragten sie ihn, als Sai zum ersten Mal zu Sever Squad kam. Aurora und Gregor waren damals die einzigen aktuellen Mitglieder. Die Frage kam bei seiner ersten Mission auf, seinem ersten Flug, als Sai noch ein absoluter Neuling war und nur am Rande in weniger riskanten DefenseCorp-Outfits herumgespielt hatte.

Wenn man aber das richtige Geld verdienen wollte, musste man sich in die Gefahr stürzen. Deshalb hatte sich Sai auf Sprengstoffe spezialisiert. Er hatte seine Hausaufgaben gemacht, sich den gefährlichsten Job im Squad angesehen und ihn für sich beansprucht.

Sai glaubte, er würde es besser machen als jeder andere, und er wollte nicht sterben, weil jemand anderes die Sprengstoffe vermasselte.

Nachdem der Infizierte den Ausweg durch den Waffenhaufen gesprengt hatte, fühlte sich Sai bestätigt, als Aurora und seine infizierten Freunde die Treppe hinaufstiegen. Das ganze Training hatte sich ausgezahlt, all die Zeit und Mühe, um ein Stück Wand wegzusprengen und infizierten Wracks eine halbherzige Flucht zu ermöglichen.

Besser als gar keine Flucht. Besser als zusammengetrieben und auf dem Boden dieser Gefängniszelle hingerichtet zu werden.

Das Labor war keine Überraschung. Nicht so, wie es Aurora offensichtlich schockierte: all die Proben, all diese Arbeit, alles gesponsert von vermeintlich seriösen Akteuren der galaktischen Ordnung. Natürlich musste jemand dafür bezahlen. Helix infizierte die Leute nicht aus Nächstenliebe. Sai sah die Etiketten und fühlte einen Verdacht bestätigt, die Logik hinter der Existenz einer solchen Stadt auf einem scheinbar isolierten und unbewohnten Planeten wurde klar.

Aber während Aurora wütend wurde, merkte Sai, wie er diese Emotion aufsog. Sie fluchte lautstark über die Unternehmen, die sie sahen, und diese Worte durchdrangen Sais infizierte Benommenheit. Das war alles ihre Schuld. Er würde seine Kinder nicht wiedersehen, wegen der enormen Fahrlässigkeit dieser Unternehmen, ihrer Unmenschlichkeit.

Er umschloss den Messbecher mit seiner Hand, der für einen Test am nächsten Tag markiert war. Proben für irgendeinen Stamm, gekennzeichnet mit Zahlen und Buchstaben, die Sai nicht verstehen konnte, aber er kannte den Käufer. Das Unternehmen profitierte vom Abbau von Kometen, fing sie ein und zog sie zu riesigen Stationen, wo die Kometen in ihre Metalle zerlegt wurden. Vielleicht wollten sie jemanden, der auf der Oberfläche des Kometen stehen konnte.

Sais Katana war aus Kometenmetall geschmiedet worden. Wahrscheinlich von genau diesem Unternehmen oder einem seiner Vorgänger geliefert. Dass etwas, das so eng mit seiner Familie verbunden war, in Helix investiert hatte, zerstörte endgültig die Apathie, die von der Krankheit herrührte. Konnte wirklich nichts rein sein? Musste alles so von blindem Profit getrieben sein?

War das die Galaxie, in der seine Kinder leben würden, ohne dass Sai ihnen helfen konnte?

»Zerstört es«, sagte Sai. Seine Stimme war zu schwach, also hustete er und wiederholte den Befehl. Lauter. »Zerstört alles.«

Die anderen Infizierten, die im Labor umherschlenderten und sich langsam in Richtung der Aufzüge auf der anderen Seite bewegten, hielten bei diesen Worten inne.

»Sai, wir haben keine Zeit«, sagte Aurora. »Wir können das später machen.«

»Nein. Es gibt vielleicht kein Später, nicht mit all den Leuten, die dahinterstecken«, sagte Sai. »Wir zerstören das jetzt.«

Er fegte den Messbecher vom Tisch, der am Boden zerschellte. Es fühlte sich verdammt gut an, das Glas zu zerbrechen. Besser als dem Captain Happy unten die ID abzureißen, besser als den Wächter zu tackeln, der Aurora angriff. Aber bei weitem nicht so befriedigend wie mit seinem Schwert zu schwingen. Sai mochte im Sterben liegen, aber er würde das Katana zurückbekommen. Nachdem er diesen Ort zerstört hatte.

»Sie werden es einfach wieder aufbauen«, sagte Aurora, als mehr von den Infizierten Sais Beispiel folgten, Maschinen umstießen, Werkzeuge, Messbecher und Instrumente aufhoben und durch den Raum schleuderten.

Der stille, sterile Ort füllte sich mit dem Geräusch von zerbrechendem Glas, mit dem Piepen panischer Programme, als Parameter durchbrochen und zerstört wurden. Tische kippten um und schleuderten ihren Inhalt durch die Luft. Biologisches Material, inkubierende Krankheiten platzten frei und bespritzten die Wände und Böden, machten den weißen Raum fleckig gelb und grün. Zweifellos gefährlich, zweifellos ohne Belang für die bereits Verdammten.

Sai war sich nicht sicher, wann sich die Treppentür öffnete, wann die Helix-Kräfte durchkamen. Er war zu sehr darin verloren, in dieser gedankenlosen Wut, die er auf diese wertlosen, schrecklichen Instrumente um sie herum richtete. Das Laserfeuer durchbrach bald diese Hülle, loderte in hellen Strahlen auf, die die Luft um Sai durchbohrten, bevor Aurora ihn zu Boden tackelte.

Seine Kapitänin hatte irgendwo eine Maske gefunden, auch Handschuhe. Sai vermutete, dass es als einzige Nicht-Infizierte hier Sinn machte, dass Aurora sich schützte. Aber in diesem Moment ließ sie die Bedeckung wie jemand ganz anderen aussehen. Sai versuchte einen halbherzigen Stoß, einen Schlag. Aurora hatte Anaskyas Haare, und mit der Maske war das genug.

»Sai, hör auf damit«, sagte Aurora und wehrte seinen Schlag ab. »Geh zu den Aufzügen. Sofort.«

Sie begann, sie über den Boden zu ziehen, und Sai half nach einer Sekunde mit, fand wieder zu seinen Beinen und trat mit seinen Stiefeln über den Fliesenboden. Sie konnten nicht aufstehen, zu viele Laser erfüllten die Luft, die Hitze der Strahlen streifte Sai, während sie sich bewegten. Auch Schreie waren zu hören, Schreie des Schmerzes, der Wut und der Verzweiflung. Einige verstummten, sobald sie begannen. Sai sah, wie die anderen Infizierten niedergemäht wurden, während Aurora ihn hinter einen Tisch zog und sie weiter in Richtung der Aufzüge zog, wobei sie bei jeder möglichen Gelegenheit Deckung zwischen sie brachte.

Sie wusste, wie man ein Soldat ist, wie man das Gelände des Schlachtfelds nutzt und einen Weg zum Sieg findet, selbst gegen überwältigende Übermacht. Sai, Sai wollte einfach alles zerstören. Sich selbst ein Ende setzen, das nicht den langsamen Verfall in einer Zelle bedeutete, wo er untersucht und getestet würde.

»Lass mich gehen«, sagte Sai. »Lass mich im Kampf sterben.«

»Ich werde dich nicht aufhalten«, erwiderte Aurora. »Aber nicht hier. Du wirst kein Märtyrer sein, nicht für diese Leute.«

Einige Infizierte erreichten die Wachen, sprangen sie an, als die Helix-Sicherheitskräfte in den Raum strömten. Zuvor hatte Sais Team die Überzahl gehabt. Es hatte den Überraschungseffekt, um besser bewaffnete, besser gepanzerte Gegner zu überwältigen. Aber nicht hier. Während Aurora sie zur Aufzuggruppe zog, kauerte sich Sai hinter einem umgestürzten weißen Schreibtisch, bedeckt mit Glas und triefendem grünen Schleim, der wie verfaulte Hefe roch, und sah, wie seine vorübergehenden Freunde verbrannten.

Jetzt gab es keine Gnade mehr, keinen Versuch, die Versuchspersonen lebend einzufangen. Das Helix-Team hielt sich nicht zurück. Sie stießen die Infizierten weg, traten sie nieder und verpassten ihnen den Gnadenstoß mit ihren Lasern direkt ins Gesicht, in die Brust, überall hin, wo sie konnten, bis nur noch verkohlte Hüllen übrig blieben. Es wirkte überwältigend und unnötig, bis Sai sich daran erinnerte, was sie waren. Was er war.

Die Krankheit sterilisieren, sie wegbrennen.

Hinter ihm klingelten die Aufzugtüren. Noch nicht abgeschnitten.

Sollte er weglaufen? Die letzten paar Infizierten im

Stich lassen, die Dinge auf die Wachen warfen, unbeholfene Ausfälle machten, selbst als diese hellen Blitze ihr Ziel fanden?

»Lass uns gehen, Sai. Jetzt.« Aurora sprach mit der Haltung eines Befehlshabers, stark und bestimmt. Sie verlangte Gehorsam.

Sai war in die Sprengstofftechnik gegangen, um Leben zu retten. Auch sein eigenes. Und wenn man mit Sprengstoffen arbeitete, ging man nicht reaktiv vor. Man beeilte sich nicht und stürzte sich nicht aus Verzweiflung in das Unvermeidliche. Man musste ruhig und gesammelt bleiben und darüber nachdenken, was einen auf der anderen Seite erwartete.

Das Virus hatte ihn noch nicht getötet und würde es vielleicht auch nicht. Diese Laser würden es sicher tun, und jetzt richteten sie sich in seine Richtung.

Aurora zog an seinem Rücken, und Sai floh.

FELIX REDUX

Gregor hatte noch nie zweimal gegen denselben Gegner gekämpft. Das lag im Allgemeinen an zwei Gründen: Entweder er zerquetschte sie mit seinem riesigen Hammer zu einem undefinierbaren Brei, oder jemand anderes von Sever tilgte den Feind aus den Reihen der Lebenden. Es gab auch andere Möglichkeiten, einen Feind von Gregors Liste zu streichen, die er nicht mochte. Felix versuchte hier eine davon zu nutzen, indem er schwach und erbärmlich dastand, kurz davor, ohne jeglichen Kampf zu sterben.

Das letzte Mal, als Gregor Felix gesehen hatte, führte das virale Monster eine Horde von Mutanten über den Stützpunkt, verschlang lebende Menschen und verwandelte sie in weitere hirnlose, fehlerhafte Experimente. Felix selbst war mit diesen Wucherungen bedeckt gewesen und hatte tatsächlich einen ganzen Bottich davon, genau hier in dem nun leeren Schacht.

Was ein albtraumhafter Feind gewesen war, hatte sich praktisch in nichts aufgelöst.

Sogar das Virus schien Felix verlassen zu haben. Seine Wucherungen waren verschwunden, seine schlaffe Haut hing in blassen Lappen herab, und seine Augen lagen hohl in den Augenhöhlen.

»Was ist passiert?«, fragte Gregor.

Nicht aus Mitgefühl, sondern aus Neugier. In den ruhigen Momenten, während er durch diese nasse Stadt wanderte, und besonders nach dem Gespräch mit Lani, hatte Gregor mit dem Gedanken gespielt und ihn genossen, zu Felix zurückzukehren. Ihn zu finden und ihm die Abreibung zu verpassen, die das Monster so sehr verdiente. Aber das hier wäre keine tödliche Attacke gegen einen gefährlichen Feind, sondern eher das Zerquetschen einer Ameise.

»Das Problem mit Viren, mit Experimenten ist, dass man nie weiß, wo sie enden werden«, antwortete Felix und lachte schwach. »Ich dachte, ich hätte das Ende des Zyklus erreicht. Dass sich die Dinge stabilisiert hätten. Stellt sich heraus, ich lag falsch. Stellt sich heraus, Helix kann einfach nicht aufhören zu versagen. Das Virus fraß und fraß weiter.«

»Und der Rest davon?«, fragte Gregor. »Das Ding in diesem Raum?«

Bevor Felix antworten konnte, kamen Geräusche von oben. Anscheinend waren Lani und Wicks des Wartens müde geworden und hatten begonnen, die Leiter herunterzuklettern. Ihre klappernden Stiefel waren wie ein Ticken der Uhr für das Gespräch.

»Hast du den ganzen Trupp mitgebracht?«, fragte Felix. »Ich fühle mich geehrt, nehme ich an. Du hast ja gesagt, du würdest zurückkommen, um mich zu vernichten. Ich war mir nicht sicher, ob du es wirklich tun würdest, und doch bist du hier, nicht einmal einen ganzen Tag später.«

»Sie sind nicht mein Trupp«, sagte Gregor. »Aber sie wollen dasselbe wie ich. Du bist ein Fehler, Felix. Du solltest nicht am Leben sein.«

»Oh, das weiß ich jetzt«, erwiderte Felix und wankte in einem schlurfenden Gang um Gregor herum. »Ich dachte, vielleicht wäre das mein Moment. Nach einem Leben als Drohne in den Bürominen kommt Felix' Chance. Mit der perfekten Dosis injiziert, perfekt reagierend, und schon geht's los, die Galaxis zu erobern oder so was in der Art.«

Gregor blickte nach oben. Lani und Wicks kamen näher, ihre Helme starrten auf Felix. Sie riefen ein paar Fragen in seine Richtung, aber Gregor ignorierte sie. Er musste entscheiden, ob er Felix töten sollte, bevor die anderen beiden unten ankamen, oder warten und ihnen die Chance geben, das virale Opfer zu verhören.

»So funktioniert das Leben, nicht wahr?«, fuhr Felix fort. »All diese zufälligen Ereignisse, und alles, was du tust, ist zu hoffen, dass eines davon gut für dich ausgeht. Dass etwas daherkommt, das all deine Probleme löst. Das hat Helix mir angeboten. Wie sagt man da nein?«

Felix lief ziellos umher. Gregor behielt die Hände an seinem Hammer. Trotz allem wartete er, hörte zu. Felix' Geschichte war gar nicht so anders als seine eigene, festsitzend auf diesem Kometen, Tag für Tag Gestein abbauend und auf etwas Besseres wartend. Seine Eltern hatten ihr ganzes Leben damit verbracht, Weltraumgestein abzubauen, und Gregor war nur entkommen, indem er dieser Vorstellung einen Schlag ins Gesicht verpasst hatte. Genau wie Felix hatte er eine Entscheidung getroffen, die er nicht rückgängig machen konnte.

Wie Felix würde ihn diese Entscheidung wahrscheinlich früher oder später umbringen.

»Es war nicht lange nachdem du gegangen warst«, sagte

Felix jetzt. »Anscheinend braucht das Virus viele Kalorien, neue Nahrung zum Fressen. Ich hatte es nicht bemerkt, meine Kreationen begannen sich selbst zu verschlingen, das Virus begann, mich zu fressen. Ich kann es immer noch spüren, wie es in mir abstirbt. Ich glaube, ich bin jetzt mehr Virus als Mensch, und wenn es geht, werde ich mit ihm gehen.«

»Du klingst wie ein schlechter Film«, sagte Gregor. »Ich kann dir den Schädel einschlagen, wenn du willst.«

»Noch nicht«, sagte Lani und sprang die letzten Meter mit einem lauten Knall auf den Boden. »Felix, nehme ich an?«

Felix versuchte sich umzudrehen und fiel um. Gregor, der seinen Hammer in die linke Hand wechselte, fing Felix' Arm und verhinderte, dass der kranke Mann mit dem Gesicht auf den Boden schlug.

Warum hatte er Felix aufgefangen? Mitleid? Gregor war sich nicht sicher.

»Du bist nicht anders als die anderen«, sagte Lani, ihr Helm konnte die Verachtung nicht verbergen. »Gregor hat mich glauben lassen, dass hier etwas Besonderes passiert. Dass Helix endlich einen Durchbruch erzielt hat. Schätze, dem ist wohl nicht so.«

»Durchbruch?«, fragte Gregor, während Felix in ein Schluchzen überging. »Welcher Durchbruch?«

»Ich habe es dir gesagt. Wir sind hier, um den Fortschritt zu überwachen. Helix macht etwas, das der Galaxis einen immensen Wert bringen könnte. Oder, wenn sie es vermasseln, viele Leben ruinieren könnte. Felix hätte bedeuten können, dass sie kurz davor standen. Jetzt bedeutet es nur, dass wir noch länger hier festsitzen werden.«

Wicks landete hinter Lani auf dem Boden, langsamer,

vorsichtiger. Er lernte die Rüstung noch. Dass Lani sich so gut bewegte, deutete darauf hin, dass sie einige Erfahrung mit der Ausrüstung hatte, vielleicht von einem Simulator. Oder vielleicht war sie aus den aktiveren Rängen von DefenseCorp ausgeschieden.

»Ich dachte, wir wären hier, um ihn zu vernichten«, sagte Gregor. »Das hier ist illegal.«

»Sei nicht kurzsichtig«, sagte Lani. »Du musst erkennen, wie deine Fähigkeiten und deine Missionen davon profitieren könnten, wenn sich dein Körper an die Umgebung des Ziels anpasst. Denk mal darüber nach. Momentan muss DefenseCorp alle möglichen verschiedenen Ausrüstungen für jedes Biom herstellen. Stattdessen könnten sie einfach spezielle Truppen haben. Ein bisschen hiervon injizieren und schon bist du bereit für diesen Eisplaneten oder diesen Lavafelsen.«

Gregor ließ Felix los. »Ich bin zufrieden, so wie ich bin.«

»Niemand zwingt dich«, sagte Lani. »Felix, das war's? Gibt's hier sonst nichts zu sehen?«

»Nicht, wenn du Leichen nicht magst«, sagte Felix. »Das Virus wollte mehr zu fressen, also hat es alles gefressen, was es finden konnte. Es war nicht genug. Es wird nie genug sein.«

»Das ist alles, was ich wissen musste«, sagte Lani, und sie zog ihre Waffe und drückte ab. Einmal, zweimal, dreimal, bis Felix nur noch Asche war.

Gregor trat zurück und blickte auf das brennende Wrack. Kein Tod eines Kämpfers.

»Vertraust du ihm?«, fragte Lani Gregor. »Glaubst du, Felix hat die Wahrheit gesagt?«

»Ja«, sagte Gregor. »An der Schwelle des Todes findet man nicht viele Lügner.«

»Da wärst du überrascht«, erwiderte Lani und holsterte die Waffe. »Wicks, los geht's. Mach einen Durchlauf auf dieser Ebene und stell sicher, dass wir nichts übersehen. Wenn du etwas findest, nimm es auf. Felix war vielleicht nicht das, was wir wollten, aber wenn er eine Basis übernommen hat, dann war er nah dran.«

»Warum sind wir hergekommen?«, fragte Gregor. »Wenn Sie hier sind, wenn Sie wollen, dass dies gelingt, warum sind wir dann auf einer Rettungsmission?«

Lani zuckte mit den Schultern. »Keine Ahnung. Lass uns wieder nach oben gehen. Ich glaube, du verlierst dich zu sehr in den Details bei dieser Sache. DefenseCorp ist ein riesiges Unternehmen, viele bewegliche Teile. Nicht alle sprechen miteinander.«

Sie begannen den Aufstieg die Leiter hinauf, jeder Aufschlag ihrer Stiefel auf den Metallsprossen hallte den Schacht hinauf und hinunter.

»Was machen wir jetzt?«, fragte Gregor.

»Erfüllt eure Mission, nehme ich an«, antwortete Lani. »Findet euer Zielobjekt, bringt es von der Welt. Und dann vergesst, dass dieser Ort je existiert hat.«

»Wir arbeiten nicht leise«, sagte Gregor. »Wir schlagen zu und greifen zu. Wir zerstören Dinge. Ich kenne meine Kommandantin und ich kenne das galaktische Gesetz. Sie wird das nicht dulden.«

»Sie wird müssen«, sagte Lani. »In dieser Sache ist sie übertrumpft. Die Leute, die wollen, dass dies gelingt, sitzen weit über jedem Squadführer.«

Autorität. Was für eine Plage. Sie glaubten immer, sie stünden über allem, dass sie wegen irgendeines Titels oder einer Position eine Ausrede hätten, sich über allgemeine Gesetze und den Anstand hinwegzusetzen. Was Gregor an Sever mochte, warum er blieb, war, dass Aurora einen

Dreck auf Autorität gab. Sie kümmerte sich um Bargeld, um die Erfüllung der Mission.

Und sie kümmerte sich um das Squad. Gregor würde jemandem wie ihr folgen.

Sie erreichten das obere Ende der Leiter und kletterten auf den Absatz. Wicks funkte Entwarnung, dass es etwas Unordnung gäbe, aber ansonsten nichts Bemerkenswertes. Ein Raum sei ausgebrannt, sah es aus. Gregor erwähnte nicht, dass er es war, sein Hammer, sein Schlag.

»Sie hätten es uns sagen sollen«, fuhr Gregor fort, frustriert zum Teil, weil er seinen Hammer nicht geschwungen hatte, weil diese Mission so weit von Severs Normalität entfernt schien. Er wollte Feinde zum Zerstören, keine Rätsel zum Lösen. »Zwei von uns fehlen bereits. Dies ist eine feindliche Mission, schlecht geplant. Sie hätten unseren Mann retten können.«

»Weißt du, warum er weg will?«, sagte Lani. »Ich nehme an, er ist einfach müde, hier zu sein, und da Helix niemanden gehen lässt, wurde er vielleicht verzweifelt. Aber jetzt frage ich mich, angesichts der Ausrüstung, die ihr habt, muss er entweder sehr viel Geld haben – und es gibt nicht viele so Reiche hier – oder er hat etwas, von dem er denkt, dass es das bezahlen kann, was ihr tut.«

»Ich weiß es nicht.« Gregor spürte dieses Jucken, verlagerte eine Hand zurück zu seinem Hammer. Vielleicht könnte er den Mann zerschmettern, der sie hierher gebracht hatte. »Lass uns zurückgehen.«

»Vielleicht können wir dir helfen, dein Squad zu finden, wenn wir in die Stadt kommen. Wir kennen einige Leute, die für Helix arbeiten, könnten vielleicht nachsehen, ob sie deine vermissten Mitglieder gefunden haben. Vielleicht etwas arrangieren, einen Deal. Sie werden deinen

Kerl nicht von der Welt lassen, aber wir könnten vielleicht den Rest deines Squads befreien?«

»Also würden wir die Mission verfehlen.«

»Nein, eure Mission hat sich geändert. DefenseCorp will, dass Helix das Virus fertigstellt, dass es funktioniert. Jetzt seid ihr auf der richtigen Seite.«

24

STERNENLICHT-PSYCHOLOGIE

Eponi hatte das Shuttle für sich allein. In den Sekunden, seit Ben gegangen war, seit ein letztes Klicken deutlich gemacht hatte, dass sein Rettungsschiff sich gelöst hatte und abgeflogen war, hatte Eponi im Cockpit gesessen und auf dem Radar zugesehen, wie das Schiff kleiner wurde und verschwand. Es würde jetzt beschleunigen und Überlichtgeschwindigkeit erreichen, auf dem Weg zu irgendeinem anderen Planeten, irgendeinem anderen Ort, wo Bens gestohlene Fracht gewinnbringend eingesetzt werden konnte. Er hatte sie wahrscheinlich schon vergessen, seine kleine Geisel. Sein kleines Werkzeug. Genau wie Sever war Eponi zum Handeln gedrängt worden, und jetzt, da ihre Aufgabe erledigt war, hatte man sie beiseite gelegt.

Außer dass Sever das nicht wirklich getan hatte. Nicht wirklich. Aurora hatte Eponi nicht zurückgelassen. DefenseCorp hatte Eponis Fähigkeiten als Pilotin aufgelistet und sonst nicht viel, aber Aurora hatte Eponi eine Waffe gegeben, sie in die Simulatoren geworfen und sie mit einem

Einsatzteam mitgeschickt. Niemand bei Sever hatte nur eine einzige Rolle.

Nicht, dass es Eponi etwas ausgemacht hätte, zurückgelassen zu werden. Bei den meisten dieser Missionen wäre Eponi zufrieden gewesen, sich in einem sicheren Cockpit imaginäre Rennen auszumalen und die Stunden zu zählen, bis Aurora und die anderen mit dem Zielobjekt und einer ordentlichen neuen Finanzspritze zurückkehrten.

Eponi vermutete, dass sie jetzt ihrer Fantasie freien Lauf lassen konnte. Hier oben schwebend konnte sie mit ihren Träumen abhängen, während sie Dynas umkreiste. Niemand würde sie finden.

Sie war noch nie allein in einem Raumschiff gewesen. Nicht ein einziges Mal. Eponi musste annehmen, dass so etwas selten war, oder? Wer würde allein ins All fliegen? Fehlfunktionen passierten. Koordinaten wurden ohne zweite Überprüfung verfehlt. Jedes medizinische Problem Lichtjahre von Hilfe entfernt.

Und doch war Eponi hier, allein. Genau wie bei diesen Kart-Rennen hing ihr Überleben von ihren eigenen Fähigkeiten ab und von niemandem sonst.

Sie löste sich aus dem Cockpit-Sitz. Das Shuttle würde sich weiter drehen, und abgesehen von irgendwelchen Störungen, einem Mikrometeoriten oder einem anderen Schiff, das auf Erkundung war, musste Eponi nicht an den Kontrollen sein. Sie konnte eine Tour machen, in der Leere schwelgen.

Das Shuttle widersprach ihr nicht. Ben hatte nichts weggeschlossen, obwohl es hinter dem Cockpit nicht viel zu sehen gab. Er hatte gesagt, dies sei ein Kurzstrecken-Shuttle, und er hatte recht. Der Frachtraum dominierte fast alles hinter dem Cockpit, abgesehen von einem kleinen Aufenthaltsbereich, wo Handler sitzen konnten. Ein paar Passagiere konnten sich die Zeit vertreiben, indem sie etwas auf dem Videomonitor ansahen oder ein Spiel auf dem kleinen Brett und Tisch spielten, der zwischen den sechs kleinen gepolsterten Stühlen mit Schwerkraftgurten stand. Man musste sich während des unvermeidlichen Eintritts festhalten, diesem holprigen Crash durch die Atmosphäre, den ein voll beladenes Shuttle wie dieses sehr, sehr unruhig machen würde.

Hinter den Passagierquartieren ragte der Frachtraum leer auf. Geräumig, in trübem Gelbgrau-Metall. Die Laderampen von hellerer gelber Farbe umgeben, als wollten sie die Leute warnen, dass dahinter der sichere Tod lauerte. Zumindest etwas, dem man Aufmerksamkeit schenken sollte, obwohl die Streifen jetzt wie ein seltsamer Rahmen für ein leeres Bild aussahen. Ein paar zackige Linien auf dem Boden des Frachtraums deuteten an, was Ben mitgenommen hatte. Zweifellos Überreste von dem, was unten geladen worden war.

Denn hier oben herrschte die Schwerelosigkeit.

Eponi stieß sich vom Boden ab und prallte von den Wänden ab, nahm sich einen Moment Zeit, sich zu drehen und zu wirbeln, ohne dabei einem eingehenden Angriff ausweichen zu müssen. Der Frachtraum hatte nicht allzu viel Platz, nach ein oder zwei Sekunden Bewegung traf sie auf die gegenüberliegende Wand, aber es reichte. Es reichte, dass Eponi zum ersten Mal seit dem Absturz des Skiffs spürte, wie ihr Herz ein wenig schneller schlug, ihr Blut in Wallung geriet, auch wenn ihr Körper ihr sagte, dass es hier keinen Widerstand gab. Auch wenn ihr Verstand ihr sagte, dass sie Zeit verschwendete.

Richtig. Als ob sie irgendwo hin müsste.

Zurück im Cockpit bestätigte Eponi, was Ben gesagt hatte. Dem Shuttle fehlte der Sauerstoff und der Treibstoff

– das Shuttle hatte nicht genug Solarzellen, um unbegrenzt weiterzufliegen –, um Eponi irgendwohin zu bringen. Helix hielt das wahrscheinlich absichtlich so, machte große Fluchten unmöglich, es sei denn, man schaffte es, Freunde zu finden. Oder, wie der VIP, der Sever überhaupt erst in diese Mission gerufen hatte, genug Bargeld zurückgelegt zu haben, um die eigene Evakuierung zu bezahlen.

Es gab andere Taktiken. Dinge, die Eponi versuchen konnte, wenn sie nicht zur Oberfläche zurückkehren wollte.

Das war wirklich die Frage, hier oben allein unter den Sternen, die Eponi für sich selbst beantworten musste. Der sie immer wieder auswich.

Zurückzukehren war auch nicht nur eine philosophische Frage. Eponi hatte keine technischen Codes, um durch Helix' Landegenehmigung zu kommen. Hatte keine Waffen, um sich zu wehren, falls Helix Einwände gegen die Rückkehr seines gestohlenen Shuttles in den Händen einer gefangenen, feindlichen Pilotin hätte. Selbst wenn Eponi zu Sever zurücklaufen wollte, würde sie das in einem Schiff wie diesem wahrscheinlich das Leben kosten.

Nein, eine bessere Wahl wäre es, etwas wie Ben zu tun. Ein anderes Schiff zu finden, mit Vorbeikommenden in Kontakt zu treten und zu sagen, dass sie Gesetzesbrecher gefunden hätte. Monster. Leute, die ändern wollten, wie Menschen leben und sterben. Das könnte genug Information sein, um abgeholt zu werden, um jemanden dazu zu bringen, anzuhalten und sie von diesem Ort und diesem Leben wegzubringen. Denn das war etwas, das sie in diesen Momenten mit Ben gefunden hatte, das sie bei ihm gesehen hatte. Eine Veränderung, nach der sie sich endlich, vielleicht, hier gesehnt hatte.

Ein SOS-Signal auszusenden, erforderte nicht viel Aufwand. Schwieriger war es jedoch, den Alarm von der

Planetenoberfläche wegzuleiten. Das Letzte, was Eponi brauchte, war eine Helix-Rettung, die hochkam, um sie zu holen. Sie hoffte auf eine zufällige Person, ein Schiff, das langsam genug kreuzte, um die Nachricht zu empfangen und bereit war, zu kommen und nachzusehen, worum es ging.

In dieser Galaxis brauchte es Zeit, um in Fahrt zu kommen, und wenn die Batterien unvermeidlich leer waren, trieb man dahin und saugte Sonnenenergie auf, um dem Schiff eine Chance zu geben, sich aufzuladen, bevor es wieder beschleunigte. Auch das Abbremsen kostete Energie, also bedeutete es, ein Schiff davon zu überzeugen, sein Tempo zu drosseln, ihnen die Nachricht zum perfekten Zeitpunkt zukommen zu lassen: aufgeladene Batterien und Zeit übrig.

»Man muss diese Chancen einfach lieben«, flüsterte Eponi zu sich selbst.

Sie richtete das Kommunikationsarray des Shuttles aus, zeigte von Dynas weg und begann zu senden.

»An alle, die mich hören können, ich rufe um Hilfe. Ich bin in einem Kurzstreckenshuttle über einer feindlichen Welt gefangen, wo Handlungen durchgeführt werden, die nach galaktischem Recht illegal sind«, Eponi machte eine Pause. Sie war nicht an große Reden gewöhnt, diese Worte kamen langsam. Sie musste nachdenken, was jemanden dazu bringen würde, herzukommen und sein Leben zu riskieren, um sie zu retten? »Ich weiß alles über diese Dinge, und in den richtigen Händen könnte dieses Wissen . . . «

Sie hielt inne. Stoppte die Aufnahme. Könnte was bringen? Profit? Ruhm? Eponi hatte keine Koffer voller Daten, keine gefangenen Zellen oder Beweisstücke. Es wäre nur ihr Wort. Wie viel war das wert?

Eponi machte sich keine Illusionen, sie sprach nicht von oder glaubte an eine höhere Moral. Dass Helix zu stoppen, eine Tat wäre, die es an sich wert wäre zu tun. Sie konnte es sich nicht leisten, so zu denken, und niemand würde kommen, um ihr zu helfen, wenn sie versuchte, an ein kosmisches Gerechtigkeitsgefühl zu appellieren.

Alles, was Eponi wirklich anzubieten hatte, war sie selbst, allein und treibend. Wer würde dafür etwas riskieren?

Sie lehnte sich vor, drückte ihr Gesicht nah an die Cockpitscheibe und blickte in diese Sterne. Sie begann die Entscheidung bereits in ihrem Bauch zu spüren, ihr Magen rebellierte. Es gab kein Entkommen. Es würde kein Herauskommen geben, kein Wegkommen von DefenseCorp. Von diesem Leben, in das sie durch ein paar zu viele Kart-Unfälle hineingeraten war.

Die einzigen Leute, die kommen und Eponi ohne Fragen, ohne Belohnung helfen würden, waren immer noch unten auf diesem verdorbenen Planeten. Sie versuchten immer noch, die Mission zu erfüllen, immer noch einen Weg von der Welt zu finden. Ben war weggelaufen. Eponi, Eponi konnte es nicht.

»Du bist so dumm«, sagte Eponi. »Sie sollten dir dafür besser eine Gehaltserhöhung geben.«

Sie ließ sich wieder in den Sitz sinken, fuhr die Triebwerke des Shuttles hoch und plante einen Kurs zurück zu Helix' Stadt, zurück zum Turm und der Landebay, von der sie gekommen war. Sie drehte die Schubdüsen auf und begann zu fliegen. Die Sterne huschten davon und Dynas übernahm die Aussicht.

Man konnte nicht weglaufen, nicht vor diesem Leben. Niemals.

25

ERKUNDUNGEN IM FREIEN

Als sie die Straße erreichten, wurde Rovo klar, dass er einen schrecklichen Fehler gemacht hatte. Mit einem Aktenkoffer in der einen Hand und dem Mädchen an der anderen fiel Rovo selbst zwischen den schlurfenden Einzelgängern auf den Bürgersteigen der schwarzen Stadt auf. Noch mehr stach Kaia mit ihrem zerlumpten Kleid aus der Masse der Nasstauchanzugträger heraus. Rovo hatte in der Eile, aus der belagerten Wohnung zu fliehen, keine Zeit gehabt, ihr einen der ergatterten Anzüge überzustreifen.

Er würde eines Tages bestimmt ein toller Vater sein.

»Das macht keinen Spaß«, sagte Kaia, die in einer Pfütze stand.

Ihr Tonfall brach Rovo in diesem Moment das Herz. Sie sagte die Worte nicht so, wie ein normales Kind es tun würde, nicht wie Rovos Schwestern es zu Hause getan hatten. Kaia sprach wie jemand, der einfach die Miseren der Welt um sie herum feststellte, ohne jegliche Erwartung, dass sie von einem Elternteil, Vormund oder irgendjemand anderem behoben werden würden. Für sie war das Durchnässtsein ihre Realität. Am besten, man fand sich damit ab und machte weiter.

»Kletter hoch«, sagte Rovo. »Du gehst auf eine Fahrt.«

Vaterschaft war immer eine ferne Illusion gewesen, etwas, das man in Betracht ziehen konnte, wenn vorher alles gut lief. Rovo hatte an seine Karriere zu denken, Sterne zu surfen und wilde Abenteuer zu erleben, und doch wurde diese ferne Vorstellung Wirklichkeit, als Kaia an seiner Seite hochkletterte bis auf seine Schultern, wo Rovo sie mit einer Hand so gut er konnte festhielt und in Richtung der nächsten Straßenbahnhaltestelle platschte. Sobald sie in einer Seilbahn wären, könnte Kaia sich hinsetzen, und sie könnten so tun, als wären sie eine kleine Familie, und die ganze Strecke bis zur Straßenbahnstation fahren, wo er seine Rüstung zurückbekommen könnte.

Dann könnte er Kaia beschützen. Sie in Sicherheit halten, bis Aurora und Kashmal sich melden würden.

Und doch, wenn Kaia schon ohne ihren Nasstauchanzug Aufmerksamkeit erregt hatte, zog sie noch mehr Blicke auf sich, als sie hoch über der Straße auf Rovos Schultern saß. Überall richteten sich Augen auf sie, viele mehr als nur flüchtig. Das störte Kaia jedoch nicht: immer noch tropfend, kicherte sie, als Rovo um eine Pfütze herum manövrierte und durch eine Kreuzung platschte.

»Halt dich gut an meinem Kopf fest und lass nicht los«, sagte Rovo, und Kaia gehorchte. Ihre kleinen Hände drückten durch den Nasstauchanzug gegen seine Ohren. »Es tut mir leid, dass du nass bist, aber ich verspreche dir, wir kommen bald irgendwo hin, wo es trocken ist.«

»Das ist okay«, antwortete Kaia. »Ich war noch nie draußen.«

Aurora würde ihn vielleicht davon abhalten müssen, Kashmal umzubringen oder ihm zumindest eine gehörige

Tracht Prügel zu verpassen. Noch nie draußen gewesen? Selbst an diesem trostlosen Ort sollte ein Kind die Chance haben, aus seinem Zimmer zu kommen. Die modrige Luft einzuatmen und den toten Wind zu spüren. Zu verstehen, wo sie leben, und vielleicht, vielleicht ein weit entferntes Schiff zu sehen, das vom Himmel herabsegelt, und ihre ersten Träume aufzubauen.

Wenn Rovo in seinem Haus eingesperrt gewesen wäre, selbst auf seinem vergleichsweise netten Planeten, wusste er nicht, was aus ihm geworden wäre.

Wahrscheinlich nichts, wahrscheinlich niemand.

»Wie fühlt es sich an?«, fragte Rovo. »Zum ersten Mal draußen zu sein?«

»Oh, ich weiß nicht«, sagte Kaia. »Aber es gefällt mir.«

Sie stapften weiter, wobei Rovo nach jedem Ausschau hielt, der mehr als nur beiläufiges Interesse zeigte. Jeder, der ihnen folgte, das Schlimmste plante.

»Du klingst schlau«, sagte Rovo. »Bringt Kashmal dir Dinge bei?«

»Er gibt mir manchmal Bücher. Aber mein Freund, der Affe, er ist so schlau. Er hat mir am meisten beigebracht.«

»Affe?«

»Auf meinem Pewter«, sagte Kaia. »Er weiß alles.«

Ha. Das ergab irgendwie Sinn. Kashmal konnte einfach ein billiges Kinderspielzeug einsetzen, das mit endlosen Stunden an Bildungsprogrammen geladen war, und das Mädchen damit beschäftigen lassen. Die eigentliche Frage war dann, warum Kaia so ruhig und gefasst schien. Wenn alles, was sie kannte, ihr eigenes Zimmer war …

»Hast du keine Angst?«, fragte Rovo. »Ist das nicht alles seltsam für dich?«

»Der Affe sagt immer, man soll mutig sein«, antwortete Kaia. »Also bin ich mutig.«

»Dieser Affe scheint wirklich ziemlich schlau zu sein«, sagte Rovo.

Wie schön wäre es, wenn man einfach durch das Aussprechen einer Sache zu dieser würde. Wenn man Mut wollte, dann hätte man Mut. Wenn man Stärke wollte, dann hätte man auch die. Aber als Rovo an der Ecke nach einer Seilbahn Ausschau hielt, tauchte keine auf. Auch keine in Sichtweite.

Schlechtes Timing.

»Wir warten hier, bis eine Bahn kommt«, sagte Rovo. »Okay?«

Still zu stehen erwies sich als gefährliches Spiel. Bewegung implizierte Handlung, aber indem sie ihren Platz an der Bürgersteigecke einnahmen und stillstanden, spürte Rovo mehr gezielte Aufmerksamkeit. Menschen, die sich fragten, wer bei diesem Wetter ein Kind im Freien haben würde. Wer überhaupt ein Kind auf dieser Welt haben würde, höchstwahrscheinlich.

Rovo sah sich immer wieder um, die Gebäude um die Seilbahnhaltestelle waren fünf Stockwerke hoch, spitze Dächer leiteten das Wasser in die Regenrinnen, in dem Versuch, die Überschwemmung minimal zu halten, was jedoch misslang. In der Ferne dröhnten Raumschiffmotoren durch den Himmel, während Wasser platschte. Gerufene Unterhaltungen hallten zwischen den Gebäuden.

Hier am Nachmittag wirkte die Stadt nicht ganz so bedrohlich oder elend, das diffuse Licht, das durch die glitzernden Tropfen sprenkelte, erzeugte hier und da Regenbögen.

Rovo würde Dynas nie als schön bezeichnen, aber vielleicht war es nicht ganz so hässlich, wie er zunächst gedacht hatte. Vielleicht gab es hier ein paar Dinge, die es zu bewundern galt.

»Ist das dein Mädchen?«, sagte eine Frauenstimme hinter ihm. »Wenn ja, solltest du besser auf sie aufpassen. Sie wird sich so eine Erkältung oder Schlimmeres holen.«

Rovo drehte sich um, eine langsame Bewegung, um Kaia auf seinen Schultern stabil zu halten. Eine neugierige Frau, die etwa so alt aussah wie Rovo selbst, in einem grün-rosa Nasstauchanzug, der etwas modischer zu sein schien, schien die Urheberin zu sein. Kein Poncho für sie, nur verschränkte Arme und ein urteilendes Gesicht.

»Ich passe nur auf sie auf«, antwortete Rovo. »Hab die richtige Kleidung vergessen.«

»Wie kann man einen Neoprenanzug auf diesem Planeten vergessen?«

»Vielleicht hatte ich nicht genug Kaffee.« Rovo versuchte umzukehren, aber die Frau streckte die Hand aus und legte sie auf seinen Arm.

»Weder Sie noch ich wollen, dass ihr etwas zustößt«, sagte die Frau. »Wir haben Leute, die Sie gerade aus mehreren Fenstern im Visier haben. Wir haben versucht, es im Laden auf die nette Tour zu machen, aber jetzt haben Sie zwei von uns getötet.« Die freundlichen Worte der Frau wichen einer scharfen Kante. »Es ist nicht ihre Schuld, also wenn Sie sie mir übergeben, sorge ich dafür, dass sie heil aus der Sache herauskommt. Und den Akten-koffer. Dann sind Sie zumindest nicht für ihren Tod verantwortlich.«

Das waren zwei Hinterhalte in einer Stunde. Rovo musste besser darin werden, musste herausfinden, was ihm entging.

Was Rovo auf keinen Fall tun konnte, war, Kaia weiter auf seinen Schultern zu behalten. Die Frau hatte Recht mit diesem Risiko: Kaia hatte nichts von dem verdient, was Rovo zustoßen könnte.

Außerdem fiel das Umsetzen von Kaia genau unter Option eins: Zeit gewinnen und nach einer Lösung suchen.

»Okay«, sagte Rovo. »Ich will nicht, dass ihr etwas zustößt. Können Sie mir das versprechen?«

»Sie sind nicht in der Position, Forderungen zu stellen«, sagte die Frau. »Aber wir wollen kein Blutvergießen. Nicht hier. Ihr wird nichts passieren.«

»Dann hole ich sie runter«, sagte Rovo. »Kaia, lass uns gehen.«

»Aber ich will nicht.«

»Es wird alles gut«, sagte die Frau und streckte beide Arme nach dem Mädchen aus. »Fall einfach nach vorne und ich fange dich auf.«

»Ich will nicht, ich mag dich nicht.«

Die Frau versuchte zu lächeln, ein unaufrichtiges Lächeln, dünn und flach. Rovo hingegen versuchte einzuschätzen, ob er an seine Waffen kommen könnte, ob er sie ziehen und abfeuern könnte, und welche Fenster die Attentäter wohl benutzten. Die Chancen waren gering, dass das klappen würde. Dann gab ihm ein neues Geräusch eine andere Idee, einen Ausweg.

»Komm schon«, sagte Rovo zu dem Mädchen und begann, sie auf eine Seite seiner Schultern zu schieben. »Lass uns tun, was die nette Dame sagt. Wir wollen nicht, dass jemand verletzt wird.«

»Aber ich will nicht!« Kaia begann sich zu wehren.

Die Frau griff erneut nach vorne und versuchte, die Sache zu erzwingen, indem sie nach Kaias Armen griff, und Rovo stieß sie zurück. »Bitte, geben Sie mir nur eine Sekunde. Ich hole sie runter.«

Das Angebot wirkte, wenn auch nur geringfügig. Die Frau wich zurück und Rovo hob Kaia auf eine Schulter und dann in die Armbeuge, in der er den Aktenkoffer hielt, wobei Kaias Beine das silberne Metall umschlangen. Als Rovo sie stabilisierte, erhob sich ein rauschendes, summendes Geräusch, als eine Seilbahn hinter ihnen einfuhr und die Türen mit einem nassen Knacken aufgingen.

Rovo sprang zurück, stieg schnell in die Seilbahn und warf Kaia fast den Mittelgang hinunter. Glücklicherweise waren die Fahrten am frühen Nachmittag nicht so überfüllt wie am Morgen, und die überraschten Fahrgäste machten ihnen Platz, als sie sich in den Wagen drängten.

Rovo hoffte und sein Wunsch wurde erfüllt: Keine versteckten Scharfschützen versuchten zu schießen, da die Seilbahn offenbar genug Deckung bot und zu viele Kollateralschäden riskiert hätten, um das Feuer zu eröffnen.

»Vorsicht, mein Herr«, sagte der automatisierte Fahrer. »Bitte steigen Sie sicher ein.«

»Entschuldigung«, sagte Rovo, während er sich mit Kaia zurückzog und sich in die Menge einfügte. »Setz dich hin und halt den Kopf unten.«

Als er sich nach vorne wandte, sah Rovo, wie die Frau ihnen in die Seilbahn folgte, kalte Wut in ihren Augen. In der Menge wagte die Frau es nicht, einen offenen Zug zu machen. Sie behielt Rovo im Auge, ihr Mund zu einer Linie zusammengepresst, als die Seilbahn sich wieder in Bewegung setzte. Das Fahrzeug fuhr weiter die nassen Straßen entlang, während Rovo Kaia in seinen Armen hielt, zusammengekauert auf einem Sitz, mit jemandem, der die Fenster zu beiden Seiten blockierte.

Er hielt an Option eins fest. Zeit kaufen, bis ihm das Geld ausging.

26

HEISSE WARE

Der Aufzug fuhr in dieser stetig beschleunigenden Art nach oben, wie Lifte es tun, wenn sie einfach weiter steigen, ohne an einem Stockwerk zu halten. Aurora hielt Sai fest, nachdem sie ihn in den Aufzug geschleift hatte, und musterte ihn nun, wie er schwankend auf den Beinen stand und vor sich hin murmelte, dass er die anderen Infizierten hätte retten sollen. Aurora beobachtete, wie die Stockwerke auf der Anzeige rechts neben der Tür nach oben kletterten, aus dem Minusbereich heraus und in schwindelerregende Höhen. Ihr Magen sackte ab, ihre Ohren begannen zu knacken, während sie immer weiter nach oben fuhren. Noch interessanter, oder eher besorgniserregender, war die Tatsache, dass sie keine Nummer eingegeben hatte. Dazu hatte sie gar keine Gelegenheit gehabt.

Jemand hatte den Aufzug gerufen.

Aber dieses Rätsel konnte warten. Spekulationen würden sie nicht weiterbringen, und was auch immer sich hinter den Türen befand, wenn sie sich öffneten, Aurora würde dem mit Sai begegnen, nicht allein. Sie musste ihn zurückholen, seine Aufmerksamkeit wieder auf die Gegenwart lenken und den Antrieb finden, der jedem Sever-Mitglied innewohnte. Zumindest jedem Mitglied, das seine erste Mission überlebte.

»Erinnerst du dich, als sie Signet Acht entdeckt haben?«, sagte Aurora, indem sie ihren Mund nah an Sais Ohr brachte und die Worte klar und deutlich aussprach. »Diese primitiven Zivilisationen, die ständig miteinander Krieg führten. Und dann stellte sich heraus, dass sie auf einem Haufen wertvoller Mineralien und Hartmetalle saßen. Erinnerst du dich daran?«

Sai hörte zumindest auf zu murmeln. Ein einziges leises Schluchzen erschütterte seine Schultern.

»DefenseCorp hat uns erzählt, dass unsere Truppen nur dorthin gehen würden, um die Kämpfe zu beenden, als eine Art Vorhut für die Einführung in den Rest der Galaxis. Erinnerst du dich an den ganzen Schwachsinn? All die Lügen, die sie uns vor diesem Einsatz aufgetischt haben?«, sagte Aurora. Es war ein anderes Team gewesen, Sever Squad. Sie hatten damals mehr Mitglieder. »Sie sagten uns, wir bräuchten kein volles Arsenal. Dass die Einheimischen zu verblüfft sein würden, uns vom Himmel kommen zu sehen, um zu kämpfen. Wir würden unser Ziel erreichen, ohne einen einzigen Schuss abzugeben.«

Sai hörte zu, atmete. Die Zahlen krochen höher.

»Sie haben uns abgeworfen, nicht einmal mit Shuttles. Meteorabwürfe. Wir sind direkt in den Boden gekracht, weil DefenseCorp dachte, das würde einen besseren Eindruck machen. Hunderte von uns, alle Arten von DefenseCorp-Trupps, die einfach auf der Welt herumge-knallt sind. Schock und Ehrfurcht, das sollte alles regeln. Schock und Ehrfurcht.«

»Hat es nicht«, hauchte Sai die Worte mehr, als dass er

sie aussprach, und Aurora konnte sehen, dass seine Augen geschlossen waren.

»Nein. Das hat es wirklich nicht. Erinnerst du dich, wie sie uns mitten auf dieses Schlachtfeld abgeworfen haben? Diese beiden großen Armeen, die mit ihren Speeren und Schleudersteinen aufeinander losgingen, diese Schwerter aus geschmolzenem Glas?«

»Diese Schwerter sahen wirklich cool aus.«

»Dein Katana ist durch sie hindurchgegangen wie durch Butter.«

»Ich hab es nicht mal mehr. Mein Katana.«

Falscher Zug. Sie musste vom Schwert wegkommen. Vielleicht würden sie es irgendwo, irgendwie wiederfinden. Sie musste Sais Fokus auf der alten Mission halten, nicht auf verlorenen Waffen.

»Erinnerst du dich, wir waren sofort umzingelt? Sie hörten mit dem Kämpfen auf, als wir abstürzten. Ein Dutzend von uns, Tausende von ihnen. Alle erpicht auf einen Kampf, und jetzt kamen diese seltsamen Eindringlinge«, Aurora schüttelte den Kopf und rieb ihre Nase ganz leicht an Sais Nacken. Nicht aus Romantik, sondern aus Liebe, dieser tiefen Verbundenheit, die zwischen zwei Soldaten entsteht, die füreinander ums Überleben gekämpft haben. Aurora brauchte Sai, und Sai brauchte Aurora, und gemeinsam würden sie es schaffen. »Ferris ließ uns alle einen Kreis bilden, und er fing an zu reden, als ob sie ihn verstehen könnten. Versuchte zu erklären. Und er wurde als Erster getroffen.«

»Sie waren brutal.« Sai schien endlich wieder auf eigenen Beinen zu stehen und straffte die Schultern. »Wir haben es nicht verstanden, sie kämpften, weil das alles war, woran sie glaubten. Kämpfen und sterben und in dein perfektes Jenseits gehen. Je größer die Herausforderung, desto größer der Ruhm im großen Jenseits. Wir waren so dumm.«

»Nein, nicht wir. Die Leute, die uns geschickt haben«, sagte Aurora.

»Ich schätze, du hast recht. Die Leute, die uns geschickt haben. Genau wie hier.«

Sever war auf Signet Acht überrannt worden. Die kriegführenden Seiten hatten spontan einen Waffenstillstand geschlossen, um die Eindringlinge anzugreifen, so wie es überall sonst auf dem Planeten geschehen war. Sai hatte die Entscheidung getroffen, nachdem die Hälfte ihrer Truppe allein durch den Druck gefallen war. Eine Energierüstung mag vor Stichen und Stößen schützen, mag einen vor fliegenden Steinen bewahren, aber sie hilft nicht, wenn fünfzig anstürmende, kräftige, schuppige Körper einen zu Boden drücken und ersticken.

DefenseCorp's Bombardement kam durch die Atmosphäre, zielte um sie herum, die Laser und Raketen von den Schiffen über ihnen verdunkelten den Himmel. Sai hatte Aurora zurück in ihren Meteorabwurf gezogen, ein tränenförmiges, nahezu unzerstörbares Gefährt. Ein perfekter Unterschlupf, um den Weltuntergang abzuwarten.

Danach erfuhr Sever, dass sie nicht das einzige Team waren, das diese Entscheidung getroffen hatte. Überall auf der Welt erwiesen sich die Einheimischen als verhandlungsunwillig. Nur zu mörderischem, endlosem Krieg fähig. Und so vernichtete DefenseCorp sie, und die Bergbau- und Förderunternehmen rückten ein, um den Preis zu beanspruchen. Aurora konnte sich nicht einmal daran erinnern, ob DefenseCorp offiziell irgendein Bedauern ausgedrückt hatte. Aurora wusste, dass sie es nicht tat. Die Monster hatten versucht, sie zu töten, hatten ihre Freunde getötet. Sie hatten bekommen, was sie verdienten.

Die Aufzugtüren öffneten sich mit einem *Klonk* und einem langsamen Zischen. Auf der anderen Seite stand Kashmal, grinsend mit einem irren Lächeln.

»Ich habe euch gefunden«, sagte Kashmal. »Genau zur richtigen Zeit.«

Aurora wollte den Mann schlagen, aber er hatte den Aufzug gerufen. Hatte sie weggebracht.

»Sie verfolgen uns«, sagte Aurora. »Wir müssen uns weiter bewegen.«

»Oh nein, ich würde mir keine Sorgen machen«, erwiderte Kashmal. »Die Dinge haben sich jetzt geändert. Sie haben ihn.«

Er zeigte mit dem Finger auf Sai, und Aurora sah ihn noch einmal an. Ihr Teamkollege wirkte immer noch müde, schwach. Er atmete schwer und schwitzte. Kaum ein Beispiel für ein leistungsfähiges Exemplar. Für jemanden, der es wert wäre, als Preis betrachtet zu werden.

»Was meinst du damit?«, fragte Aurora.

»Das erkläre ich euch später«, antwortete Kashmal. »Alles, was ihr jetzt wissen müsst, ist, dass sich eure Umstände geändert haben. Du hast den Jackpot geknackt, Sai. Du und deine Gene.«

Kashmal führte sie aus dem Aufzug auf ein geschäftiges Stockwerk, das Aurora anhand des Geräusches startender Raketentriebwerke und deren hochfrequenten Töne als Andockbucht identifizierte. Kisten und Arbeiter, die diese umherschoben, verstopften den Flur, und sobald sie den Aufzug verließen, schoben mehrere andere ihre Behälter hinein und er fuhr ab. Kein Wort über das Gemetzel unten, über den Alarm und die Gefahr.

Kashmal dirigierte sie den Flur entlang. Der breite Gang hatte den polierten schwarzen Boden, der im ganzen Turm üblich war, und hin und wieder öffnete sich eine Tür zur Andockbucht, die ein anderes Schiff, einen anderen Bereich präsentierte. Frachtverladung, Passagiere, Treibstoff, alles andere. Kashmal brachte sie ganz ans Ende, sodass sie, als sie tatsächlich die Andockbucht betraten, direkt neben dem weit offenen Ausgang standen, der über die Stadt hinausführte. Ein Skiff strich über ihnen hinweg, besetzt mit dem, was wie eine Flottille von Wachen aussah.

»Sie suchen nach euren Freunden«, sagte Kashmal. »Soweit ich weiß, ist einer gerade auf freiem Fuß. Derjenige, den wir in meiner Wohnung zurückgelassen haben. Sie werden ihn schnappen und hierherbringen. Wie praktisch ist das denn?«

»Ich verstehe nicht?«, sagte Aurora. Sai starrte seinerseits umher, war wieder in Schweigen verfallen und welche Kämpfe auch immer in seinem Kopf tobten. »Sie haben gerade noch versucht, uns umzubringen.«

»Die Ärztin hat ihre Meinung geändert. Eigentlich«, Kashmal lachte, »ist es irgendwie lustig. Sie hat all diese Zeit, all diese Mühe investiert, um einen Erfolg zu finden, und dann wird sie von irgendeinem zufälligen Laboringenieur zum Handeln gezwungen.«

»Was?«

»Ich sollte traurig sein, weil er das geschafft hat, was ich versucht habe. Er hat es mit Proben von der Welt geschafft.« Kashmal rollte mit den Augen zur Decke. »Ben, du bist so ein elender Störenfried«, Kashmal deutete auf ein größeres Schiff in der Mitte der Bucht. Das einzige in der Umgebung, das wirklich raumtauglich aussah. »Du kapierst es, oder? Alles, was hier vor sich geht? Es wird alles heimlich finanziert. Viren, die für zahlungswillige Leute hergestellt werden. Aber wenn der Stoff an die Öffentlichkeit gelangt? Wenn es jemand anderem gelingt, ihn rauszubringen und zu replizieren? Dann wird das alles hier wertlos. Jetzt, wo

Proben die Welt verlassen haben, muss Anaskya schnell handeln und versuchen, alles einzusammeln, bevor die anderen Unternehmen den Stecker ziehen.«

Aurora versuchte, Kashmals Behauptungen zu folgen. Die Erste zu sein, die den Virus, der Sai infizierte, in die weite Galaxis brachte, ergab irgendwie Sinn, auch wenn sein beabsichtigter Zweck, die Person zu modifizieren und in etwas Anderes, Effektiveres zu verwandeln, gegen den Buchstaben des galaktischen Gesetzes verstieß. Gesetze konnten umgeschrieben, von denen mit der Macht dazu geändert werden. Aurora hatte das selbst oft genug gesehen, als sich die Missionen von DefenseCorp ausgeweitet hatten, um die Art von Vernichtung wie bei den Eingeborenen auf Signet Acht einzuschließen.

Warum nicht mit der Natur spielen? Und warum nicht davon profitieren?

»Warum sind wir also hier?«, fragte Aurora.

»Sie interessiert sich nicht für dich. Sie interessiert sich für ihn«, sagte Kashmal. »Kommt schon, wir müssen an Bord gehen. Bevor Anaskya ihre Meinung ändert.«

»Und du? Du hast versucht, dasselbe zu tun wie dieser andere Ingenieur?«

»Und sie hätte mich erschießen lassen, außer dass ich versprochen habe, euch zu holen«, sagte Kashmal. »Ich weiß, ich weiß, du bist vielleicht wütend. Aber rate mal? Wir kommen von diesem Planeten runter. Wir drei. Jetzt sofort. Und das ist alles wert, oder?«

Aurora hätte ihn erwürgt, hätte Kashmal für das erschossen, was er bereits getan hatte, aber sie musste Sai aufrecht halten. Musste sie in Bewegung halten. Denn sie bemerkte Wachen überall in der Andockbucht, die die drei mit den Händen an ihren Waffen beobachteten.

Wenn Aurora hier versuchte, sich zu wehren, würden

sie und Sai zweifellos sterben, und zwar schnell. Also hielt sie den Mund und ging weiter, zum Shuttle und die Einstiegsrampe hinauf. Das Schiff war größer, viel größer als das Shuttle, das DefenseCorp Sever gegeben hatte, um auf Dynas zu springen.

Sobald sie an Bord waren, erschienen zwei Wachen am Eingang und dirigierten Aurora und Sai nach hinten, weit nach hinten, durch das mit Gold verzierte Stahlschiff. Kashmal verschwand, schlich sich in einen anderen Teil, während die beiden Wachen schoben und zeigten, bis Aurora und Sai in etwas gelangten, das wie der Frachtraum aussah, wo Kisten mit Lebensmitteln und anderen Vorräten herumstanden.

Keine kurze Reise also.

Eine andere Sache stach im Frachtraum hervor, lang und dünn und in eine Ecke geschoben, etwas verschmiert, aber ansonsten nicht schlimmer zugerichtet.

»Sai, rate mal?«, sagte Aurora. »Sie haben dein Schwert gefunden.«

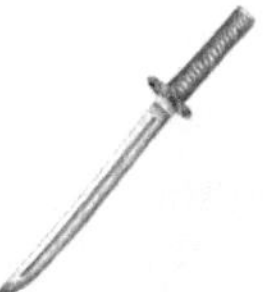

27

EINE VORLIEBE FÜR GESCHLOSSENE RÄUME

Schließ dich denen an, die dich retten. Das hatte Sai getan, nachdem diese DefenseCorp-Soldaten in seine Wohnung eingedrungen waren, nachdem sie seinen Heimatplaneten von den Rebellen und ihrer endlosen Zerstörung gesäubert hatten. Sie stellten die Ordnung mit eiserner Faust wieder her und übergaben sie dann an die Plutokraten und Konzerne zurück, die das Ganze überhaupt erst ausgelöst hatten.

Zwei Denkweisen standen denen gegenüber, die übrig geblieben waren: entweder gegen eine korrupte etablierte Ordnung kämpfen, die sich als unbesiegbar erwiesen hatte, oder gehen. Sai und seine Mutter wählten Letzteres. Sie nahm ihre Ersparnisse, ihre Investitionen und ging auf eine weniger zerrissene Welt, und ließ Sai mit seinem Katana zurück, um sich dem härteren, schnelleren und gewalttätigeren Leben anzuschließen, in das er auf dem Dach, in den Treppenhäusern und auf den Straßen der Stadt so unsanft eingeführt worden war, während sein Zuhause brannte.

Aber aus der Asche erhebt sich oft etwas Besseres. Und auf jener ersten Station fand Sai seine spätere Frau. Er bekam Kinder und baute sich ein gutes Leben auf. Bis die Galaxie wieder einmal ihre Wildheit bewies und der Planet seiner Familie den DefenseCorp-Vertrag übernahm. Sai hatte die Wahl: seine Familie in ein weltraumfahrendes Leben mit unvorhersehbaren Einsätzen mitnehmen, von Welt zu Welt hüpfend, oder sie zurücklassen und seine Talente in die besser bezahlte, aktive Abteilung einbringen.

Zu Sever und seinem hochpreisigen Abenteuer.

Und wohin brachte ihn das? In diesen Frachtraum, gefüllt mit illegaler Schmuggelware, die an jeden verkauft werden sollte, der sie wollte, einschließlich seines eigenen Arbeitgebers. Ein gefährliches Ding, das Spezies umgestalten konnte und das gerade dabei war, ihn umzugestalten.

Das Virus in seinem Körper hatte ein Gleichgewicht gefunden, und Sai fühlte sich jetzt stärker, fast klar in seinem Zweck. Er driftete immer noch von Zeit zu Zeit in diese Halluzinationen ab, als Kashmal und Aurora ihn über die Bucht und hinauf in das Schiff führten, war Sai kaum anwesend. Er hatte diese kostbaren Minuten zu Hause verbracht, beobachtete, wie seine Kinder spielen lernten, wissend und verstehend, warum er nicht da sein würde, wenn sie ihren eigenen Kindern dasselbe beibrachten.

Komm zurück, Sai. Sei präsent, denn wenn du es nicht bist, kommen wir hier nicht raus.

Wir?

Die Ohrfeige kam schnell, scharf. Stechendes Blut in seiner Wange ließ Sais Augen aufspringen und seinen Atem schnell kommen. Aurora hob ihre Hand, bereit, es wieder zu tun, als Sai seinen eigenen Arm hob, um ihren zu blocken.

»Ich bin wach«, sagte Sai. »Fürs Erste.«

»Besser für immer«, erwiderte Aurora. »Spürst du das?«

Das tat er. Eine Vibration, die sich durch das ganze Shuttle zog, eine, die seine Füße und Knie und seinen Rücken erschütterte. Ohne in einem Crashsitz zu sein, würde ein Raumschiffstart ein Abenteuer werden. Eine blaue Flecken verursachende Erfahrung.

»Besser, wir machen uns bereit.« Sai befolgte seine eigenen Anweisungen, verließ den offenen Raum und klemmte sich in eine Ecke, versuchte, seine Schultern, seine Arme so zu positionieren, dass er sich gerade halten konnte, während die Vibrationen zunahmen. Aurora tat dasselbe, ging ihm gegenüber, sodass sie sich über Kisten hinweg anstarrten, die in ihren silbernen Metallformen dasselbe Virus enthielten, das Sai und so viele andere in diesem Turm ruiniert hatte.

»Ich denke also, die Mission ist abgeblasen«, rief Aurora über die Bucht hinweg. »Ich weiß nicht, ob du es bemerkt hast, aber Kashmal hat sich mit dem Feind verbündet.«

»Aurora, ich habe aufgehört, mich um die Mission zu kümmern, als sie mir dieses Virus injiziert hat.«

»Prioritäten, Sai.«

»Mein Leben hat Vorrang, Aurora. Das weißt du.«

Aurora schenkte ihm ein trauriges Lächeln, sie wusste es. Sie alle wussten es. Das war Teil von Severs Charme, wo sie die Mission zwar erfüllen würden, ja, aber ohne die gefühllose Missachtung, die so oft von Söldnerarmeen kam. Geld beanspruchte den größten Preis, und einander am Leben zu erhalten war ein netter Bonus. Für Sever allerdings waren diese Prioritäten umgekehrt.

Sai mochte gerne denken, dass es daran lag, dass Sever einander so sehr liebte und umeinander besorgt war. In den engen, hektischen, feuergefüllten Korridoren konntest du nicht anders, als dich mit dem Soldaten neben dir anzufreunden. Bereit, dein Leben füreinander zu geben.

Aurora hatte es vor einigen Missionen anders ausgedrückt. Sever vereint, lebendig und von einer Mission zur nächsten auf die gleiche Weise weiterzuführen, war einfach eine solide Investitionsstrategie. Weniger Ausfallzeiten, größere Renditen.

»Du weißt nicht, wo die anderen sind?«, sagte Sai, als die Vibration sich veränderte, die Triebwerke des Schiffes hochfuhren und sie vom Boden der Andockbucht abhoben. »Gregor? Eponi?«

»Gregor und Rovo sind irgendwo in der Stadt«, antwortete Aurora. »Zumindest dort, wo ich sie zurückgelassen habe.«

»Du hast sie zurückgelassen?«

Sais Magen verschob sich, als das Shuttle an Geschwindigkeit gewann, zweifellos aus der Andockbucht zoomend und nach oben zu den Sternen anwinkelte. Hier, in diesem geschlossenen Raum, konnte Sai nicht sagen, wo er war, was das Schiff tat. Nur leichte Zuckungen verrieten Sai, dass er überhaupt flog.

Sai hätte sich übel gefühlt, vielleicht sogar erbrochen, wie die meisten es während des Aufstiegs taten, wenn man keine Sicht nach draußen hatte. Aber er fühlte sich normal, ruhig. Sogar sein Fieber hatte nachgelassen.

»Wir haben uns aufgeteilt«, sagte Aurora gerade. »Wir mussten einen Kompromiss eingehen. Kashmal hatte Material, das er von der Welt schaffen wollte. Ich konnte es nicht ungeschützt lassen. Und Gregor, Gregor hat die Verfolger abgeschüttelt.«

»Du hast den Neuling die wertvollen Güter bewachen lassen?«

»Ich hatte nicht wirklich eine Wahl.« Aurora schüttelte den Kopf, streckte ihre Beine ein wenig, um ihre Position zu festigen, als das Shuttle zu zittern begann und höher in die

Atmosphäre stieg, wo diese Winde und Jetstreams es herumschütteln würden. »Was hätte ich tun sollen? Es einfach dort lassen? Ich dachte, wir würden zurückgehen, um es zu holen.«

Sai bemerkte einen weiteren Unterton in Auroras Stimme. Müde, ja, aber auch ein wenig traurig und frustriert. So hätte die Mission nicht verlaufen sollen. Sever war nicht dafür geschaffen, sich zu trennen. Sie waren keine isolierten Agenten, die darauf trainiert waren, Ziele im Alleingang zu erreichen. Sie waren ein Squad und sollten eine Einheit sein. Jetzt waren sie über den ganzen Planeten verstreut und bald auch darüber. Würden sie je wieder zusammenkommen?

Sai wusste es nicht, und ehrlich gesagt hatte er in diesem Moment größere Sorgen.

Sever würde sich definitiv nicht wieder vereinen, wenn Sai und Aurora zu irgendeinem fernen Stern verschleppt würden. Verkauft an jemanden, der mit menschlichen Versuchsobjekten experimentieren wollte.

»Wie kommen wir also zurück?«, fragte Aurora. »Irgendwelche Ideen?«

»Das Schiff übernehmen«, sagte Sai. »Es zurück nach unten fliegen?«

»Wow. Darauf wäre ich nie gekommen.« Aurora verdrehte die Augen. Das Shuttle schüttelte sich noch mehr, als es in den härtesten Teil der Atmosphäre eintrat. Kurz vor der befreienden Entlassung. »Wie willst du ein Schiff ohne Waffen übernehmen?«

Sai sah sich um. Das Katana war da, das war schön, obwohl es wahrscheinlich keine der Türen hier durchschneiden konnte. Und wenn er es versuchte, würde zweifellos einer dieser Wachen hereinplatzen und ihm ins Gesicht schießen. Das war also ein Nichtstarter. Darüber hinaus gab es die silbernen Koffer, alle randvoll mit Krankheit und Katastrophe.

Krankheit und Katastrophe.

»Was ist das Einzige, das ein Käufer bei etwas wie diesem nicht riskieren würde?«, sagte Sai, während er sich festklammerte, sich aber ganz leicht nach vorne lehnte, um einen besseren Blick auf diese Koffer zu werfen.

»Infektion«, erwiderte Aurora. »Du setzt dich nicht etwas aus, das du nicht verstehst.«

»Genau«, sagte Sai. »Wir haben hier jede Menge der Krankheit.«

»Und die einzige Person, die sie versteht, ist an Bord«, sagte Aurora.

Manchmal entfalteten sich die Pläne Stück für Stück, wobei der nächste Schritt erst offenbart wurde, wenn sie den vorherigen abgeschlossen hatten. Oft liefen Missionen instinktiv ab, wobei Sever durch Feuergefechte und Ziele tanzte, wobei jedes den Weg zum nächsten ebnete. In anderen Fällen, wie wenn Sai in einem Frachtraum gefangen war und nichts anderes zu tun hatte, als über sein eigenes Ende nachzudenken, kam die verzweifelte Planung in vollem Umfang zum Vorschein.

»Wir sind in einem versiegelten Behälter«, sagte Sai. »Wenn du hier etwas freisetzt, geht es nirgendwo hin. Das Shuttle wird kontaminiert sein und es gibt kein Entkommen.«

»Du vergisst etwas«, sagte Aurora. »Ich bin nicht infiziert.«

»Nun, hier ist deine Chance«, sagte Sai. »Mit Anaskya an Bord hat sie vielleicht ein Heilmittel. Sie wird es herausbringen müssen, wenn sie infiziert wird.«

Plötzlich hörte das Rütteln auf. Sai spürte, wie seine Hände und Füße ganz leicht von der Wand abhoben, und sein Magen machte ein paar Saltos, als die Schwerkraft nachließ. Sie waren jetzt im Weltraum, und das Virus hätte nirgendwo anders hingehen können als durch die geschlossenen, recycelnden Sauerstoffsysteme des Shuttles. Eine riesige Petrischale, gefüllt mit ahnungslosen Opfern. Sai drückte sich zusammen und stieß sich dann ab, um sich in Richtung seines Katanas zu bewegen. Mit einer fließenden Bewegung zog Sai das Schwert aus der Scheide, während Aurora aus der Ecke zusah.

»Bist du dir sicher?«, fragte Aurora. »Denn wenn ich krank werde und sterbe, werde ich richtig sauer auf dich sein.«

»Wenn du stirbst, folge ich wahrscheinlich kurz danach«, sagte Sai. »Außerdem sind wir nicht in diesen Job eingestiegen, um auf Nummer sicher zu gehen.«

Anstatt das Schwert in hackende Schläge gegen die Koffer zu verwenden, führte Sai die Klinge des Katanas gegen die Schlösser. Er arbeitete mit dem Schwert wie mit einer kleinen Säge, während das Schiff weiterflog. Das Katana war scharf und mit jeder Bewegung schnitt es ein bisschen tiefer.

Als der erste Koffer aufsprang, sah Sai genau das, was er erwartet hatte. Kleine Fläschchen, komprimiert und vakuumversiegelt. Bereit, in einen Lüftungsschacht gekippt zu werden, damit das ganze Schiff sie genießen konnte.

28

DER GRUND WARUM

Offiziell war Gregor kein Geisel. Er war einfach von seiner alten Abteilung in eine neue verlegt worden. Vom Sever Squad in den geheimeren Zweig von DefenseCorp eingegliedert, der die Grenzen zwischen legal und illegal verwischte und nicht zwischen Zielen und Ethik unterschied. Lani sorgte dafür, dass Gregor diese Grenze auf dem ganzen Weg aus der Basis spürte, während Wicks Felix' leichten und verfallenden Körper für weitere Analysen in der Stadt trug.

Lani ließ Gregor vorangehen, und jedes Mal, wenn er zurückblickte, hielt Lani immer noch ihre Waffe in der Hand, bereit sie zu benutzen. Gregor hatte seinen Hammer und dachte, er könnte wahrscheinlich einen Schlag landen, wenn er wollte. Könnte sie und dann Wicks wahrscheinlich ausschalten.

Und dann würde Sayers mit dem Skiff wegrennen und Gregor hier mit den kranken Toten verrotten lassen.

DefenseCorp wäre das so oder so egal. Angenommen, diese Nachricht würde Dynas überhaupt je verlassen. Die Organisation war zu groß, erstreckte sich über zu viele

Planeten und brauchte zu viele Lichtjahre, um Nachrichten von einer Seite zur anderen zu übermitteln, um als ein zusammenhängendes Ganzes zu funktionieren.

Gregor hatte die Auswirkungen der Physik auf die Kommunikation schon bei seinem ersten Einsatz erlebt, als DefenseCorp Vorschriften und Regeln für neue Rekruten und Führer gleichermaßen erließ. Die Rekruten, ohne Druckmittel, beeilten sich, die Linie einzuhalten, während die lokalen Anführer sich überhaupt nicht anpassten. Sie umarmten ihre korrupten Positionen, schickten alle Rekruten, die sie nicht mochten, in gefährliche Missionen, und wenn DefenseCorp jemals eine Prüfung ankündigte, gab die Reisezeit durch den riesigen Weltraum den Führern Zeit, ihre Handlungen zu verbergen.

Kurz gesagt, Lani konnte tun und lassen, was sie wollte, weil die Konsequenzen Lichtjahre entfernt waren.

»Gregor, du hast gesagt, als du Felix das letzte Mal gesehen hast, war er ein Monster«, sagte Lani zu seinem Rücken, als sie gingen und sich dem Ausgang der Basis näherten. »Du sagtest, er hätte einen infizierten Schwarm zu seiner Verfügung, eine ganze Masse an Viren, die darauf warteten, sich auszubreiten. Wir haben nichts davon gesehen.«

»Du hast ihn gehört«, antwortete Gregor. »Er ist verfallen.«

»Oder du hast gelogen.«

»Warum sollte ich?«

»Ich weiß nicht«, sagte Lani. »Ich weiß nicht, warum ich so misstrauisch bin, Gregor, außer dass auf Dynas alles Lügen sind, jeder dem anderen in den Rücken fällt.«

»Denkst du, das interessiert mich?«

Sie gingen den Weg hinaus, den sie hereingekommen waren, durch das Loch in der Seite des Gebäudes, wo der

Türrahmen gewesen war. Zurück mit dem Aufzug zum Skiff. Lani blieb still, und Gregor machte das nichts aus. Sie versuchte, irgendeine Art von Spiel zu spielen, suchte nach einer tieferen Bedeutung. Sever Squad war für eine einfache Extraktion hierher gekommen, reinkommen, rausholen und verschwinden. Nichts Tieferes als das.

»Wer war das Ziel?«, fragte Lani, als der Aufzug nach oben fuhr. »Und weißt du, warum sie versuchen zu gehen?«

»Ich sagte, sie haben uns nichts erzählt.«

»Spekuliere für mich.«

»Nein.«

Wicks lachte sogar darüber: »Glaube nicht, dass du einen Freund gefunden hast, Lani.«

»Ich versuche keine Freunde zu finden.«

Und doch war es genau das, was Gregor zurück in der Wohnung gefühlt hatte. Waffenbrüder, Seelenverwandte, die beide versuchten, den Erfolg ihrer Missionen sicherzustellen. Lani hatte sich verändert, als sie das Nichts gesehen hatte, zu dem Felix geworden war.

Gregor glaubte zu wissen warum: Jeder auf Dynas wollte von der Welt weg, und diese Chance schien sich um das Virus zu drehen. Wenn Felix eine lebende und gesunde Mutation gewesen wäre, dann hätte Lani vielleicht das bekommen, was sie wollte. Vielleicht wäre sie nicht so gereizt, wenn ein Ticket von Dynas weg auf sie gewartet hätte.

»Was hättest du getan?«, sagte Gregor, als der Aufzug oben ankam. »Wenn wir ihn infiziert gefunden hätten?«

»Ihn getötet, genau wie wir es getan haben«, sagte Lani, aber es lag keine Überzeugung hinter den Worten.

»Du hättest Felix nicht mitgenommen?«, fragte Gregor.

»Ihn wohin mitgenommen?«, sagte Wicks. »Zurück in

unsere Wohnungen? Ihn dort verrotten lassen und uns alle krank machen?«

Gregor behielt seine Augen auf Lani gerichtet, und sie erwiderte seinen harten Blick und blieb still.

»Eine Menge Kohle in diesem Virus«, sagte Gregor. »Richtig?«

»Steig einfach ins Skiff, Gregor«, sagte Lani.

Sayers hatte das Fahrzeug startbereit gehalten, und Lani und Wicks hatten sich so an ihre Kampfanzüge gewöhnt, dass sie nicht einmal besonders ungeschickt aussahen, als sie auf das Fahrzeug kletterten. Sobald sie an Bord waren, mit Felix' Körper sicher im Bug verstaut, ließ Sayers die Motoren aufheulen.

Sayers hob das Skiff an, drehte es zurück Richtung Stadt. Lani und Wicks gingen zum Debriefing mit dem Piloten und ließen Gregor allein, frei, um auf dem Deck umherzuwandern, während der gelbe Nebel alles einhüllte. Dynas' Feuchtigkeit lastete auf ihm, und alles, woran Gregor denken konnte, war, wie sehr er diesen Planeten verlassen wollte. Wie sehr Lani und die anderen dasselbe wollen mussten. Schlimm genug, um fast alles zu tun.

Zu wenig Feinde zum Zerschmettern, zu wenig zum Ansehen, und der verdammte Blütenstaub oder was auch immer geriet ständig in seine Lüftungsschlitze.

Als Gregor sich zum Heck des Skiffs bewegte und Felix' zum Untergang verurteilte Basis im Nebel verschwand, spürte Gregor ein Knistern über seinen Helm. Eine Übertragung auf Squadebene, auf Sever Squads Frequenz. Anfangs zu statisch, zu weit weg, aber selbst von hier konnte Gregor eine Schleife erkennen. Eine wiederholte Übertragung von jemandem, der keine Zeit hatte, auf dem Band zu bleiben. Er bewegte sich zum Bug des Skiffs, stand über Felix' Körper.

»Was ist los?«, fragte Lani und stellte sich neben ihn. »Ich höre etwas.«

Natürlich waren die anderen Kampfanzüge bereits mit Severs Frequenz verbunden. Lani und Wicks würden es auch hören, aber sie wüssten nicht, wer es war. Sie könnten Rovos Stimme nicht erkennen.

»An der Tramstation, bitte um Unterstützung von allen verfügbaren Kräften. Helix kommt, und sie werden uns kriegen. Die oberste Ebene ist frei, die Straßen sind markiert. Der Kampfanzug ist weg. Werde nicht mehr lange durchhalten.«

Rovos Stimme klang gedehnt und erschöpft. Er brauchte Hilfe. Gregor musste nicht mehr wissen als das.

»Wir müssen zurück«, sagte Gregor. »Zu dem Ort, wo wir den Kampfanzug gefunden haben. Er wird sterben, wenn wir nicht hingehen.«

»Wer wird sterben?«, fragte Lani. »Wer macht diesen Notruf?«

»Einer meiner Teamkollegen.«

»Klingt, als wäre er in Schwierigkeiten«, sagte Wicks. »Aber wir sollen uns eigentlich nicht sichtbar machen. Helix weiß offiziell nicht, dass wir hier sind.«

»Wicks hat Recht. Wenn dein Freund kompromittiert ist, können wir uns dem nicht nähern.«

Ach ja, deshalb hasste Gregor diesen Zweig so sehr. Mehr besorgt um ihre eigenen Geheimnisse als um das Leben ihrer anderen DefenseCorp-Mitglieder. Einfach nur ein Haufen Feiglinge.

»Ihr habt mich nicht verstanden«, sagte Gregor und griff nach hinten zum Hammer, während er seine Stiefel für einen Boost bereit machte. »Wir werden ihm helfen. Jetzt sofort.«

29

TAPFERES ABFANGEN

Das Problem mit Landungen, selbst auf einem so isolierten und kargen Planeten wie Dynas, war, dass man nicht einfach ein Schiff in die Atmosphäre fliegen und hoffen konnte, am richtigen Ort zu landen. Planeten drehten sich, Geschwindigkeiten waren relativ, atmosphärischer Widerstand, so viele Variablen.

Die Computer des Shuttles führten die meisten Berechnungen durch, aber viele erforderten, dass Eponi zumindest das Endergebnis überprüfte. Theoretisch würde die Verkehrskontrolle in der Stadt freie Flugbahnen zuweisen und sicherstellen, dass Räume frei waren, sodass Eponi, wenn sie mit hoher Geschwindigkeit durch die Atmosphäre raste, nicht mit jemand anderem zusammenstoßen würde, der durch die Wolken nach oben kam.

Aber als Eponi die Koordinaten eingab, die ihr Computer ausspuckte, als sie das Shuttle um die Umlaufbahn lenkte, bis die große schwarze Stadt in die richtige Position für ihre Rückkehr rotierte, sagte die Verkehrskontrolle kein Wort.

»Helix-Kontrolle, noch einmal, hier spricht Shuttle«,

Eponi warf einen Blick auf das Namensschild, das praktischerweise außen und auf den Steuerkonsolen angebracht war, weil jeder verstand, dass Piloten zufällig zwischen solchen Shuttles wechselten. Bauern bekamen keine eigenen Schiffe. »*Valiant.* Ja, Shuttle *Valiant* sucht nach einem Vektor zur Landung am Turm. Bitte zuweisen.«

Valiant. Was für ein dummer Name für ein Shuttle wie dieses. Fracht zwischen Boden und Weltraum zu transportieren, verdiente keinen solchen Namen. Etwas wie *Box* oder *Maultier* wäre passender gewesen. Eponi lehnte sich in ihrem Stuhl zurück und wartete. Und wartete weiter. Bald müsste sie tatsächlich die Triebwerke zünden, um das Shuttle neu auszurichten, oder sie würde ihre Chance verpassen. Lächerlich.

Aber hey, im Weltraum musste sie sich keine Sorgen machen, infiziert zu werden. Keine Krankheiten in diesem Shuttle. Besser gelangweilt als tot.

Es gab ein paar Dinge, die sie tun konnte, während sie im Cockpit des Shuttles saß und auf eine Antwort von Helix wartete. Eponi konnte die Sterne beobachten, aber das Shuttle war momentan zum Planeten gerichtet, und auf der anderen Seite des Sterns des Systems sah Dynas größtenteils wie ein großer schwarzer Fleck aus, der einen Querschnitt des Universums verdeckte.

Ohne Aussicht konnte Eponi an den Kontrollen herumfummeln, den Sauerstoffgehalt überprüfen und sicherstellen, dass nichts verdächtig aussah. Eponi hatte das bereits fünfmal gemacht, und die Prozentsätze wurden nie interessanter. Und zu guter Letzt konnte Eponi den Radar scannen. Sehen, welche seltsamen Objekte möglicherweise in die Nähe des Shuttles trieben, und raten, was sie sein könnten. Vielleicht eine alte Raumstation? Ein Satellit? Ein Asteroid auf seinem allmählichen Abstieg in die Atmosphäre des Planeten, wo er in winzige Stücke zerbrechen und verbrennen würde?

Oder man könnte auf den Radar schauen und ein sich näherndes Schiff entdecken, das mit viel zu hoher Geschwindigkeit aus der schwarzen Stadt aufstieg. Und mit einem wackeligen Vektor, als ob die geplante Flugbahn völlig aus der Bahn geraten wäre. Oder sein Pilot betrunken war.

Das war interessant. Es hatte nicht viele Flüge weltraumwärts von Helix gegeben, die Eponi aufgefangen hatte, obwohl die Scanner der *Valiant* kleine Fluggeräte überall auf der Oberfläche von Dynas erfassten, die zweifellos Vorräte und Menschen zu verschiedenen Außenposten wie dem, in dessen Nähe Sever gelandet war, transportierten. Angesichts der wenigen Abflüge gab es nicht viel Konkurrenz um den Verkehr, aber ein wilder und hektischer Flug nach draußen könnte erklären, warum Helix nicht auf ihre Anfragen reagierte. Vielleicht waren sie zu beschäftigt damit, ihre eigene Katastrophe zu bewältigen.

»Na ja, dann kann ich ja mal sehen, ob ich helfen kann«, sagte Eponi.

Helfen war vielleicht nicht das richtige Wort. Nach Helix hinabzusteigen bedeutete, sich wieder in die Ketten eines anderen zu begeben, und das so lange wie möglich hinauszuzögern? Das ergab nur Sinn.

Sie pingte den Kurzstreckenfunk an, wählte das Schiff aus, das nach oben und hinaus flog - ein wesentlich größeres Schiff als ihr eigenes - und sendete die Nachricht: »Hier spricht *Valiant*, ich kontaktiere *Beaker*.« Diese Schiffe und ihre Namen. »Du siehst ein bisschen wackelig aus da drüben. Brauchst du Hilfe?«

Ihre Worte strahlten durch den Weltraum, rasten auf *Beaker* zu. Eponi konnte das Shuttle noch nicht genau sehen, es war gerade erst aus der Atmosphäre ausgebrochen und noch nicht im sichtbaren Bereich. Trotzdem verstärkte Eponi ihre Triebwerke. Sie richtete *Valiant* neu aus und begann, sich langsam auf *Beaker* zuzubewegen. Eponi konnte ihren Zug ein Gefühl nennen, sie konnte es eine Ahnung nennen, oder sie konnte es einfach Neugier nennen. Oder alles drei.

Gerade als Eponi losflog, summte der Funk der *Valiant* und verlangte Aufmerksamkeit, also drückte Eponi den Knopf. Vielleicht hatte *Beaker* beschlossen zu antworten.

»Hier spricht Helix-Bodenkontrolle«, sagte die Stimme am anderen Ende. »Du bist kein zugelassenes Shuttle und das ist keine genehmigte Mission. Kehr sofort zur Basis zurück. Ich sende dir den Vektor. Und bleib dem anderen Schiff fern.«

»Warum?«, fragte Eponi.

»Weil du nicht befugt bist, sich ihm zu nähern.«

»Können Sie mir mehr als das sagen? Es sieht beschädigt aus. Wir können helfen.«

Eponi warf das 'wir' in ihre Antwort ein, um weniger verdächtig zu erscheinen als ein einsamer Pilot, der allein in der oberen Atmosphäre herumschwirrte.

»Negativ. Kehr zur Basis zurück. Sofort.«

Die Bodenkontrolle unterbrach die Verbindung. Hm. Sie waren nicht besonders freundlich, und Eponi gehorchte nur Leuten, die nett zu ihr waren. Oder das sagte sie sich in diesem Moment, als Eponi ihr Shuttle auf Kollisionskurs mit *Beaker* brachte.

»Rufe *Beaker* erneut«, sagte Eponi. »Versuche, dich zu erreichen. Du siehst immer noch ein bisschen wackelig aus. Lass es mich wissen, wenn ich helfen kann.«

Beaker war mehr als ein bisschen wackelig und wich bereits stark von der Umlaufbahn ab, was es weit von jedem Flugplan entfernte, der zum Verlassen des Systems führen würde. Es sah eher so aus, als würde jemand versuchen, die Kontrolle zu übernehmen. Oder als hätte jemand seine Berechnungen schwer vermasselt. Eponi startete den Scan und versuchte herauszufinden, ob es irgendwelche Übertragungen vom Shuttle gab, die möglicherweise auf einer anderen Frequenz gesendet wurden. Und sie fing eine auf. Ein weit offenes Signal.

Ihr Mund klappte auf, als die Geräusche von *Beaker* durch Eponis Cockpit schallten.

Schreie, Rufe. Das harte Geräusch von Metallobjekten, die auf andere harte Gegenstände trafen, Klirren und Knallen. Flüche und Befehle. Unter all dem hustete jemand in der Nähe des Kommunikationsgeräts ununterbrochen. Stöhnend. Ohne ein Wort zu sagen, als hätten sie vergessen, dass sie den Kanal geöffnet hatten. Dass sie dies überall hin sendeten.

Also passte Eponi das Signal an und versuchte, etwas zurückzusenden. Sie wiederholte ihre Worte von zuvor, während die Aufregung in ihr wuchs. Denn *Beaker* war groß genug für interstellare Flüge. Wenn Eponi andocken könnte, vielleicht abwarten, bis sich was auch immer dort vor sich ging, geklärt hatte, und sich dann mit den Siegern anfreunden würde, könnte sie vielleicht entkommen.

Oder, und Eponi schüttelte den Kopf bei diesem Gedanken, zurück zur Stadt fliegen und ihr Squad nach oben und hinaus bringen. Tatsächlich die Mission erfüllen. Eine Freundin sein.

Eine Heldin sein.

»Eponi?« Eine harte Stimme, eine Frau. Eine, die Eponi überall erkennen würde. Auroras Worte übertönten die Geräusche von *Beaker*, als diese allmählich verklangen und in entferntes Schluchzen übergingen. Ein paar Bitten. »Wo bist du?«

»Ich bin in einem Shuttle auf dem Weg zu euch.« Eponi wusste nicht, was sie sonst sagen sollte. Wie war Aurora auf das Schiff gekommen? Wie hatte sie die Kontrolle übernommen? Ganz allein? »Was geht dort drüben vor?«

»Wir hatten einige Meinungsverschiedenheiten, also habe ich das Kommando übernommen«, antwortete Aurora. »Kannst du andocken?«

»Ich kann zu euch kommen«, sagte Eponi. »Wir können dich da rausholen.«

»Nicht nur mich. Sai ist auch hier. Aber wir haben den Piloten verloren. Ich weiß nicht, wie man dieses Ding fliegt?«

Eponi lächelte. Allein die Stimme ihrer Squadführerin zu hören, gab Eponi ihr Selbstvertrauen zurück. Sie war nicht allein. Sie musste nicht fliehen. Vor einer Minute hatte sie tausend Optionen gehabt, keine davon gut. Jetzt hatte sie eine perfekte Wahl: sich wieder mit ihrem Squad zu vereinen.

»Dann hör zu und sprich mit mir«, sagte Eponi. »Du musst das Radar finden und mein Shuttle anvisieren. Sobald du das getan hast, können wir einen Abfangkurs festlegen, und die Computer erledigen den Rest.«

»Verstanden«, antwortete Aurora. »Schön, deine Stimme zu hören, Eponi. Wir wussten nicht, was mit dir passiert ist.«

»Es ist eine Geschichte. Klingt, als hättest du auch eine zu erzählen.«

»Du hast ja keine Ahnung.«

30

SCHATZSUCHE

Als Rovo und Kaia in die dritte Seilbahn sprangen, wobei die Frau ihnen ruhig die ganze Zeit folgte, ging Rovo davon aus, dass er nicht auf offener Straße erschossen werden würde. Helix würde nicht riskieren, ihn aus der Ferne zu erwischen. Sie würden abwarten und sehen, in welchem Loch Rovo sich verstecken würde.

Glücklicherweise hatte Rovos geplantes Versteck eine starke Panzerung und jede Menge Waffen. Helix würde einen leicht bewaffneten Soldaten sein Arsenal finden lassen.

»Halt einfach durch«, sagte Rovo zu Kaia, als sie aus der dritten Seilbahn stiegen, nahe der Zieltramstation. Zwei Blocks von der Rettung entfernt. »Wir sind fast da.«

Kaia hatte sich erstaunlich gut geschlagen. Sie zeigte auf Geschäfte, Menschen und Lichter und kicherte und lachte den ganzen Weg. Sie hielt die kleine Löwenpuppe in ihrer linken Hand und zeigte ihr jede bemerkenswerte Sache, an der sie vorbeikamen. Welche Bedenken sie auch immer wegen des Nassseins oder des Mangels an angemessener Kleidung für Dynas gehabt hatte, sie waren mit dem Abenteuer verschwunden.

Anfangs empfand Rovo Kaias Fröhlichkeit als völlig unangemessen für ihre gefährliche Situation, aber im Laufe der Seilbahnfahrten begann er zu verstehen, dass sie das alles noch nie erlebt hatte. Nie diese Dinge gesehen hatte, die bisher nur in kurzen Ausschnitten vor ihrem Fenster sichtbar gewesen waren. Und irgendwie, wenn sie schon zahlenmäßig unterlegen und kurz davor waren, gefangen genommen zu werden, fühlte es sich gut an, Kaia ein paar flüchtige, freudige Momente zu verschaffen. Also lachte Rovo mit, wenn sie zeigte und lachte. Der Soldat bot Namen und Erklärungen und Witze an und entlockte sogar einigen der mürrischen Mitfahrenden ein Lächeln.

Rovo konnte sich fast vorstellen, dass sie eine Familie waren. Dass sie von Leuten verfolgt wurden, die ihm einen Laser in den Kopf jagen würden, hielt Rovo nicht davon ab, sich vorzustellen, was wäre, wenn dies ein normaler Tag gewesen wäre?

Einfach ein Vater und seine Tochter, die die Stadt erkundeten.

Kein schlechter Gedanke.

Einer, der jedes Mal starb, wenn er die Frau sah, die immer Positionen in der Nähe der Vorderseite der Seilbahnen einnahm, sodass Rovo und das Mädchen jedes Mal direkt an ihr vorbei mussten, wenn sie ausstiegen. Die ihnen immer mit leichten Schritten folgte und dabei den nüchternen, sachlichen Gesichtsausdruck beibehielt, während sie allen anderen per Funk ihre aktuelle Position durchgab. Für eine Verfolgungsjagd war das eine sehr methodische, und Rovo atmete bei jedem Ein- und Ausatmen tief durch, um seine Nerven zu beruhigen. Um sich davon abzuhalten,

Kaia abzusetzen, sich umzudrehen und die Frau anzugreifen.

Sie auszuschalten, und vielleicht könnten sie entkommen.

Aber wohin? Wenn die Frau durch einen glücklichen Zufall die Einzige wäre, die ihnen folgte, könnte Rovo vielleicht ein paar Minuten gewinnen. Er wusste nicht, wohin er in dieser Zeit gehen sollte, hatte keinen Ort, an den er fliehen konnte, und ein Mädchen und einen großen silbernen Koffer zu tragen, war nicht gerade unauffällig. Stattdessen schmiedete Rovo während der Seilbahnfahrten einen anderen Plan. Ohne seine Rüstung hatte Rovo nicht viele Werkzeuge, aber der kleine Computer an seinem Handgelenk bot eine Option.

Rovo benutzte zuerst den Transponder und sendete eine Schleifennachricht auf Severs Frequenz, in der er sein Ziel angab und um Hilfe bat. Er wusste nicht, wo Sai oder Eponi, Aurora oder Gregor waren, wusste nicht, ob sie sein Signal hören konnten, aber es würde einige Kilometer weit gesendet werden. Eng und leicht. Vielleicht, nur vielleicht, könnte Rovo sein Team wieder zusammenbringen.

Sie traten in die Pfützen innerhalb eines Blocks von der Station. Rovo hielt ständig Ausschau nach Leuten auf den Dächern, die Waffen trugen, nach Leuten, die auf den Straßen liefen und anhielten und sie länger beobachteten, aber er konnte keine ausmachen. Nicht unbedingt, weil es keine gab – Rovo war kaum ein Spion, der geschickt darin war, getarnte Feinde zu finden –, sondern weil keiner offen damit umging. Niemand wollte eine öffentliche Schlägerei anfangen.

»Wir gehen da rein«, sagte Rovo, als die Tramstation in Sicht kam, das *Geschlossen*-Schild deutlich sichtbar über dem Haupteingang. »Du musst jetzt wirklich brav sein, okay?«

»Okay«, sagte Kaia. »Was ist da drin?«

»Ein Schatz. Ein Schatz, der uns helfen wird.«

»Ein Schatz?«

»Du wirst schon sehen.«

An der letzten Kreuzung vor der Tramstation bückte sich Rovo und hob Kaia hoch, begann zu rennen. Sobald Helix herausfand, dass er zur Tramstation wollte, könnten sie ihn in die Falle locken. Das bedeutete, sie würden anfangen, sich zu sammeln, was wiederum bedeutete, dass Rovo nur noch wenige Momente hatte, um dort hinunterzukommen, seine Rüstung anzulegen und sich vorzubereiten.

Der Eingang der Tramstation war geschlossen, genau wie als Rovo, Aurora und Gregor zum ersten Mal ankamen. Das schien Ewigkeiten her zu sein, auch wenn es nur ein paar Stunden waren. Mit Kaia auf einem Arm öffnete Rovo die Tür, trat hinein und schlug sie zu. Abgesehen vom ID-Karten-Scanner schien es keine andere Möglichkeit zu geben, die Tür zu versiegeln.

»Wo gehen wir hin?«, fragte Kaia.

»Zum Schatz«, antwortete Rovo. »Nicht mehr weit jetzt.«

Kaia sah nicht so aus, als würde sie ihm glauben, also hob Rovo sie hoch und rannte durch die Drehkreuze, die zu den Bahnsteigen führten, stieg über und durch Barrieren, die für glücklichere Zeiten gedacht waren. Er bog rechts ab, vorbei an weiteren Schildern, die den Bahnsteig als geschlossen markierten. Geschlossen, weil dieser Bahnsteig die Tram zur weiter entfernten Außenstation schickte, die weitaus schlimmere Dinge beherbergte, als irgendjemand auf Dynas wissen musste.

Eine Rampe mit gefleckten weißen Fliesen hinunter, gelegentliche Schilder an der Wand, die die Leute aufforderten, vorsichtig zu sein, ihr Gepäck zu überprüfen und einen schönen Tag zu haben.

Da war sie. Die Tram, mit der Rovo hergekommen war, stand da, außer Betrieb. Die Türen der Tram waren geöffnet und warteten, und dahinter würden die Rüstung und Waffen sein, die Rovo so dringend brauchte.

Von oben drangen Geräusche, die sich durch das stille Innere der Station trugen; der Eingang der Tram wurde gewaltsam wieder aufgerissen. Die Verfolger waren auf dem Weg.

»Fast da«, sagte Rovo zu Kaia, die ihre Puppe fest umarmte und weiterhin fasziniert um sich blickte.

Rovo und Kaia überquerten den Bahnsteig, und dann, mit einem Ruck, stieg Rovo mit ihnen beiden in die Tram. Keine Überraschung, die Tram hatte null Passagiere. Die größere Überraschung kam, als Rovo bemerkte, dass in der Tram nicht nur die Menschen fehlten, sondern auch die Rüstung.

Verschwunden. Alles weg.

Rovo stand einfach da, während das Mädchen von seinem Arm rutschte und den Gang auf und ab rannte, lachend, als wäre die Straßenbahn ein Vergnügungspark voller interessanter und neuer Dinge, was es für Kaia, wie Rovo vermutete, auch war. Allerdings nicht mehr lange. Ohne die Rüstung hatte Rovo keine Chance. Helix würde sie fangen, Rovo würde erschossen werden und Kaia?

Er wollte gar nicht daran denken, was sie ihr antun könnten.

»Wo ist der Schatz, Rovo?«, fragte Kaia, während sie sich hinkauerte und unter die Sitze spähte.

»Sieht aus, als wäre uns jemand zuvorgekommen«, antwortete Rovo. »Er ist nicht mehr hier.«

»Ich hoffe, sie haben Freude daran«, sagte Kaia. »Ich hab trotzdem noch Spaß!«

Okay. Atme, Neuling. Er hatte schon Momente der Panik in seinem Leben erlebt, aber leicht bewaffnet und von Feinden umzingelt zu sein, war etwas, das Rovo noch nie durchgemacht hatte. Die Chancen sahen düster aus, aber Rovo war noch frei. Es musste einen anderen Weg geben.

Rovo blickte sich auf dem Bahnsteig um und sah nichts außer dem Tunnel. Er könnte die Gleise entlang weg von der Stadt laufen, in Richtung von Felix' Außenposten, was wer weiß wie lange dauern würde, und wenn Rovo dort ankäme, was würde er tun? Von dem Virusmonster bei lebendigem Leib gefressen werden?

Aber was war mit der anderen Richtung? In die Stadt hinein?

»Komm, wir gehen«, sagte Rovo. »Sofort.«

»Aber wir sind doch gerade erst angekommen!«

Rovo ignorierte Kaias Protest, packte das Mädchen und stürmte zurück zur Seitentür, durch die sie hereingekommen waren. Ein Laserstrahl traf den Boden zu seinen Füßen, kurz bevor er den Bahnsteig betrat, und hinterließ einen schwarzen Ring, wo die extreme Hitze in die Keramik gedrückt hatte. Rovo blickte auf: Die Frau, flankiert von zwei Helix-Soldaten, starrte ihn an. Sie hatten ihre Gewehre erhoben.

Bereit zum Abfeuern.

»Ich denke, es ist Zeit, mit dem Weglaufen aufzuhören«, sagte die Frau. »Lass das Mädchen los.«

Rovo hob langsam seine linke Hand. So tun, als würde er aufgeben, und dann losrennen. Wenn Helix Kaia so viel wert war, würden sie nie versuchen, auf ihn zu schießen, wenn sie getroffen werden könnte. Also, sobald seine Hand über der Schulter war, kickte Rovo nach rechts und rannte los, wobei er Kaia vor sich hielt. Nicht gerade der mutige Zug eines Helden, ein junges Mädchen als menschlichen Schutzschild zu benutzen, aber Kaia würde ohne Rovo nicht lange überleben, also tat er, was er tun musste.

Die Frau gab ihren Helix-Truppen einen scharfen Befehl, das Feuer einzustellen, und kein einziger Laserstrahl kam in Rovos Richtung, als er den Bahnsteig entlang rannte und hinter der fernen Kante verschwand.

Das brachte Rovo nicht gerade dorthin, wo er sein musste. Es stellte sich heraus, dass Straßenbahntunnel nicht viel Nützliches zu bieten hatten. Der Bahnsteig verjüngte sich zu einem schmalen Wartungsgang, und ansonsten ging der glatte Tunnel weiter, die einzigen Merkmale waren die leichten Einbuchtungen, die geleuchtet hätten, wäre die Straßenbahn in Betrieb gewesen, und die mit der magnetischen Elektrizität pulsiert hätten, die das Fahrzeug zum Schweben bringen sollte. Jetzt war der Tunnel dunkel, das einzige Licht kam von den standardmäßigen honigfarbenen Wartungsleuchten über ihnen.

»Wo gehen wir jetzt hin?«, fragte Kaia. »Ich bin müde.«

»Du kannst noch nicht müde sein«, sagte Rovo. »Das Abenteuer fängt gerade erst an!«

Auf der linken Seite passierten sie eine weitere kleine Einbuchtung, diese mit einem Schild und einer einzelnen Tür. Wartung. Rovo versuchte den Griff. Verschlossen. Er trat zurück, zog seine Pistole und feuerte einen Schuss auf den Griff ab, der durchschmolz. Kaia lachte über das Licht und erneut, als Rovo die Tür aufkickte, während die Helix-Verfolger vom Bahnsteig her zu ihnen riefen.

Rovos Route würde nicht schwer zu verfolgen sein, aber

er versuchte jetzt einfach, Zeit zu gewinnen. Einen Ort zu finden, an dem er nicht zu schnell sterben würde.

Hinter der Wartungstür fand Rovo einige schmale Treppen, aus Beton und offensichtlich nicht sehr oft benutzt. Mit seiner Waffe in der linken Hand warf Rovo Kaia auf seine Schultern, nahm den Aktenkoffer in die rechte und bewegte sich. Er nahm die Stufen drei auf einmal, bis er, mit brennenden Oberschenkeln, zu einem Treppenabsatz kam, der zwei Möglichkeiten bot: weiter nach oben gehen oder zurück zum Haupteingang der Station. Letzteres würde sie möglicherweise auf die Straße bringen, wo sie weiter rennen könnten.

Aber seine Muskeln wurden müde. Helix könnte ihn weiter verfolgen und, wenn Rovo die Station verließe, würde mögliche Hilfe nicht wissen, wo sie ihn finden sollte.

»Ich bin so gar nicht gut darin«, sagte Rovo, und sie gingen weiter nach oben. Er passierte mehrere Türen, während er aufstieg, jede verschlossen, aber die Geräusche hinter ihm hielten Rovo in Bewegung. Sich die Zeit zu nehmen, um einen weiteren Griff zu zerschießen, könnte bedeuten, gefangen zu werden.

Die ganze Zeit über lachte Kaia weiter. So ein niedliches, entzücktes Geräusch. Rovo spürte, wie sein Herz bei jedem Mal ein bisschen mehr brach.

»Ich werde dich retten«, keuchte Rovo, während er weiter die Stufen hochhastete. »Es wird alles gut. Alles gut.«

Die Treppe endete mit einer größeren Tür, diese nicht verschlossen. Rovo rammte sie mit der Schulter auf. Er platzte hinaus und fand sich auf dem Dach wieder. Auf der Spitze der Station, wo Solargeneratoren um eine große Landeplattform für Skiffs herum aufgestellt waren. Dynas'

Wind strich über sein Gesicht, als der Abendnebel herabzusinken begann. Das Dach bot keine unmittelbaren Möglichkeiten.

Rovo müsste mehr als zwölf Meter weit springen, um das nächste Gebäude zu erreichen, eine Entfernung, die selbst mit Rüstungsverstärkung nicht möglich wäre.

»Nein, nein, nein«, flüsterte Rovo, während Kaia weiterhin auf verschiedene Dinge zeigte und fragte, wie sie hießen.

In der Falle. Er versuchte, zur Seite der Station zu laufen, doch als er dort ankam und auf die weit unten liegende Straße blickte, fielen Schüsse, Finger zeigten, und er sah mehr Helix-Wachen mit erhobenen Waffen, die dort unten auf sie warteten.

Völlig und gänzlich in der Falle.

Rovo stellte den Aktenkoffer ab, setzte Kaia darauf. Und rannte zurück zur Tür, wobei er dem Mädchen sagte, sie solle stillsitzen. Sich nicht bewegen, bis er es sagte.

Rovo positionierte sich direkt außerhalb des Treppeneingangs und wartete. Als der erste Wächter herausgestürmt kam, schoss Rovo ihm in den Rücken. Ließ ihn auf den Beton stürzen. Der zweite Wächter und die Frau folgten ihrem Freund nicht nach draußen.

»Jetzt hast du die Dinge so viel schwieriger gemacht«, rief die Frau aus dem Treppenhaus. »Ich hätte vielleicht versucht, mich für dein Leben einzusetzen. Jetzt nicht mehr.«

»Ich denke, ich hätte diesen Fall sowieso verloren«, erwiderte Rovo. »Ich habe keinen Ort mehr, um wegzulaufen, aber ihr werdet kommen und mich holen müssen.«

»Keine Sorge, das werden wir.«

Aber sie stürmten nicht durch die Tür. Stattdessen

hörte Rovo das verräterische Surren, das er dank dieses Planeten für immer hassen würde. Niedrigstufige Motoren, Skiffs, die von oben heranschwebten. Rovo musste sich nicht umdrehen, um zu wissen, dass Helix sie mit Soldaten beladen hatte und dass ihm die Zeit ausgegangen war.

31

VERZWEIFELTE ENTSCHEIDUNGEN

Aurora musste zugeben, es fühlte sich gut an, Geiseln zu haben. Normalerweise stand Sever auf der falschen Seite der Waffen. Eingekesselt, in der Unterzahl und allein gelassen. Gezwungen, sich mit eigener Geschicklichkeit und Glück einen Weg nach draußen zu bahnen. Doch jetzt beobachtete Aurora, die Waffen in der Hand, vier Helix-Wachen, Kashmal und Anaskya, während Sai zur Seite schwankte, würgend und kaum in der Lage, sein Katana vom Boden fernzuhalten. Er hatte eine Art Rückfall der Krankheit erlitten; Sai hatte sich durch den Kampf gekämpft, nur um gegen Ende hin zusammenzubrechen, seine Schwünge wurden ungenau und seine Schritte verwandelten sich in Stolpern.

Aurora konnte nicht umhin zu bemerken, dass Anaskya Sai nie aus den Augen ließ, selbst nachdem Aurora Eponis ankommendes Shuttle erwähnt hatte und wie Sever nach Dynas zurückkehren und den Rest von ihnen hier oben allein verrotten lassen würde.

»Er fällt zurück«, sagte Anaskya zum dritten Mal. »Das ist so bedauerlich.«

»Das sagst du immer wieder«, erwiderte Aurora.

»Weil es alles ist, was ich nicht wollte«, antwortete Anaskya. Und sie sah tatsächlich niedergeschlagen aus, ihre Augen fast mit Tränen gefüllt. »Ich dachte, er wäre der Richtige. Dass wir endlich sowohl das Exemplar als auch einen molekularen Aufbau gefunden hätten, der genügen würde.«

»Wir haben vor nicht allzu langer Zeit einen von euren getroffen«, sagte Aurora. »Er nannte sich Felix. Er hat einen ganzen Außenposten überrannt.«

Anaskya schüttelte den Kopf, während die Helix-Wachen auf den Boden starrten und Kashmal es irgendwie schaffte, ruhig zu bleiben und sie zu beobachten.

»Er wird bald tot sein, wenn er es nicht schon ist«, erwiderte Anaskya. »Seine Version war zerstörerischer, schneller wirkend und mächtiger. Sie baute ihren Wirt auf, nur um ihn schließlich zu zerstören, wenn der Wirt den Virus nicht mehr ernähren konnte. Es war eine Idee, eine kurzfristige Lösung. Schockteams, die das Ziel überwältigen würden, bevor sie selbst erlagen. Aber unsere Investoren hatten wenig Geschmack dafür.«

»Ach was«, entgegnete Aurora. Dann blickte sie zu Sai und runzelte die Stirn. »Also, was ist das Heilmittel?«

»Heilmittel?«, sagte Anaskya. Dann lachte sie, ein herzloses Geräusch. »Wir wurden nicht dafür bezahlt, ein Heilmittel zu entwickeln. Die Veränderung ist permanent.«

»Du solltest besser hoffen, dass sie es nicht ist, denn wir haben es jetzt alle«, sagte Aurora. »Du hast gesehen, was wir mit eurer Fracht gemacht haben.« Bei diesen Worten wurden die Wachen alle blass, und Kashmal sah aus, als müsste er sich übergeben. Anaskya lachte nur wieder.

»Dann hast du uns alle getötet«, erwiderte Anaskya. »Glückwunsch. Du hast unsere Flucht verhindert und dich selbst dabei zum Tode verurteilt. Was für ein Erfolg. Was für ein starker Zug aus euren Söldnerköpfen.«

Zugegeben, Aurora und Sai hatten nicht bedacht, dass es kein Heilmittel gab. Dass Anaskya einen Weg ohne Wiederkehr beschritten hatte. Als sie die Krankheit im Shuttle freigesetzt hatten, war die Idee gewesen, aus dem Frachtraum zu entkommen, Panik zu verbreiten und diese Panik zu nutzen, um den Feind zu überwältigen. Das hatte funktioniert, aber vielleicht zu einem höheren Preis. Beim Anblick von Sai war Aurora nicht besonders begeistert von dem, was auf sie zukam. Sie spürte bereits das Jucken in ihren Lungen, den Virus, der sich ausbreitete.

»Du denkst also, wir werden alle seinen Weg gehen?«, sagte Kashmal und zeigte auf Sai. »Du denkst, wir werden jetzt alle sterben, seinem Weg folgen? Schwitzen wie er, so krank werden? Und dann fallen wir einfach um?«

»Es scheint wahrscheinlich«, sagte Anaskya. »Das Aerosol wurde nicht ausgiebig getestet. Es besteht die Chance, dass es nicht wirkt, eine Chance, dass es den kritischen Schwellenwert nicht erreicht, um euch in das zu verwandeln, was mit ihm geschieht. Wir haben auf der Oberfläche Injektionen verwendet.«

»Wie groß ist die Chance?«

»Eine geringe.«

Der Plan, erklärte Anaskya weiter, während Aurora auf und ab ging und in Gedanken Ideen durchging, war, dass die Käufer die Aerosolversion einfach benutzen konnten, um eine ganze Armee einzunebeln. Sie alle auf einmal zu infizieren, und in manchen Fällen, ohne ihnen überhaupt zu sagen, dass der Prozess im Gange war. Einfach und effektiv, und viel weniger traumatisierend als Masseninjektionen.

Es gab auch die Überlegung, dass die inhalierte Version

möglicherweise weniger schwierig zu handhaben sei als die stärkere Injektion. Sie könnte den Körper weniger belasten, weniger Tribut fordern und trotzdem den Supersoldaten hervorbringen, den alle wollten.

»Du meinst wohl, ein Supersoldat für einen Tag«, sagte Aurora. »Dann gar nichts mehr.«

Sie ging zurück ins Cockpit und ließ Sai die Geiseln bewachen, obwohl es in Wahrheit nicht so aussah, als hätte einer von ihnen vor, sich zu bewegen. Zu rebellieren. Was würden sie davon haben? Die Uhr tickte und würde weiter ticken, egal wohin das Schiff flog, egal wer es steuerte.

Das Radar zeigte, dass Eponi sich näherte. Aurora öffnete den Funk zu ihr.

»Schlechte Nachrichten«, sagte Aurora. »Ich glaube nicht, dass du doch mit uns andocken willst.«

Der Funk knisterte für einen Moment, als Eponi ins Mikrofon atmete und offenbar Auroras Worte verarbeitete, was nicht überraschend war. Wenn dein Kommandant dich für einen Rettungsversuch positioniert hatte und dann, nachdem du die ganze Arbeit geleistet hattest, um zwei Schiffe in einer aktiven Umlaufbahn auszurichten, sagte, dass ein solcher Versuch unnötig sei, hatte Eponi jedes Recht sich zu fragen, ob ihre Kommandantin den Verstand verloren hatte.

»Glaub mir, Eponi«, sagte Aurora. »Wir haben den Virus im ganzen Shuttle verbreitet. Jeder an Bord ist infiziert, und er könnte durch die Luftschleuse in dein Schiff gelangen. Anaskya sagt, es gibt kein Heilmittel.«

»Wer ist Anaskya?«, erwiderte Eponi.

»Diejenige, die hinter all dem steckt. Die verrückte Wissenschaftlerin im Zentrum des Experiments. Diejenige, die ich persönlich zwischen die Augen schießen werde, bevor dieser Virus mich umbringt.«

»Was? Du wirst sterben?«

Aurora blickte aus den Cockpitfenstern auf Dynas' sich drehende schwarze Masse am Himmel. Der Tod war schon lange nicht mehr weit von ihrem Leben entfernt gewesen, immer ihren Schritten folgend und bei jeder Mission in ihre Ohren flüsternd. Aurora hätte inzwischen ein Dutzend Mal sterben sollen, am Leben gehalten nur durch Zufall, endlose Vorbereitungen und die Fähigkeiten ihrer Kameraden. Jetzt schien sie all das überholt zu haben. Sich für den letzten Tanz bereit gemacht.

»Ich sagte, es gibt kein Heilmittel«, sagte Aurora. »Keines, das wir kennen. Wir leben vielleicht noch ein paar Tage, dann werden wir verbrennen. Genau wie Sai es jetzt tut.«

Eponi sagte nichts. Was gab es schon zu sagen?

»Also, was ich möchte, dass Sie tun, ist auf die Oberfläche zu gehen«, sagte Aurora. »Finden Sie Gregor und Rovo. Verlassen Sie dieses System. Und Eponi, Defense-Corp wusste davon. Zumindest einige von ihnen. Also würde ich auch nicht darauf vertrauen, zu ihnen zurückzukehren. Nehmen Sie, was Sie können, verkaufen Sie die Rüstung und laufen Sie.«

Wieder Stille, dann ein grimmiges Seufzen: »Aurora, mein Shuttle kann das System nicht verlassen. Es ist nur für kurze Strecken ausgelegt. Selbst wenn ich Sie im Stich lassen wollte, könnte ich es nicht.«

»Du willst kein anderes kapern?«

»Ganz allein? Ich bin keine Kämpferin wie Gregor. Wie du.«

»Eponi, du bist genauso eine Kämpferin wie ich. Du wärst nicht bei Sever Squad, wenn du es nicht wärst.«

Wieder Stille. Aurora beobachtete weiter die Sterne. Sie blickte zurück zum Flur, in Richtung der Geräusche eines wachsenden Streits im hinteren Bereich. Kashmals Stimme wurde immer lauter. Vielleicht spürte er jetzt die Auswirkungen des Virus. Er realisierte, dass er seine große Auszahlung nicht bekommen würde. Sein großartiger Plan war völlig gescheitert.

»Ich gehe nicht runter«, sagte Eponi. »Ich mache das nicht.«

»Wie bitte?«

»Du sagst, du bist eine Kämpferin, du sagst, ich bin eine Kämpferin«, sagte Eponi. »Dann lass uns kämpfen. Ich docke gleich an, und wir werden einen Weg finden, dieses Ding zu besiegen. Gemeinsam oder gar nicht.«

»Das ist keine Armee, gegen die wir kämpfen«, sagte Aurora und zwang die Schärfe in ihre Stimme. Diese Kommandantenhaltung, die sie immer dann annehmen musste, wenn jemand in ihrem stets eigenwilligen Trupp beschloss, gegen Befehle zu handeln. »Wir werden diesen Kampf nicht mit überlegener Feuerkraft gewinnen. Befolge die Befehle, Eponi. Geh zurück zur Oberfläche und lass uns in Ruhe.«

»Und was willst du tun, wenn ich nicht gehorche?«

Aurora hatte darauf keine Antwort. Sie könnte jedoch Anaskyas Schiff nehmen und es von Eponis wegsteuern. Es in einen wilden Sturzflug schicken, der ein Andocken unmöglich machen würde. Aurora blickte auf die Flug-steuerung, auf die Cockpit-Kontrollen. Ein Labyrinth aus Knöpfen, gepaart mit Bildschirmen, die mathematische Koordinaten anzeigten, die Aurora kaum verstand. Aber wenn sie weiter Knöpfe drückte, könnte sie vielleicht etwas finden, das funktionieren würde. Etwas, das Eponis Leben retten würde.

Severs Kommandantin begann wahllos auf die Knöpfe zu drücken. Sie schlug auf die Bildschirme und Tasten ein wie ein Wesen, das den Verstand verloren hatte. Es fühlte sich dumm an, es fühlte sich großartig an. All diese Frustration, die sich an einem Kontrollpanel entlud, das es nicht verdient hatte, aber es dennoch ertragen musste.

Wie konnte ein Leben, das mit so viel Energie geführt wurde, mit so hartem Training, darauf hinauslaufen? Auf eine Krankheit, gegen die Aurora sich nicht verteidigen konnte? Es war nicht fair, es war nicht richtig.

Während sie auf das Kontrollpanel einschlug, während Aurora einen blinkenden Schalter nach dem anderen betätigte, spürte sie, wie das Schiff erzitterte und bebte. An einem Punkt griff Aurora einen Steuerknüppel und versuchte zu drehen, aber nichts änderte sich. Anscheinend hatte sie die Triebwerke ausgeschaltet und das Schiff treiben lassen. Aurora versuchte herauszufinden, wie man sie wieder einschaltete, aber dummerweise gab es keine Anleitung für Neulinge wie sie.

Etwas hatte sich verändert. Ein Pfeifen hatte im ganzen Shuttle begonnen, ein Luftzug. Und ein leiser Alarm begann im Cockpit zu heulen, obwohl Aurora nicht genau nachvollziehen konnte, was der Alarm ihr sagen wollte.

Wie lernte irgendjemand, so ein Ding zu fliegen?

»Aurora?« Die Stimme kam von hinten, ruhig und amüsiert. Anaskya. »Alles in Ordnung?«

Als Aurora sich umdrehte, hatte sie eine Pistole in der Hand, bereit, die Ärztin zu erledigen. »Wo ist Sai?«

»Hinten im Passagierbereich mit den anderen. Er überlebt, trotz deiner besten Bemühungen.«

Aurora schüttelte den Kopf und deutete auf das Kontrollpanel: »Ich versuche, uns zu töten, bevor es das Virus tut.«

»Das könnte dir durchaus gelingen«, Anaskya breitete ihre Hände aus und zeigte, dass sie nichts in ihrem Activewear-Anzug versteckte. »Aber es scheint, du könntest eine Richtung für uns gefunden haben, der wir folgen können.«

»Was meinst du damit?«

»Du hast das Vakuum aus der Frachtkammer abgelassen.« Anaskya ließ ein trauriges Lächeln aufblitzen. »Alle Virusproben, die ich abliefern wollte, schweben jetzt über einem Planeten, den ich verabscheue.«

»Gut.«

»Allerdings hast du dieselbe Kammer auch extremer Kälte ausgesetzt.« Anaskya hob eine Hand zu ihrem Kinn. »Ich bin nicht sicher, weil wir diese Bedingungen auf Dynas selbst nie testen konnten, aber das Virus könnte unter solchen Umständen möglicherweise nicht überleben.«

»Nicht überleben? Ich dachte, der ganze Sinn war es, Soldaten für extreme Umgebungen fit zu machen?«

»Aber Vakuum?« Anaskya schüttelte den Kopf. »Nein. Der negative Druck und die Kälte sind zu viel. Es würde jeden töten, aber es würde auch das Virus töten. Die Krankheit ist ein wucherndes, verheerendes Ding, wie wir gesehen haben. Stoppt man diesen Amoklauf mit extremer Kälte, könnte er nie wieder beginnen.«

»Ich verstehe nicht-« Aurora hielt inne, als das Schiff erneut erzitterte, länger und tiefer als zuvor. Ein schneller Blick auf den Radar bestätigte warum: Eponi hatte angedockt. Anscheinend waren ihre Versuche, den Kart-Piloten abzuschrecken, gescheitert. Noch ein weiterer in der Reihe von Fehlschlägen, die Aurora an diese Mission geknüpft hatte. »Du sagst also, wir könnten uns durch Einfrieren befreien?«

»Ja. Um das Virus zu heilen, müssen wir uns nur ins All werfen.«

32

EINE KALTE HEILUNG

Sai war schon früher krank gewesen, hatte den gefährlichen Verlauf gespürt, als Fieber, Schüttelfrost und andere intergalaktische Krankheiten durch seinen Körper brannten. Die meisten hatten jedoch vorgeschriebene Behandlungen, und trotz all seiner Mängel investierte DefenseCorp darin, seine Soldaten zu heilen, um sie so schnell wie möglich wieder ins Feld zu schicken. Obwohl Sai also schon mal am Boden gewesen war, war er nie völlig außer Gefecht gesetzt worden.

Das hier war etwas völlig anderes. Während sich ein anderes Virus wie ein Eindringling anfühlen mochte, überflutete dieses seine Systeme und machte sie zu seinen eigenen. Sai fühlte sich nicht so sehr angegriffen, als vielmehr verwandelt. Das Virus hatte ihn von einem Menschen, einem Vater und Sprengstoffexperten, der für ein Söldnerunternehmen durch die Sterne surfte, in ... ja, in was eigentlich verwandelt? In jemanden, der unter Halluzinationen litt, der von einer Seite zur anderen schwankte und den Griff seines Schwertes als einzige Verbindung zur Realität suchte?

Ja, genau das.

Aber auch in jemanden mit Tränen in den Augen, Trockenheit im Mund und einem permanenten Rasseln in der Lunge. Die Muskeln an seinen Armen und Beinen fühlten sich jedoch härter, stärker an. Sais Blut rauschte heiß durch seine Adern und erfüllte damit Anaskyas Wunsch nach einem winterresistenten Wesen.

Gutes und Schlechtes vermischten und vermengten sich mit schädlicher Willkür.

»Du trägst ein Schwert«, sagte Kashmal, die VIP, die sie retten sollten und die nun unter Sais verschwommenem Blick saß. Der Mann lehnte sich auf einer Crashcouch zurück, neben einem Paar der Wachen, die Sai und Auroras schnelle Übernahme des Schiffes überlebt hatten. »Das weißt du, oder?«

»Es gehört mir«, sagte Sai und zwang sich, den Kopf zu heben, um Kashmals ruhigen Blick zu erwidern.

Der VIP sah bereits gerötet aus, das Virus schritt schnell durch die Systeme des Mannes fort. Nicht überraschend, wenn man bedachte, wie schlaff und gebrechlich der Mann aussah. Als hätte er ein paar Jahre zu viel getrunken. Die Wachen neben ihm schwitzten zwar, sahen aber noch nicht so aus, als würden sie der Krankheit erliegen.

»Das hab ich mir schon gedacht«, sagte Kashmal und versuchte zu lachen. »Was ich versuche herauszufinden, ist warum? Stellt DefenseCorp die jetzt aus?«

»Gehört meiner Familie«, sagte Sai und fragte sich dann, warum er sich überhaupt die Mühe machte, diesem Mann etwas zu erzählen.

»Glaubst du, sie bekommen es zurück?«, fragte Kashmal. »Nachdem wir alle hier draußen gestorben sind? Irgendein Bergungsteam wird das Schwert finden, wenn sie dieses Schiff entdecken, und sagen: Oh, das gehört diesem

Typen, besser wir schicken es den ganzen Weg zurück, wo auch immer du dein Zuhause nennst?«

Sai blinzelte Kashmal an. Nein, es gab keinen guten Weg, wie das Katana zu seiner Frau, seinen Kindern zurückkehren könnte, und während der Gedanke Sai ein wenig ärgerte, war es keine brennende Sorge. Er hatte seine Tochter, seinen Sohn nicht im Umgang mit der Waffe unterrichtet, auch nicht seine Frau. Sie waren für andere Dinge bestimmt, taten sie wahrscheinlich bereits.

Sai konnte die Zeitdilatation nie richtig begreifen. So lange mit Lichtgeschwindigkeit und darüber zu reisen, bedeutete einfach nicht zu altern, während die Gravitationsmasse der Welt seiner Kinder ...

Es spielte keine Rolle. Wenn er sie wiedertreffen würde, würde Sai sie so lieben, wie sie waren, und er hoffte, sie würden ihn genauso behandeln.

»Würdest du endlich die Klappe halten?«, sagte eine der Wachen. »Ich hab schon Kopfschmerzen und du machst es nur noch schlimmer.«

»Reden ist mein Bewältigungsmechanismus«, erwiderte Kashmal.

»Dich zu schlagen könnte meiner sein«, sagte der Wächter. »Lass es uns herausfinden.«

Sai hob das Katana ganz leicht an und versuchte dabei nicht zu zeigen, wie sehr selbst diese kleine Bewegung sein Handgelenk beanspruchte. Nicht die Muskeln, sondern sein Geist. Bewegungen entlang seiner Nerven zu senden, fühlte sich an, als würde er durch nassen Zement schwimmen; machbar, schwierig und schmutzig.

Das Schiff schien auf Sais gehobene Klinge zu reagieren, es zitterte, als hätte etwas Größeres es getroffen. Sai drehte sich erst um, als seine Geiseln anfingen, an ihm vorbei zur Luke an der Seite des Passagierbereichs zu schauen.

Eine kreisförmige Tür dort war von dünnen roten Lichtern umgeben gewesen, die unmissverständlich anzeigten, dass diese Tür aus gutem Grund geschlossen war. Nämlich, dass das Öffnen während der Fahrt des Schiffes die Art von schnellem, brutalem Tod bedeuten würde, den man lieber vermeiden wollte.

Jetzt wurden diese Lichter gelb, und hinter dem kleinen Fenster in der Luke - Sai konnte nicht sagen, ob das Fenster tatsächlich eines war oder ein Bildschirm, der mit einer Außenbordkamera verbunden war, letzteres wäre weniger riskant und das bevorzugte Modell auf neueren Schiffen, aber warum machte er sich darüber Gedanken? Das verdammte Fieber hatte ihn wieder auf eine Tangente gebracht.

Worüber hatte er sich gerade gewundert?

Ah. Die gelben Lichter. Sie waren jetzt grün. Etwas war passiert. Andocken. Das bedeutete es. Eine Luftschleuse war angebracht worden. Was bedeutete, dass ein anderes Schiff über Dynas auf sie gewartet hatte.

Anaskyas Freunde?

Sai verlagerte seinen Griff, legte beide Hände an das Katana und hob es an, der Tür zugewandt. Er atmete einmal tief durch, dann noch einmal, und zwang seine Muskeln, sich anzuspannen, bereit zu sein, loszuspringen. Jeder unterschätzte immer die Geschwindigkeit des Schwertes in diesem Universum voller Gewehre und Laser. Sai würde seine halbe Sekunde bekommen, um den Angriff zu starten, und er würde sie nutzen.

Bis ein Gesicht erschien, das Sai nicht erwartet hatte zu sehen: neugierige Augen, Haare zu improvisierten Bändern hochgebunden, und dann eine Hand, die durch den Bildschirm winkte.

»Eponi?«, sagte Sai. Hatte das Fieber eine weitere Halluzination hervorgebracht? Diese hier war so real. »Das bist nicht du.«

»Das ist definitiv jemand«, sagte Kashmal hinter ihm.

»Sai!«, kam Eponis Stimme durch den Lautsprecher der Luke, blechern, aber ansonsten klang sie wie sie selbst. »Ich bin hier, um dich zu retten!«

Wie Eponi sich im Weltraum über Dynas wiedergefunden hatte, wusste Sai nicht. Es interessierte ihn auch nicht wirklich - allein ein weiteres freundliches Gesicht zu sehen, half, das herannahende Verhängnis zu lindern. Sai machte jedoch keine Anstalten, die Tür zu öffnen. Wenn Eponi nicht infiziert war, wäre es Mord, sie der Luft des Schiffes auszusetzen.

»Öffne es nicht«, sagte Aurora, als sie vom Cockpit zurück ins Passagierquartier kam. Ihre Augen waren in diesem gläsernen Vor-Infektions-Stadium, aber ansonsten sah sie aus wie die selbstsichere Kommandantin, die sie immer gewesen war. »Eponi wird uns helfen, aber noch nicht. Nicht, bis wir diesen Ort gesäubert haben.«

»Diesen Ort säubern?« Kashmal lachte. »Wie willst du das anstellen? Wir sind kein Dekontaminationsteam.«

Aurora drehte sich um und zeigte auf die Person, die ihr folgte, eine weitere Geisel und der Grund für Sais brodernde Wut: Anaskya. Sie hatte wieder dieses verdammte kleine Lächeln aufgesetzt, das sagte, dass sie mehr wusste als du, dass sie besser war als du und dass du privilegiert warst, den Raum mit ihrer Brillanz zu teilen.

»Wir werden das Schiff vakuumieren.« Anaskya verschränkte die Arme und ließ ihr Grinsen breiter werden, während die Worte einsanken.

Nach so einem Satz hochmütig zu wirken, schien angebracht, denn Sai konnte kaum glauben, was er gehört hatte. Ein Schiff zu vakuumieren bedeutete, es dem Weltraum auszusetzen, die gesamte Luft absaugen zu lassen, zusammen mit allem anderen, was nicht niet- und nagelfest war. Sai hatte den Ausdruck bei Angriffen gehört – wie in ›ein Loch in die Hülle sprengen und das Schiff vakuumieren‹ –, aber nie in einer beiläufigen Unterhaltung als Methode.

Eine Strategie.

»Du bist wahnsinnig«, sagte Kashmal ausnahmsweise das, was der Rest des Raumes dachte. »Wir würden alle sterben?«

»Nicht ganz«, sagte Anaskya. »Aber bevor ihr zu lächerlichen Panikanfällen übergeht, lasst mich erklären.«

»Sie ist gut darin«, fügte Aurora hinzu. »Ich war kurz davor, sie zu erschießen, aber sie hat mich überzeugt. Vorerst.«

»Danke?« Anaskya hob eine Augenbraue. »Also, hier ist, was wir tun können. Aufgrund der Handlungen dieser beiden glaube ich, dass wir alle infiziert sind. Ich habe das Virus so konzipiert, dass es eine kontrollierte Ausbreitung ermöglicht, entweder durch Injektion oder, mit weniger Erfolg, durch Verbreitung über die Luft.

»Allerdings haben wir es nicht entwickelt, um sich unkontrolliert auszubreiten. Unsere Investoren wollten keine Seuche erschaffen, sondern eine angewandte Methode, um ihre Mitarbeiter zu verbessern. Daher stellen du und ich im selben Raum kein Risiko dar. Nur wenn frisches Virus selbst in die Luft freigesetzt wird, können wir es einfangen.«

Achselzucken und ausdruckslose Blicke machten sich breit. Sai eingeschlossen.

»Komm auf den Punkt«, sagte Aurora.

»Gut. Ich bevorzuge es immer, die Gründe hinter den Handlungen eines Menschen zu verstehen, aber wenn ihr nur das Ziel allein bevorzugt«, atmete Anaskya aus, wie Sai es tun würde, bevor er seinen Kindern eine offensichtliche Lektion erteilte. »Wenn wir das in der Luft schwebende Virus im ganzen Schiff abtöten, wird es keine Gefahr für andere geben. Wenn wir es in unseren eigenen Körpern abtöten, dann überleben wir.«

»Aber das Vakuum wird uns töten«, sagte Kashmal. »Ich dachte, das wüsstest du.«

»Für uns brauchen wir nur die Kälte«, sagte Anaskya. »Wenn wir uns genug abkühlen, sollte das Virus absterben. Der so gefrorene Körper kann mit minimalem Schaden wiederbelebt werden, wenn wir es schnell genug tun.«

Das ganze Schiff vakuumreinigen und dann jeden von ihnen der Reihe nach einfrieren und auftauen? Der ganze Plan klang lächerlich. Gefährlich und potenziell tödlich.

Sai ließ das Katana fallen, und es traf den Boden mit einem klirrenden Metallschlag. Er blickte auf seine rechte Hand, die so schweißnass war, dass sie nichts mehr festhalten konnte. Seine Kopfschmerzen hatten sich verstärkt, ein pulsierender Schmerz, der bei jedem Schlag seine Sicht verschwimmen ließ.

Er konnte nicht wählerisch sein. Konnte nicht schwierig sein. Er brauchte eine Heilung, und er brauchte sie jetzt.

»Ich bin dabei«, sagte Sai. »Wann können wir anfangen?«

»Ich sehe keinen besseren Zeitpunkt als jetzt?« sagte Anaskya. »Zuerst sterilisieren wir das Schiff. Und dann frieren wir ein.«

Kashmal hatte endlich nichts mehr zu sagen.

33

SCHOCK UND EHRFURCHT

Bedrohungsgleichungen neigten dazu, Einsätze zu beinhalten. Man wägt die potenziellen Vorteile gegen den Schaden ab, wenn man sich den Feinden stellt, die einem gegenüberstehen. Gregor, auf einem Skiff mit drei potenziellen Feinden, von denen zwei wie er selbst DefenseCorp-Rüstungen trugen, berechnete die Bedrohung, sie zur Rettung seines Sever Squad-Kameraden zu zwingen, wie folgt:

Vorteil: Rovo retten.

Schaden durch Lani, Wicks und Sayers? Keiner.

Nicht, dass sie Gregor nicht verletzen könnten, nicht, dass Lani nicht einen potenziell tödlichen Schuss durch irgendeinen Riss in Gregors Rüstung abfeuern und den Großen ein für alle Mal erledigen könnte. Nein, Gregor registrierte das einfach nicht als *Schaden*. Zumindest nicht im Vergleich zur Loyalität.

Man kehrte seinem Trupp niemals den Rücken zu. Egal was kam.

»Ich glaube, du verstehst den Punkt nicht«, sagte Lani,

während Sayers das Skiff zurück in Richtung Stadt jagte. »Du befehligst uns nicht, und dein Hammer wird dir nicht helfen.«

»Er hat mir schon oft geholfen«, erwiderte Gregor.

»Was willst du tun?« Lani hob ihr Gewehr und inspizierte es ohne erkennbare Besorgnis. »Uns zerschmettern? Und selbst wenn du Erfolg hättest, weißt du überhaupt, wie man ein Skiff fliegt?«

»Ich würde es schon herausfinden.«

Lani lachte, als gelber Nebel um ihr Gesicht wirbelte. Um all ihre Gesichter. Das Skiff fuhr durch die dicken Schwaden, und der Dreck sickerte wieder in jede kleine Ritze der Rüstung, die er finden konnte. Sayers hatte Wicks in der Kabine des Skiffs nahe der Windschutzscheibe postiert, um sie ständig freizuwischen.

Abgesehen vom Motorengeheul des Skiffs und ihren Stimmen blieb Dynas ruhig. Gregor fand das eine der seltsamsten Sachen an diesem Planeten: Lärm hatte hier keinen Platz. Selbst in der Stadt kam das einzige konstante Geräusch von Plätschern. Keine brennende Industrie, kein steifer Wind oder Schreie einheimischer Tiere.

Es war so ruhig, dass er seine eigenen Zähne klappern hören konnte, während Lani weiter erklärte, wie gefangen Gregor war: »Denn, wie du zweifellos jetzt erkennst, haben DefenseCorp und so viele andere zu viel hier investiert, um sich von einer kleinen VIP-Anfrage aufhalten zu lassen. Und sie werden uns auch auszahlen. Geld, an das du vielleicht rankommen könntest, wenn du dich entscheidest, dich uns anzuschließen.«

»Ich werde nicht zum Verräter.«

»Das ist ein hartes Wort«, sagte Lani. »Dein Freund ist wahrscheinlich schon tot. Genau wie der Rest deines

Trupps. Du allerdings hast uns gefunden, und ich kann dich beschützen. Wir könnten ehrlich gesagt die Muskeln gebrauchen, denn das könnte sich in eine Hau-drauf-und-schnapp-dir-Aktion verwandeln, wenn Helix weiter Mist baut.«

Warum dachten alle, dass man Gregor kaufen könnte? Weil er einen Hammer trug und so sehr wie die Schläger in einem stereotypischen Actionfilm aussah? Die, die man mit einem Schlag, Tritt oder halbherzigen Blick des Helden der Geschichte loswerden konnte?

»Wir fliegen zur Tramstation«, sagte Gregor. »Dabei bleibt es.«

Lani zuckte mit den Schultern, gab Sayers aber keinen derartigen Befehl. Gregor ließ das Skiff noch ein paar Minuten weitersurren und beobachtete den Nebel, während er darauf wartete, dass Lani zur Vernunft kam. Dass sie erkannte, dass ein DefenseCorp-Soldat mehr bedeutete als eine Mission, die offensichtlich schon gescheitert war.

Was wollten sie retten? Ein Virus, das seine Wirte abschlachtete? DefenseCorp konnte nicht an etwas interessiert sein, das ihre Soldaten in Felix-Doppelgänger verwandeln würde. Schmelzende, virale Wahnsinnige.

Die schwarze Stadt tauchte plötzlich aus dem Nebel auf. Einen Moment zuvor war das Skiff noch nicht durch ihr Nano-Netz geflogen, und die ganze Welt war gelber Dunst gewesen, und im nächsten Augenblick lag eine triefende Metropole vor ihnen, der Himmel summte vor Skiffs und die Straßen wogten vor Pendlern, die nach Hause fuhren.

Und genau da, direkt hinter der Außenmauer der Stadt, die die Sumpfgewässer von Dynas abhielt, lag die Tramstation. Eine modrige, graue Masse zwischen Wohnblöcken.

Und darauf konnte Gregor mehrere Gestalten sehen, sah das Aufblitzen eines Lasers.

»Er lebt noch«, knurrte Gregor zu Lani, die beiden teilten sich den Bug des Skiffs. »Runter da, sofort.«

»Was in den letzten paar Minuten hat dich glauben lassen, ich hätte meine Meinung geändert?«

Gregor warf ihr einen Blick zu. Lanis gute Laune über Felix' erfolgreiches Abschlachten war einem versteinerten Gesichtsausdruck gewichen. Ihr Bluff bezüglich Rovos Tod war durch die Umstände aufgeflogen, und jetzt musste sie eine Entscheidung treffen.

»Du lässt deine eigenen Leute im Stich«, sagte Gregor.

»Ich rette sie«, erwiderte Lani. »Sayers und Wicks, sie sind mein Team. Nicht du. Nicht dein Trupp. Wenn wir da reingehen, wird Helix unsere Lizenz entziehen. Wir werden ermordet, sobald du weg bist.«

»Dann komm mit uns.«

»Das würde unsere Mission zunichtemachen.«

»Sobald wir im All sind, wird mein Kommandant DefenseCorp anweisen, diesen Ort zur Hölle zu jagen«, sagte Gregor. »Ihr werdet keine Mission mehr haben.«

Das Skiff glitt über die Mauer. Entweder ging es jetzt runter, zu den Gestalten, die auf dem Dach umherrannten, oder …

Lani schüttelte den Kopf: »DefenseCorp wird das nicht tun. Sie würden ihre eigene Rolle eingestehen. Und du weißt nicht einmal, ob dein Kommandant überhaupt-«

Gregor drehte sich um, hob seinen aufgeladenen Hammer und schlug ihn auf den Bug des Skiffs. Der Schlag verbog und spaltete das Metall und schickte das Gefährt in einen sofortigen Sturzflug. Gregors Stiefel klickten fest und verankerten ihn auf der schrägen Oberfläche. Lani und Wicks retteten sich auf die gleiche Weise, und Sayers presste sich hart gegen die stabile Windschutzscheibe des Skiffs, als das Gefährt nach unten tauchte.

Lani fluchte, schrie und hielt sich ansonsten fest, während das Skiff abstürzte. Gregor konnte nicht sehen, was Wicks tat. Es interessierte ihn auch nicht. Er stellte seine Beine fest, ging in die Hocke und wartete auf den richtigen Moment.

Die Tramstation kam schnell auf sie zu, und damit bot sich auch ein besserer Blick auf die Akteure, die auf ihrem Dach umherrannten. Einer von ihnen, Rovo, feuerte einen gut platzierten Schuss ab, der eine weitere Gestalt ausschaltete, die gerade aus der Dachluke auftauchte. Eine andere, eine Frau, stürmte der niedergeschossenen Gestalt hinterher und zielte mit ihrer Waffe in Rovos Richtung.

Und drei weitere kletterten von der gegenüberliegenden Seite aufs Dach, in der Nähe von jemandem anderem, jemandem Kleinen, der dort zu sitzen schien.

Rovo sah die nicht kommen, die sich von hinten näherten. Er konzentrierte sich auf die Frau und schien etwas zu ihr zu sagen. In einer weiteren Sekunde würde er einen Schuss in den Rücken abbekommen.

»Viel Glück!«, rief Gregor Lani zu und sprang.

Sein verstärkter Sprung ließ Gregor für einen kurzen Moment das Gefühl haben, ein Superheld zu sein. Er schwebte durch die Luft, hoch über seinem Landepunkt, den Hammer über dem Kopf wie ein Wikingerkrieger vor Jahrtausenden, von einem Planeten, den Gregor nie gesehen hatte und wahrscheinlich auch nie sehen würde.

Das Trio, das auf das Dach kletterte, alles Helix-Wachen in dieser schwarzen Uniform, die sie so gut trugen, bemerkte das Skiff. Es musste schwer zu übersehen gewesen sein, wie es vom Himmel herabsank, den Bug voller Rauch und Feuer, während seine elektrischen Batterien schmolzen. Sayers schien zu versuchen, das Ding in der Luft zu halten und den Absturz mit den noch funktionierenden, stotternden Düsen zu verlangsamen.

All dieser Lärm und das Desaster machten es schwierig, Gregor zu sehen, der herabstürzte, zumindest bis er auf den mittleren Wächter krachte, den Helix-Mann ins Dach rammte, während Gregors Hammer den ersten traf und den zerstörten Mann durch die Luft schleuderte.

Gregors Rüstung absorbierte den Aufprall und wandelte die kinetische Energie, die seine Knie hätte zerquetschen und seine Wirbelsäule zersprengen sollen, in Kraft um. Gregor wirbelte zum dritten Wächter herum, der noch immer wie betäubt von dem Unheil schien, das gerade vom Himmel gefallen war.

Der schlechte Tag des Wächters setzte sich fort, als Gregor ihn mit einem Querschlag vom Dach fegte.

»Gregor!«, rief Rovo von der anderen Seite, wo er sich in einem Feuergefecht mit der Frau und einem weiteren, auftauchenden Wächter zu befinden schien. »Schnapp dir das Mädchen!«

Das Mädchen? Gregors Instinkte setzten es schneller zusammen als sein Verstand und drehten ihn zu der kleinen Gestalt, die sich in der Ecke der Tramstation an etwas klammerte.

Was zum Teufel machte ein Mädchen hier?

Gregor steckte seinen Hammer weg und sprang, nutzte diese verstärkte, kinetische Kraft, um sich über das Dach zu schleudern, als das Skiff darauf krachte und eine wellenförmige Explosion in Gregors Kielwasser auslöste. Die weit aufgerissenen Augen des Mädchens wurden noch größer, als Gregor auf sie zuflog, sie in seine Arme nahm und sie umklammerte, während sie von der Seite des Gebäudes fielen.

Sich in der Luft zu drehen war nicht einfach, aber Gregor hatte genug Absprünge mit Sever und anderen DefenseCorp-Missionen gemacht, dass er sich nach vorne werfen konnte. Er umhüllte das Mädchen in einer schützenden Energierüstung, als sie auf die nasse Straße unten krachten, brennende Trümmer folgten ihnen.

34

WELTRAUMSPAZIERGANG

Sie überließ die Luftschleuse den Infizierten. Eponi zog ihre Aufmerksamkeit auf sich und zog sich dann in ihr Shuttle zurück, versiegelte die Türen und beobachtete.

Der ganze Plan schien verrückt. Anaskyas Schiff dem Vakuum aussetzen und hoffen, dass das das Raumschiff reinigen könnte? Dann jeden Einzelnen von ihnen einfrieren, um dasselbe zu erreichen?

Eponi behielt die Zweifel für sich, während sie zusah, wie sich das halbe Dutzend Mitglieder in die Luftschleuse begab, den elastischen grauen Schlauch, der ihr kleines Shuttle mit dem größeren Schiff verband. Die Membrane wölbte sich dort, wo die Leute traten, vielleicht zu viele für die Passage auf einmal, aber in der Schwerelosigkeit waren Gewichtsgrenzen und Wind kein großes Risiko.

»Wir sind bereit«, sagte Aurora, ihre Stimme kam durch das Cockpit des Shuttles. »Mach auf, Eponi.«

»Solange dir klar ist, dass ich nicht für das verantwortlich bin, was als Nächstes passiert.«

»Wenn das nicht funktioniert, sterben wir, also gibt es nicht viel zu verlieren.«

Nun ja. Eponi könnte sterben, wenn etwas schief ginge. Das wäre etwas zu verlieren. Aber sie hielt den Mund.

Bevor sie Anaskyas Schiff für die Luftschleuse verließen, hatten Eponi und Aurora daran gearbeitet, die Kontrollen des größeren Schiffes zu verkoppeln, damit Eponi das Schiff fernsteuern konnte. Eigentlich eher dafür gedacht, Schiffe in schwierige Andocksituationen zu manövrieren als drastische wissenschaftliche Experimente durchzuführen, ermöglichte diese Methode Eponi, alle verschiedenen Optionen zu sehen, die Anaskyas Schiff zur Verfügung hatte.

Und es waren viele. Anaskya hatte sich ein fähiges Schiff gegeben, in der Lage, Überlichtgeschwindigkeiten für echte interstellare Reisen zu erreichen. Rudimentäre Verteidigungstürme waren unter Panzerplatten versteckt, bis sie nötig waren, verstärkt durch umfangreiche reflektierende Farbe, die die Energie eines Lasers ablenken würde.

Kurz gesagt, dieses Schiff war nicht dafür gedacht, im Hangar einer Welt wie Dynas herumzustehen. Es gehörte in den Kampf, tauchte in umkämpftes Gebiet ein und kam siegreich wieder heraus.

Eponi konnte eine kleine Aufregung nicht unterdrücken, als sie durch die Einstellungen blätterte, das Potenzial. Es wäre so cool, dieses Ding zu fliegen, und wenn alles gut ginge, *würde* Eponi das auch tun. Aurora hatte es nicht direkt gesagt, aber wenn Sever Squad die Mission abschließen wollte, machte Anaskyas Schiff am meisten Sinn. Die Geiseln auf der Oberfläche absetzen und in die sternenklare Nacht davonbrausen.

»Eponi? Bist du da?« Aurora meldete sich wieder über

den Funk. »Es ist kalt, und wir sterben immer noch in dieser Luftschleuse. Also jederzeit. Womit ich meine, jetzt.«

»Richtig.«

Ein Schiff dem Vakuum auszusetzen, bedeutete, jegliche magnetische Abschirmung zu deaktivieren und dann ein Abteil zu öffnen. Eponi musste das vorsichtig tun, musste die strukturelle Integrität des Schiffes zusammenhalten. Würde sie das gesamte Schiff auf einmal öffnen, könnten die schieren Kräfte, die überall saugten, die Stützen des Schiffes in Stücke reißen.

»Also eins nach dem anderen«, sagte Eponi. Der Frachtraum schien ein logischer Ausgangspunkt, wenn auch nur, weil er bereits ohne größere Schäden geöffnet worden war. »Hier geht's los.«

Eponi schaltete mehrere Schalter um und passte die Sicht aus ihrem eigenen Cockpit an eine der mehreren Hüllenkameras auf dem Shuttle an - Standardprozedur, damit ein Pilot sehen konnte, was draußen passierte - und richtete die Sicht so aus, dass sie Anaskyas Schiff zeigte, das dort zur Seite schwebte, mit Dynas' riesigem Klumpen dahinter.

Der nächste Schalter öffnete den Frachtraum erneut, trotz des protestierenden Computers. Eponi beobachtete, wie sich die winzigen Klappen auf dem Cockpitglas öffneten, ohne dass ein einziger Ton zu hören war. Es schwebte auch nichts heraus, obwohl die Kraft in diesem Frachtraum gewaltig sein musste.

»Wir können es hören«, sagte Aurora. »Es dröhnt laut.«

»Es wird nur noch lauter werden«, antwortete Eponi. »Ich werde jetzt den Rest des Schiffes nacheinander versiegeln und öffnen. Sag mir, wenn etwas schief geht.«

Schiffe wie Anaskyas waren überall mit Stopps ausgestattet. Dicke Türen, die ganze Abschnitte abriegeln konnten, um genau das zu verhindern, was Eponi erzwingen wollte: die Dekompression des gesamten Schiffes. Bei einem Leck konnte man hoffen, einen Abschnitt abzuschließen und zu überleben, bis Hilfe eintraf.

Eponi erzwang dieses Leck und saugte einen nach dem anderen jeden Raum des Schiffes aus. Trümmer trieben durch den Frachtraum hinaus, während sie weiter machte, alles, was nicht fest- oder angeschnallt war, bewegte sich und schoss hinaus. Aurora berichtete von einigen lauten Knallen, zweifellos Objekte, die nicht ganz aus ihren Räumen passten, aber dennoch Versuche unternahmen.

Der Tanz endete ohne Todesfälle, ohne Explosionen. Eponi ging ihre Schritte rückwärts und versiegelte schließlich den Frachtraum. Jetzt kam ein weiterer Trick.

Das Vakuum hatte allen Sauerstoff aus Anaskyas Schiff gesaugt. Niemand konnte dort atmen, also musste Eponi die Luft aus ihrem eigenen Schiff übertragen. Das bedeutete, sie musste ein Atemgerät anlegen, sich ausrüsten.

»Gehe zu Phase zwei über«, sagte Eponi. »Haltet durch.«

Atemgeräte gehörten zur Standardausrüstung, und Eponi hatte viel Erfahrung damit. Die meisten Kart-Rennfahrer hatten das, sie setzten Sauerstoffmasken auf, während sie intensivere Rennen fuhren, bei denen das Erreichen hoher g-Kräfte, die Menschen bewusstlos machen konnten, häufig Unfälle verursachte. Hoffentlich würde Eponi hier nicht in solche Manöver verwickelt werden, aber als sie die Maske über ihr Gesicht streifte, spürte sie den ersten reinen Luftzug, und damit kam dieser aufregende Kitzel.

Sie musste wieder Rennen fahren. Und zwar bald.

»Flute jetzt die Luftschleuse«, sagte Eponi. »Macht euch bereit, den Durchgang zurück ins Schiff zu öffnen.«

»Wir sind schon längst bereit.«

Natürlich waren sie das. Aurora hatte sie wahrscheinlich an der Tür aufgestellt, wartend auf ihren Befehl von der Sekunde an, als sie die Luftschleuse betreten hatten. So eine strenge Kommandantin.

Zu streng, manchmal, wenn Eponi ehrlich war.

Eponi betätigte einige Schalter am Shuttle und stellte dessen Recyclingpumpen so ein, dass sie hundert Prozent ihrer Energie auf die Luftschleuse umleiteten, anstatt der üblichen zehn oder weniger. Langsam würde die Luft des Shuttles in diesen Schlauch abfließen, und wenn Aurora die Tür zu Anaskyas Schiff wieder öffnete, würde der entstehende Druck den Sauerstoff mit ansaugen.

»Bist du froh, dass wir die Mission angenommen haben?«, fragte Eponi Aurora, während sie beobachtete, wie der Sauerstoffgehalt des Shuttles sank. »Dass wir hierher gekommen sind?«

»Überhaupt nicht«, antwortete Aurora. »Ich werde Commander Deepak um einen Bonus für diesen ganzen Mist bitten, den wir durchmachen mussten.«

»Glaubst du, wir bekommen ihn?«

»Kommt darauf an, ob ich mich davon abhalten kann, ihm eine reinzuhauen.«

»Bitte tu das.«

»Mal sehen.«

Aurora führte das Gespräch nicht weiter und Eponi ließ es einschlafen. Sie beobachtete, wie die Anzeige weiter und weiter sank. Es fühlte sich seltsam an, ein Schiff auf diese Weise zu töten. Das kleine Shuttle hatte nichts falsch gemacht, hatte eigentlich alles richtig gemacht. Und doch würden sie es jetzt hier oben in der Umlaufbahn treiben lassen. Vielleicht würden einige Bergungsunternehmen es retten und wieder in Betrieb nehmen.

»Du hättest es verdient«, sagte Eponi und tätschelte sanft die Konsole.

Sie hatte das Gleiche mit ihren Karts nach jedem Rennen gemacht, als ob die Maschinen es spüren könnten. Als ob sie verstehen könnten, dass Eponi sich um sie kümmerte, mehr als um die meisten Menschen in ihrem Leben.

»Los«, sagte Eponi, als die Anzeige fünfzig erreichte. Die Hälfte des Sauerstoffs des Shuttles war in die Luftschleuse geströmt, mehr als genug, um Auroras Rettungsbemühungen zu beginnen.

Der Marsch zurück durch Anaskyas Schiff verlief wie geplant. Aurora öffnete die Luftschleuse und ihre ganze Gruppe ging hinein, setzte zur Sicherheit ihre eigenen Atemgeräte auf und machte sich daran, die Systeme des größeren Schiffs zurückzusetzen. Die einzige Sorge kam von Sai, der, sobald er mit seinem Atemgerät ausgestattet war, auf der Crash-Couch zusammenbrach.

Eponi hatte fast vergessen, dass sie alle infiziert waren, alle im Sterben lagen.

»Zeit rüberzukommen«, verkündete Aurora wenige Minuten später, zurück in ihrem eigenen Cockpit. »Die Luftschleuse zeigt immer noch als sicher an.«

»Bin unterwegs.«

Wie beim letzten Durchgang durch ein Haus ging Eponi, mit dem Atemgerät und der Sauerstoffflasche auf dem Rücken, durch das Shuttle zu ihrer eigenen Luftschleuse. Sie gab die Kombination ein, warf einen letzten Blick auf das fade Metall, das in den letzten Stunden im Weltraum ihr Zuhause gewesen war, und betrat die elastische Membran, die das reine Vakuum überspannte.

Ohne Schwerkraft fühlte sich der Weg entlang der Membran eher wie Schweben als wie Gehen an. Auf

Füßen und Händen hüpfend, machte sich Eponi geradeaus auf den Weg zur versiegelten Tür, die Anaskyas Schiff kennzeichnete.

Fast da.

»Weiter so«, sagte Aurora. »Wir warten alle auf dich.«

Konnte ihre Kommandantin Eponis Angst spüren? Wahrscheinlich. Eponi konnte ihren eigenen Schweiß überall spüren, fühlte ihren schnellen Atem, als sie Luft aus dem Tank saugte.

Aber sie schaffte es. Ihre Hände trafen auf die Luftschleuse von Anaskyas Schiff und Eponi gab denselben Code ein, den Aurora Momente zuvor benutzt hatte, um die Tür zu öffnen. Nur diesmal leuchteten die Zahlen rot auf. Verschlossen.

»Es öffnet sich nicht«, sagte Eponi und zwang sich zur Ruhe in ihrer Stimme. »Aurora?«

»Ich überprüfe es.«

Eponi sah sich um. Alles grau, bedrängend. Sie konnte die Sterne nicht sehen, konnte Dynas nicht sehen. Eine geschlossene Tür vor ihr und zurück entlang der Membran die Tür zu ihrem alten Shuttle. Sonst nichts. Keine Gerüche. Nichts zu fühlen. Das einzige Geräusch ihre Lungen, die Luft ein- und auspressten.

»Das Schiff sagt, es kann die Schleuse nicht öffnen, weil nicht genug Luft in der Membran ist«, sagte Aurora. »Wir müssen etwas Luft zurückpumpen.«

»Ich warte.«

Die Membran war jedoch nicht interessiert. Ein seltsames Geräusch erhob sich von der anderen Seite, zurück in Richtung von Eponis Shuttle. Es dauerte einen Moment, bis sie das rumpelnde Gurgeln, das mahlende Knirschen, das von ihrem alten Schiff kam, einordnen konnte.

Die Teile. Sie liefen noch, aber ohne Luft gingen die

Dinge kaputt. Eponi hätte das ganze Schiff abschalten sollen. Hätte sie, aber wenn man abgelenkt war, wenn man Schiffe nie für den Orbit-Ruhezustand vorbereitete, dachte man nicht daran, was man nicht tat.

Erinnerte sich nicht daran, was Pumpen tun würden, wenn sie nichts zu pumpen hatten. Dass sie sich überanstrengen und kaputt gehen würden und-

Die Membran zuckte, als Anaskyas Schiff begann, Luft in ihre Richtung zu schicken und Eponis altes Shuttle die Rückkehr des Sauerstoffs auffing. Der Druck ließ die Luft durch die Membran in Richtung von Eponis altem Shuttle heulen, gegen dieselben überanstrengten Pumpen, die immer noch versuchten, nicht vorhandene Luft zurückzudrücken. Diese Kraft traf sich an der Verbindung der Membran und ließ sie nach außen wölben, wie einen langsam wachsenden Ballon.

Und wenn er platzte, wäre Eponi sehr, sehr tot.

35

NEUE FREUNDE

Rovo sah den Kampf auf dem Dach in vielen verschiedenen Varianten ablaufen, die meisten endeten damit, dass er gegrillt wurde, während sich überwältigende Helix-Kräfte näherten. Kaia würde gefangen genommen, der Koffer gestohlen. Die Mission gescheitert.

In den kurzen Momenten, in denen Rovo einen möglichen Erfolg sah, wie nachdem er den ersten Wachmann, der das Dach erreichte, überrumpelt hatte, oder als er die Frau, die ihm den ganzen Weg gefolgt war, ins Freie gelockt und mit einem schnellen Griff entwaffnet hatte, dachte Rovo, er könnte ein Patt erreichen. Sich herausverhandeln und zumindest überleben.

Niemals, nicht ein einziges Mal, hatte er damit gerechnet, dass ein Skiff wie ein riesiges, feuriges Messer auf das Dach krachen und sich quer darüber schneiden und brennen würde.

Noch weniger hatte er erwartet, dass Gregor, der hammerschwingende Verrückte, vom Himmel herabstürzen, einem Dreiergruppe von Wachen den Todesstoß versetzen und Rovos Arsch retten würde.

Aber man musste schnell reagieren, um am Leben zu bleiben, um andere am Leben zu erhalten, also als Rovo sah, wie das Skiff niederbrannte, wie sein eigener Weg zu Kaia durch regnendes Metallfeuer blockiert war, schrie er los. Sah diesen Sekundenbruchteil, als Gregor sich mit einem verstärkten Sprung zu dem Mädchen katapultierte.

Dann blies Rauch, Schrapnell und Schlimmeres alles weg. Rovo spürte, wie eine schwere Welle ihn traf, ihn zu Boden zog. Vielleicht hatte das Skiff ihn mit einem großen Deckstück oder seiner gepanzerten Verkleidung erwischt?

»Hör auf, dich zu wehren«, sagte jemand direkt neben ihm, und Rovo wurde klar, dass sie zurückdrückten, als er versuchte aufzustehen. »Du bist nicht gepanzert. Ich schon.«

Gepanzert? Rovo konnte durch den Rauch immer noch nicht viel sehen, konnte seine Arme nicht bewegen, weil sie festgehalten wurden, also versuchte er zu fragen, wer zum Teufel auf ihm drauf lag.

Schlechte Idee.

Sobald Rovo den Mund öffnete, wehten Dämpfe, Staub und Dreck hinein und brachten ihn zum Husten, er spuckte direkt in das, was sich im sich lichtenden Rauch als ein Visier herausstellte.

»Seid ihr alle so blöd?«, sagte die Person – eine Frau? »Halt verdammt noch mal deinen Mund und vielleicht kommen wir hier lebend raus.«

Das könnten sie vielleicht. Rovo wusste, dass sie nahe an den Treppen waren, die zurück in die Tramstation führten, und irgendwie war das ganze Dach nicht eingestürzt, obwohl es aussah, als hätte sich das Skiff zu einer Wand zwischen den beiden Hälften geschlagen.

Auf Rovos Seite konnte er einige Körper sehen – die Frau, die ihm gefolgt war, war verschwunden – und Trümmer, aber wenig anderes. Keine Verfolger kamen jetzt die Wände hochgerannt, und abgesehen von einigen sich nähernden Sirenen und dem Knistern der kleinen elektrischen Feuer schien Dynas ruhig. Als würde es Atem holen zwischen den Ausbrüchen.

»Du kannst jetzt runtergehen«, sagte Rovo. »Wer auch immer du bist.«

»Ich versuche gerade herauszufinden, wie ich das anstellen soll«, antwortete die Frau. »Ich glaube, die Rüstung ist beschädigt. Ich kann die Beine nicht bewegen.«

»Dann roll dich.«

Rovo half dabei, indem er die Rüstung – er erkannte den Anzug jetzt, Auroras – von sich schob. Sobald er Platz hatte, stand Rovo auf und griff dann hinüber, um die Waffe aus dem Holster der gepanzerten Frau zu ziehen. Er hob sie hoch, betrachtete den gesprungenen Lauf und warf sie weg.

Sieht so aus, als müsste er seine einschüchternde Stimme benutzen.

»Wer zum Teufel bist du und warum trägst du diese Rüstung?«, sagte Rovo, während er über der Frau stand und gleichzeitig nach Verstärkung Ausschau hielt.

»Ich heiße Lani, und es ist nicht wichtig, warum ich die Rüstung trage«, sagte die Frau. »Was wichtig ist, ist, dass du mich hochkriegst, bevor Helix beschließt, dass du vielleicht noch am Leben bist.«

»Nicht, bis ich weiß, was du im Anzug meines Captains machst«, erwiderte Rovo.

Lani schlug frustriert mit einer gepanzerten Faust auf das Dach. Rovo konnte ihr Gesicht durch das staubverschmierte Visier, das mit Dynas' gelbem Pollen bedeckt war, kaum erkennen. Vielleicht waren sie außerhalb der Stadt?

»Jetzt ist nicht der richtige Zeitpunkt!«, sagte Lani. »Ich arbeite auch für DefenseCorp, du Vollidiot, und ich habe dir gerade das verdammte Leben gerettet. Was willst du noch?«

Eigentlich eine Menge. Rovo hätte gerne ziemlich viel über diese Scheißmission erklärt bekommen, aber angesichts der Umstände nahm er an, dass er warten konnte.

Ein Blick auf Lanis Beine zeigte einige Schrapnellschäden, aber nichts, was die Beine komplett am Bewegen hindern würde. Was das allerdings tun würde, wäre der Schutzmodus der Rüstung. Er saugte alle Energie in die Energie- und Teilchendiffusionsschilde der Rüstung, in dem Versuch, eine Katastrophe wie die, die gerade passiert war, zu überleben.

»Okay, hier ist, was du jetzt tun wirst«, sagte Rovo und begann dann mit einer Reihe von Sprachbefehlen, die Lani für die Entriegelung der Rüstung wiederholen musste.

Als Lani fertig war, verwandelte sich die Rüstung von einem steifen Block in etwas wie eine Puppe, drückte ihr Gewicht auf Lanis Gliedmaßen und ließ sie wild herumschlenkern, als Lani merkte, dass sie sich wieder bewegen konnte.

»Hättest mich warnen können«, erwiderte Lani.

»Hätte ich«, sagte Rovo. »Lass uns gehen.«

Obwohl sie etwas wackelig aussah, schaffte es Lani ohne große Mühe aufzustehen. Rovo sah, wie sie für einen langen Moment zum zerstörten Skiff hinüberblickte, nach etwas suchend, aber was auch immer es war, entweder sah sie es nicht oder gab auf, denn sie kam klappernd in Rovos Richtung, als er die Treppe erreichte.

Nicht dass die Treppe viel helfen würde.

Der Absturz des Skiffs hatte die Struktur der Tramstation zerbrochen, Balken und Stützen zersplittert und

Schlimmeres, und nun waren die Treppen, die zurück in die Station führten, eingestürzt. Wo es Stufen und Lichter gegeben hatte, herrschten jetzt Schutt und funkelnde Überreste.

»Ich nehme an, das war unser Weg nach unten?«, sagte Lani.

»Es war mein Weg nach oben«, antwortete Rovo. »Jetzt brauchen wir eine Alternative.«

Die Tramstation war nicht isoliert, aber aufgrund ihres Zwecks waren andere Gebäude nicht direkt daneben. Keine Möglichkeit für Dachsprünge.

Schlimmer noch, als Rovo und Lani sich umsahen, wurden die Sirenen lauter und vermischten sich mit einem vertrauten Heulen: mehr Skiffs, was mehr Helix-Soldaten bedeutete.

»Uns läuft die Zeit davon«, sagte Lani. »Hilf mir aus dieser Rüstung.«

»Was?«

»Sie werden nicht wissen, wer wir sind«, sagte Lani. »Zumindest nicht ich. Ich kann sagen, dass wir gestrandet sind, und versuchen, uns da rauszureden.«

»Wir lassen Auroras Rüstung nicht zurück. Sie wird mich umbringen«, sagte Rovo und fragte sich, wie wahr diese Aussage war. Wahrscheinlich ziemlich nah dran. »Und jetzt, wo ich darüber nachdenke, wo ist meine Rüstung?«

»Nochmal, dafür ist keine Zeit«, sagte Lani. »Wenn wir nicht die Treppe runter können, dann müssen wir einen anderen Weg wählen.«

»Zum Beispiel?« Rovo deutete zur Seite. »Ich werde einen Sprung vom Dach nicht überleben.«

»Nein, wir gehen durch die Mitte.«

Der abgestürzte Skiff hatte ein Loch in die Tramstation

gerissen und es sofort mit zerbrochenen Metallteilen, brennenden Batterien und Schlimmerem gefüllt. Dennoch schien es Rovo von all den miesen Optionen, die er hatte, am wenigsten schlecht, sich einen Weg durch die Trümmer zu bahnen.

»In Ordnung, aber du gehst vor«, sagte Rovo.

Lani widersprach nicht und benutzte Auroras Rüstung, um ein Loch in die Seite des schwelenden Skiffs zu reißen. Sie gingen langsam hinein und testeten jeden Schritt, bevor sie ihr Gewicht darauf verlagerten. Im Inneren war der Skiff pechschwarz, und ätzende Gerüche brannten in Rovos Nase, wann immer er Luft holte. Überall hingen Gitter und lose Drähte, und Rovo schnitt sich ein halbes Dutzend Mal die Hände auf, als er versuchte, seinen Griff an aufgeschlitzten Metallstücken zu behalten.

Der Bug des Skiffs hatte den tiefsten Einschlag verursacht, war durch das Dach gebrochen und hing im Raum über der geschlossenen Tram darunter. Statt der sich verjüngenden Spitze, die Rovo bei jedem anderen Skiff erwartet hätte, brach das braune Metall hier zu einem offenen Loch ab, als hätte jemand die Front des Skiffs abgebrochen.

»Ist das der Grund für euren Absturz?«, fragte Rovo.

Er nahm an, dass Lani im Skiff gewesen war, sowohl weil er Gregor in seiner Rüstung gesehen hatte, als auch weil er sich fragte, woher Lani sonst gekommen sein sollte, wenn nicht aus dem Skiff.

»Wir sind abgestürzt, weil dein Freund verrückt ist.« Lani machte sich auf den Weg zum Rand und schaute nach unten. »Das ist niedriger als das Dach. Die Tram ist nur ein paar Meter unter uns.«

»Ich weiß, dass Gregor verrückt ist, aber hast du ihn

fliegen lassen?«, fragte Rovo und gesellte sich zu Lani am Rand. »Denn das würde den Absturz definitiv erklären.«

»Er hat den Skiff mit seinem Hammer getroffen und zerbrochen.« Lani sprang und landete mit einem lauten Knall auf der Tram.

»Oh.« Rovo folgte ihr, hing sich zuerst an den Rand des Skiffs - und fügte seiner Sammlung einen weiteren Schnitt hinzu -, bevor er sich fallen ließ.

Das Dach der Tram setzte Rovos Knien hart zu, aber ein bisschen Schmerz war angesichts dieses ganzen Schlamassels nicht viel. Er fing sich mit den Händen ab, richtete sich auf und klopfte den Neoprenanzug ab, der mittlerweile so mit Schmutz und Staub bedeckt war, dass Rovo vermutete, er ähnele mehr einem Geist als einem Menschen.

Nicht, dass es Lani viel besser ging. Aurora würde nicht begeistert sein, ihre Rüstung so gesprenkelt, geschwärzt und vernarbt vorzufinden, wie Lani sie gemacht hatte. Das Weiß, das einst einen so blendenden Kontrast geliefert hatte, war zu einem verstaubten Grau geworden und ließ den Anzug eher wie eine abgenutzte Reliquie als ein todbringendes Werkzeug aussehen.

Reliquie hin oder her, Lani wartete nicht darauf, dass Rovo sich weiterbewegte. Sobald er sich auf der Tram gefangen hatte, stampfte sie zum Rand und ließ sich auf den Gleisboden fallen. Dann rannte sie einfach weiter.

»Wo gehst du hin?«, rief Rovo, als Lani den Tunnel hinunter lief.

»Falls du es nicht bemerkt hast«, rief Lani zurück. »Unsere Freunde warten nicht da draußen.«

»Meine schon«, sagte Rovo. »Und du gehst nicht ohne sie.«

»Sagt wer?«

»Wenn ich gefangen werde, rate mal, wen ich verpfeife?«

Lani blieb stehen, bückte sich, was in der Rüstung aussah wie ein Roboter, dem der Strom ausgegangen war. Die verbliebenen Lichter der Tramstation sprenkelte alles mit einem gebrochenen weißen Schimmer, was Lanis Verzweiflung das Aussehen einer besiegten Seele verlieh.

»Du bist nicht der Einzige, der heute Freunde verloren hat«, sagte Lani, drehte sich aber um. »Woher weißt du, dass sie überhaupt noch am Leben sind?«

»Gregor würde bei so einem Absturz nicht sterben«, sagte Rovo, während er von der Tram kletterte.

Rovo war sich nicht sicher, was Gregor überhaupt töten *könnte*. Wahrscheinlich nichts.

Lani widersprach dieser Aussage nicht, und obwohl sie Flüche murmelte, seufzte und völlig gegen Rovos Vorgehen zu sein schien, folgte sie ihm, als er über den Bahnsteig zur Rampe ging, die aus der Station hinaufführte. Anders als die Treppen zum Dach stand die Rampe noch, wenn auch mit Stücken bedeckt, die von herabgefallenen Deckenplatten oder Wandbrocken stammten. Rovo stieg darüber hinweg und ging weiter nach oben, in der Hoffnung, dass Gregor und vielleicht das Mädchen überlebt hatten.

Oben angekommen, jenseits des geschlossenen Tores, lag der Eingang der Tramstation schräg. Dahinter filterte die überfüllte Straße durch Schlitze und Risse. Die Geräusche jedoch drangen laut herein: diese endlosen Sirenen, das Heulen der Skiffs und nun jemand, der laut Befehle bellte. Drohungen.

»Da passiert immer noch etwas«, sagte Rovo, als er und Lani sich dem zerstörten Eingang näherten und dabei geduckt blieben.

»Ich erinnere dich daran, dass keiner von uns eine Waffe hat«, sagte Lani. »Also fang keinen Kampf an.«

»Ich werde mein Bestes geben.«

Als Rovo näher kam und einen besseren Blick erhaschen konnte, sah er, warum die Sirenen weiter heulten, warum die Befehle so laut kamen.

In der Mitte der Straße, in der Hocke mit seinem linken Arm um Kaia und seinem rechten den Hammer haltend, stand Gregor und sah sich Helix-Truppen aus allen Richtungen gegenüber. Wachen, Skiffs und Scharfschützen, die von den Dächern auf ihn zielten.

Der Ruf kam laut und deutlich. Lass das Mädchen fallen, oder sie würden beide sterben.

»Lani«, sagte Rovo. »Ich glaube, ich werde doch einen Kampf anfangen.«

36

ATMOSPHÄRENEINTRITT

Im Turm hatte sich Sai den Infizierten gestellt. Diese schlurfenden Karikaturen von Männern und Frauen, die auf ihn zugestolpert waren, bereit, von seinem Katana zerschnitten zu werden. In diesem Moment hatte sich Sai stark gefühlt – selbst nach dem Absturz des Skiffs – und in der Lage, alles zu bewältigen, was auf ihn zukam. Er würde nie wie diese Menschen werden, gebrochen und verfallend.

Nachdem Anaskya das Virus injiziert hatte, konnte Sai nicht begreifen, dass dies vielleicht das sein könnte, was ihn ausschalten würde. Er würde stark genug sein, es zu besiegen. Er könnte die Fieber, die Halluzinationen, die plötzlichen Veränderungen überwinden, während seine Arme und Beine stärker und sein Kopf leichter wurden. Das Virus verwandelte ihn in eine aggressive Bombe, die nicht mehr lange bis zur Detonation brauchte.

Aber seine Zündschnur war noch nicht abgebrannt.

Der bevorstehende Zusammenbruch der Luftschleuse löste Alarme im ganzen Schiff von Anaskya aus. Aurora und Anaskya im Cockpit hatten keine Zeit. Kashmal und die Wachen, die verwirrt auf der Crashcouch saßen, hatten keine Motivation. Nur Sai, der am Ende saß, mit seiner Klinge auf den Knien balancierend, hatte beides.

Er machte einen stolpernden Sprint zur Luftschleuse, das Katana klirrte zu Boden. Nicht dass das Greifen der Tür half; das potenzielle Vakuum hatte die Luftschleuse fest versiegelt. Sai suchte nach der manuellen Entriegelung, während Aurora über den Funk schrie, dasselbe zu tun.

Es war schwer, einen Hebel zu finden, wenn deine Sicht verschwamm, wenn dein ständiges Fieber oben zu unten, lang zu kurz machte und dich zwischen Vergangenheit und Gegenwart hin und her trieb.

Zum Glück stach der Hebel auf der linken Seite der Luftschleuse hervor, groß und rot und mit düsteren Warnungen versehen, falls jemand dumm genug wäre, ihn zu ziehen.

Sai war in keinem geistigen Zustand, um die Konsequenzen seines Handelns zu bedenken, also zog er den verdammten Hebel mit der Kraft eines viral veränderten Wahnsinnigen. Hinter ihm, auf der Couch, lachte Kashmal mit einem unheilvollen Unterton, dass sie alle sterben würden.

Die Luftschleuse weigerte sich zu öffnen. Selbst mit gezogenem Hebel konnte Sai den Sog des Vakuumdrucks nicht überwinden.

»Hilf mir!«, schrie Sai, oder versuchte es. Seine Worte kamen undeutlich heraus. Zerbrochene Silben, feucht von seinem matschigen Mund. »Bitte!«

Manchmal brauchte man keine Worte, um seinen Punkt rüberzubringen. Kashmal und die Wachen, vielleicht angestachelt von Sais Verzweiflung, vielleicht aus der Erkenntnis heraus, dass ihr Leben noch einen letzten Nutzen haben könnte, schleppten sich quer durch den

Passagierbereich und packten die Luftschleuse, drückten und zogen.

Die Tür bewegte sich. Schwang mit einem Knarren, und als die Dichtung aufsprang, erfüllte ein vertrautes Brüllen das Schiff. Luft wurde herausgesaugt, Kälte strömte herein.

»Haltet sie«, sagte Sai, während er sich um seine kämpfenden, zwangsrekrutierten Helfer herum zum Rand der Luftschleuse bewegte und den Zug an seinen Füßen und seinen Haaren spürte.

Seine Ohren knallten, platzten, und Sai fühlte, als würden seine Augen aus seinem Kopf gedrückt werden, aber die leicht geöffnete Luftschleuse hielt das Schlimmste in Schach. Vorerst.

Sai schaute um die Ecke der Luftschleuse, seinen Griff fest haltend. Eponi klammerte sich an die andere Seite, fast in der Hälfte zusammengefaltet. Sie hatte ihre Arme durch das äußere Ventil der Luftschleuse geschlungen, und obwohl ihre Schultern ausgekugelt aussahen und ihre Augen den glasigen Blick der Halbbewusstlosen hatten, war Eponi noch da. Hinter ihr peitschte die Membran hin und her, während der Spalt zwischen ihr und Eponis Shuttle weiter Luft entweichen ließ.

Worte wären über dem Getöse nutzlos gewesen, also tippte Sai den Wachmann neben ihm an, ließ ihn sich mit einer Hand an ihm festhalten und mit der anderen an der Luftschleuse. Gerade genug Sicherheit für Sai, um Halt zu behalten, während er mit beiden Händen nach Eponi griff.

Er berührte Eponis Arme, packte sie und begann, sie zu befreien. Hinter ihm schrie Kashmal etwas über den Druck, darüber, dass ihre Lungen alle platzen würden, wenn sie die Luftschleuse nicht bald schließen würden. Der Mann fing wieder an zu lachen.

Sai löste Eponis linken Arm, hielt ihn fest mit seiner Linken und griff nach Eponis Rechten, wobei er sich nun fast ganz aus der Luftschleuse lehnte, die Membran mehr unter ihm als das Schiff. Das Vakuum zerrte an seinen Füßen und ließ sie ganz leicht über den Boden rutschen.

Eponis rechter Arm kam schneller frei als der erste, aber als Sai ihn vom kreisförmigen Ventil der Luftschleuse löste, zuckte Eponi zurück. Sai stürzte vor, um sie zu greifen, und spürte, wie seine eigenen Füße den Boden des Schiffs verließen.

Nur um zurückgerissen zu werden. Wieder auf den Boden gepflanzt.

»Ich hab dich«, schrie Aurora hinter ihm. »Zieh sie rein!«

Sai spürte einen Ruck, fühlte, wie er nach hinten gezogen wurde, bis seine Füße wieder das Innere berühren konnten. Nach ihm kam Eponi, und sobald sie frei war, ließen Kashmal und die Wachen die Luftschleuse los, die mit einem endgültigen Klicken zuschlug und verriegelte. Sai, Eponi, Aurora und Anaskya – das letzte Glied in der Ziehkette – brachen auf dem Boden zusammen.

Am Leben. Zumindest das.

»Wir können nicht hier oben bleiben«, sagte Aurora ein paar Minuten später vom Cockpit aus. »Der Sauerstoff ist zu niedrig.«

Eponi, schwach und sich an Sai lehnend, nickte. »Wir müssen zurück zur Oberfläche. Etwas frische Luft hier reinpumpen.«

Ihre Stimme klang schwach, ihre Arme – obwohl Aurora Eponis Schultern wieder eingerenkt hatte – hingen schlaff an ihren Seiten. Aber ihre Augen funkelten, und Sai konnte ihr Herz durch ihre Anzüge schlagen spüren.

»Kannst du fliegen?«, fragte Aurora sie.

»Nein, aber ich kann euch beiden sagen, wie.«

Sai glaubte nicht, dass er in der Verfassung war, ein Schiff zu steuern, aber niemand vertraute Anaskya, Kashmal oder den Wachen genug, um es zu handhaben. Stattdessen versiegelten die drei Sever-Mitglieder die Tür des Cockpits und brachten das Schiff in einen steilen Wiedereintritt, direkt zurück in Richtung der Schwarzen Stadt.

Anaskyas Schiff hatte Geschwindigkeit, wo es darauf ankam, und sie schossen durch die Atmosphäre, wobei sie den ganzen Weg über hin und her geschüttelt wurden.

Dynas begrüßte sie mit demselben dicken gelben Nebel, den Sai seit dem Absturz des Landungsschiffes durch die Atmosphäre vor nur ein paar Tagen zu verabscheuen gelernt hatte, eine Zeit, die schon Äonen her zu sein schien. Dieser gelbe Nebel wirbelte und teilte sich, als sie in das Nanonetz der Stadt flogen, mit dem gesamten urbanen Kreis unter ihnen ausgebreitet.

Das Funkgerät knisterte. Es begann, einen kurzen Satz mit einer vertrauten Stimme abzuspielen.

»Ist das Rovo?«, fragte Eponi.

»Er ruft um Hilfe«, sagte Sai, während er die Worte entschlüsselte.

»Ich habe den Funk auf die Squadfrequenz eingestellt, sobald wir das Schiff hatten«, sagte Aurora. »Nur für den Fall.«

Rovos Ruf besagte, dass er Hilfe brauchte, dass er an irgendeiner Straßenbahnstation sei. Aurora schien zu wissen, wo das war, und selbst als Eponi sie anwies, die Luftwege zu öffnen, damit sich das Schiff wieder auffüllen konnte, neigte die Kapitänin Anaskyas Schiff in einen steileren Sinkflug.

Die Stadt raste auf sie zu, ihre nasse Oberfläche schimmerte von oben wie der Blick in einen glitzernden Spiegel. Wunderschön, blendend. Oder vielleicht war das der Virus. Für Sai war es schwer zu sagen, was real war.

Auroras Flüche jedoch waren unbestreitbar. Ebenso wenig wie der Gegenstand des Zorns der Kommandantin: mehrere Skiffs, eine Reihe von dem, was wie Helix-Notfallfahrzeuge aussah, und wer weiß wie viel Personal umringten die brennende, zerstörte Straßenbahnstation. Und, noch direkter, eine Ecke davon, wo eine vertraute Gestalt einen Hammer hochhielt.

»Ist das ...?«, fragte Eponi.

»Verdammt richtig«, sagte Aurora. »Sai, finde heraus, wie man die Waffen dieses Schiffs aktiviert. Wir sind vielleicht noch nicht fertig.«

Die Waffen? Das zumindest wusste Sai zu handhaben. Anaskyas Schiff war nicht gerade auf militärischem Niveau, aber sie hatte dem Gefährt einige Zähne verliehen. Sais Finger tanzten über die Konsole vor ihm, leiteten Energie zu den Schiffswaffen und aktivierten sie. Er gab ihnen ihre Ziele an, indem er mit den Fingern über die Bilder von unten strich.

Aber Sai feuerte nicht den ersten Schuss ab.

Gregor schlug seinen Hammer vor sich auf den Boden, der Schlag zerschmetterte den Beton und schleuderte einen Schild aus Erde und Staub auf, als der große Mann zurückfiel. Die umgebenden Helix-Kräfte begannen, Laser abzufeuern, zielten auf ihr Ziel, während Gregor ihnen den Rücken zuwandte und aussah, als versuchte er, etwas zu schützen, das er an seine Brust gedrückt hielt.

Zahlenmäßig unterlegen, überwältigt.

Nicht mehr.

Die Schiffskonsole piepste, als sie in Reichweite kamen, und Sai wartete nicht auf Auroras Befehl, um das

Programm zu aktivieren, und schickte dutzende Laser hinunter in Richtung Stadt, auf die zusammengedrängten Streitkräfte.

Gegen einen Haufen Skiffs tat Anaskyas Schiff seinen Job: Die Bolzen schnitten nach unten und durch die schwebenden Fahrzeuge, verbrannten Fahrzeuge und ließen Scharfschützen auf den Dächern in Deckung gehen, als ihre Posten zu geschmolzener Asche wurden. Als Schüsse Batterien und Treibstoffzellen trafen, folgten Explosionen, die Dampf und Rauch aufwallen ließen, das nachhallende Geräusch erreichte sogar das Schiff, als sie nah heranflogen.

»Kashmal, öffne die Luftschleuse«, sagte Aurora. »Und wenn ich nach hinten kommen muss, schlage ich dir den Schädel ein.«

Auroras Drohung, oder vielleicht der pure Wahnsinn der Situation, wirkte: Sai sah, wie das Licht, das eine offene Tür anzeigte, aufleuchtete, als Aurora das Schiff in die nun geräumte und weitgehend zerstörte Kreuzung hinabsteuerte.

Die Tür war offen, die Rettung war da. Jetzt, als Sai versuchte, seine fiebrigen Augen auf die Umgebung zu fokussieren, nach Zielen suchend, gab es nur noch eine Frage:

Waren sie rechtzeitig gekommen?

37

RETTE DAS MÄDCHEN

Gregor kannte das Mädchen nicht. Er hatte sie nie getroffen und hatte keinerlei emotionale Verbindung zu ihr, außer dass sie in der Sekunde, bevor er sie mit diesem Boost-Sprung erreichte, über das Dach fliegend, während sein Helmvisier das Ziel identifizierte und sie für eine perfekte Aufnahme markierte, lächelte. Kicherte.

Dann stürzten sie fünfzehn Meter in die Tiefe und krachten auf den Beton.

Und sie lachte weiter, in Gregors Armen geborgen.

Was für ein Kind.

Gregor musste nach dem Aufprall um sein eigenes Bewusstsein kämpfen, sein erschütterter Geist und seine Muskeln rangen darum zu erkennen, was die Rüstung geschützt hatte und was nun zu Brei gequetscht oder in Stücke gebrochen war.

Sein linker Arm, um das Mädchen geschlungen, schien sich nicht lösen zu können. Gregor konnte ihn nicht fühlen, also gab er seiner Rüstung den nötigen Befehl, dieses Glied an Ort und Stelle einzufrieren. Eine Option, die für solche

Momente existierte; Sever hatte die Angewohnheit, sich mitten in Missionen Knochen zu brechen.

Seine Beine funktionierten noch, sein rechter Arm zwickte, ließ sich aber bewegen. Seine Finger hatten Gefühl. Gregor war noch nicht außer Gefecht gesetzt.

»Bewegung und wir schießen!«, kam der Befehl aus einem Lautsprecher, den Gregor nicht sehen konnte – noch immer auf dem Rücken liegend und den Staub des Skiff-Absturzes um sich herum beobachtend, hatte Gregor seine Umgebung noch nicht eingeschätzt. »Keine Bewegung, oder wir eröffnen das Feuer.«

Das Mädchen lachte wieder. Sagte etwas, das Gregor in einem Schmerzanfall seines Kopfes nicht verstand. Er blinzelte den Schmerz weg. Konzentrierte sich. Dann setzte er sich auf.

»Ich sagte, keine Bewegung!«, kam der Befehl erneut, und diesmal sah Gregor den Sprecher, einen Mann, der vor einem gepanzerten Polizeifahrzeug stand und in ein altmodisches Megafon brüllte.

Gregor bewegte sich, stellte sicher, dass sein eingeklemmter linker Arm das immer noch an seiner Brust kichernde Mädchen zeigte. Stellte sicher, dass jeder sehen konnte, dass ein Schuss auf Gregor bedeuten würde, das Kind zu verletzen.

Er hatte keinen Ausweg aus dieser Situation, keine Antwort auf die sich vor ihm versammelnde Flotte – mehrere Skiffs waren ebenfalls herangeflogen und fügten ihr Arsenal hinzu –, also war Gregors einzige Option, Zeit zu gewinnen.

Vielleicht würden Lani, Wicks und Sayers zu seiner Rettung kommen, wenn sie nicht tot waren. Vielleicht konnte Rovo etwas tun, wenn der abstürzende Skiff nicht auf ihm gelandet war.

Oder vielleicht müsste Gregor seine eigenen Antworten finden.

»Lass das Kind frei!«, versuchte es die Stimme erneut.

»Kann nicht«, sagte Gregor zurück, viel zu leise, als dass es jemand hätte hören können, aber Gregors Lungen schienen etwas außer Atem, etwas unfähig, richtig Luft zu holen.

Über sein Visier brachte Gregors Rüstung seine Vitalwerte zusammen mit dem Zustand der Rüstung selbst zur Anzeige. Schäden überall, und die Rüstung vermutete, dass Gregor zusätzlich zu seinem linken Arm auch einige innere Verletzungen haben könnte. Kurz gesagt, er brauchte einen Arzt und die Rüstung einen Techniker.

»Geht es dir gut?«, fragte das Mädchen mit einem leisen Zwitschern, und ihre Augen starrten ihn plötzlich besorgt an. »Bist du ein böser Mann?«

Mitgefühl, Verdacht. Zwei gegensätzliche Fragen in einem Atemzug. Was Kinder alles konnten.

»Mir geht es gut, Kleine«, sagte Gregor. »Mach dir keine Sorgen.«

Die Rüstung sagte, er sollte in der Lage sein zu stehen, und Gregor zog es vor, nicht im Sitzen zu sterben, also erhob er sich langsam, während Stücke von seinem Metallanzug abfielen. Seine Knochen schmerzten, seine Nerven schrien, dass dies eine schlechte Idee war, aber als Gregor seine volle Größe erreicht hatte, als er sich der Menge zuwandte, verschwand der Schmerz.

So vielen gegenüberzustehen, ein Kind zu beschützen? Das war ein Heldentod. Das war ein Untergang, den er lieben konnte.

»Wir wollen dem Kind nicht wehtun, aber wenn Sie sich noch einmal bewegen, werden wir schießen!«, sagte der Sprecher.

Wie viele Bluffs konnte Gregor aufdecken? Er hatte sich bewegt, er hatte das Kind nicht freigelassen, und jetzt war er aufgestanden. Offensichtlich wollten sie das Mädchen, und sie wollten es lebend.

Gregor grinste, nicht dass jemand das Lächeln hinter seinem Helm sehen konnte. Zeit, das noch weiter auszureizen.

»Kleine, hab keine Angst«, sagte Gregor und griff mit seinem Arm hinter seinen Rücken, wo sein Hammer im Holster steckte.

Wo er zweifellos seine Landung viel unbequemer gemacht hatte. Das waren eben die Preise, die man für das Tragen gigantischer Waffen zahlte.

Gregors Griff fühlte sich fest an, und er zog den Hammer aus seinem Holster, während der Sprecher erneut schrie. Erneut drohte.

Gregor versuchte einzuatmen, zwang seine Lungen gegen seine Rippen – geprellt? Angeknackst? Gebrochen? – und befahl der Rüstung, seine nächsten Worte zu verstärken. Er hob den Hammer hoch, dessen Kopf im späten Abendlicht glänzte, bedeckt mit Dynas' allgegenwärtigem Tau.

»Ihr wollt sie?«, verkündete Gregor. »Dann kommt und holt sie euch!«

Vielleicht nicht der Stoff, aus dem Legenden gemacht sind, aber Gregor war kein Poet. Er war ein Krieger, und er würde bis zu seinem verdammten Ende kämpfen.

Der Fall hatte die kinetische Energie des Hammers auf ihr Maximum aufgeladen, und Gregor nutzte sie jetzt, indem er die Waffe vor sich auf den Boden schlug und dabei Wasser, Erde, Beton und mehr darunter aufspritzte. Der Trümmergeyser gab Gregor genug Zeit, sich umzudrehen und sich über das Mädchen zu beugen, als die ersten Schüsse einschlugen.

Sie wollten das Mädchen lebend, aber nicht genug, um für immer zurückzuhalten.

Vor sich sah Gregor den einstürzenden Eingang der Tramstation, sah Menschen, die sich hinter den verschlungenen Trägern und herabhängenden Drähten bewegten. Seine Rüstung hob ihre Gestalten hervor, kennzeichnete sie als Verbündete. Rovos Gesicht, Auroras Rüstung.

Aber sie schossen nicht. Sie traten nicht heraus, um zu helfen. Gregor bewegte sich trotzdem auf sie zu, machte einen Schritt und dann noch einen, als die Schüsse anfingen zu treffen, durch die Schilde seiner Rüstung zu brennen und seine Haut zu überhitzen.

Das kleine Mädchen begann zu schreien, und diesmal nicht vor Freude.

»Schh, Kleine«, sagte Gregor, als er einen weiteren Schritt machte und spürte, wie sein oberer Rücken rot aufflammte, als ein Bolzen hindurchbrannte. »Du wirst okay sein, das verspreche ich dir.«

Er wiederholte die Worte immer wieder, während er die Meter überquerte und die Schwelle der Tramstation erreichte, bevor sein linkes Bein nachgab. Bevor Gregor nicht mehr stehen konnte. Er kniete schnell nieder und begrub das Mädchen unter seiner brennenden Masse.

Sie würde leben. Das kleine Mädchen musste überleben.

Ein welliger Knall zerriss die Luft hinter ihm. Dann noch einer und noch einer, und jetzt hallten Schreie, die nicht vom Mädchen stammten, nicht von ihm, durch die Kreuzung. Weitere Knalle folgten, und selbst Gregors gequälte Lungen nahmen den Ozongeruch der laserverbrannten Luft wahr.

»Kannst du aufstehen?« Rovos Stimme, jetzt neben Gregor. »Wir müssen uns bewegen, Gregor.«

»Kann nicht«, antwortete Gregor.

Er spürte, dann sah er, wie Rovo seinen linken Arm bewegte. Er zuckte zusammen bei dem eisig scharfen Schmerz, der damit einherging, aber das Mädchen war frei. Lani, in Auroras Rüstung, hob das Kind auf und rannte an Gregor vorbei, in Richtung des Feindes.

Er versuchte etwas zu sagen, versuchte es Rovo zu sagen, aber Gregor konnte die Energie nicht aufbringen.

»Keine Sorge«, sagte Rovo. »Sie bringt Kaia zum Schiff. Wohin ich dich auch bringe.«

Welches Schiff?

Rovo schob sich unter Gregors linken Arm und hob ihn an. Schmerz durchzuckte ihn, aber Gregor schaffte es aufzustehen, schaffte es, sich mit Rovo umzudrehen und ein riesiges Raumschiff zu sehen, das über der Kreuzung schwebte und Laserfeuer auf die sich zerstreuenden Feinde sprühte. Die umliegenden Gebäude lagen in Trümmern, Skiffs waren auf die Straßen gekracht, und Fahrzeuge brannten.

Zügellose, wilde Zerstörung. Severs Stil.

Als Rovo begann, Gregor zur Mitte der Kreuzung zu führen, sank das Schiff herab, seine Luftschleuse öffnete sich und eine kleine Rampe fuhr aus. Lani sprang, hüpfte die Rampe mit dem Mädchen in der Hand hinauf. Nachdem sie drinnen verschwunden war, stand dort, mit dem Gesicht nach außen und winkenden Händen, Eponi.

Wunder über Wunder.

»Dahinter muss eine gute Geschichte stecken«, sagte Rovo, als sie sich zur Rampe schleppten und dann ihre harte Metalloberfläche hinaufstiegen.

»Ich werde sie hören«, murmelte Gregor, seine Rüstung

verstärkte seine Worte immer noch. »Vielleicht nach einem Nickerchen.«

»Und einem Arzt.«

»Ja. Das wäre schön.«

In seinem rechten Arm, der gegen die Rampe schabte, hielt Gregor immer noch seinen Hammer, und er hielt ihn fest.

38

BEFEHLE DES CAPTAINS

Ein Soldat in einer behelfsmäßigen Krankenstation mit gebrochenen Knochen und Laserverbrennungen. Ein anderer litt unter einer ausgerenkten Schulter und dem Trauma, beinahe ins All gesaugt worden zu sein. Aurora und Sai wechselten sich im improvisierten Vakuum-Gefrierschrank im Frachtraum des Schiffes ab, gerade lang genug, um das Virus zu töten, ohne sich selbst umzubringen.

Der Neuling war der Einzige, der ohne ernsthafte Verletzungen aus dem Kampf hervorgegangen war. Und selbst er war damit beschäftigt, sich um ein kleines Mädchen zu kümmern, das irgendwie zu ihrem Schützling geworden war.

Ganz zu schweigen von Lani, Kashmal, Anaskya oder den beiden Wachen, die noch mitfuhren. Keiner von ihnen wollte nach Dynas zurück, wenn auch aus unterschiedlichen Gründen.

Lani dachte, ihre Gefährten wären tot, ihre Mission gescheitert, und DefenseCorp hätte kein Interesse mehr an ihren Diensten oder ihrem Leben. Sie wollte beim nächsten Planeten aussteigen.

Kashmal und Anaskya stritten um dasselbe Ziel: wie sie das Virus oder seine Anwendungen ohne Proben verkaufen könnten, nur mit ihrem Wort. Aurora überlegte kurz, sie einfach im Frachtraum erfrieren zu lassen, aber Anaskya *war* Ärztin, und ihre Hilfe war besser als nichts bei Gregors Verletzungen.

Kashmal, nun ja, Kashmal konnte sich eine Passage von der *Nautilus* kaufen. Das würde, technisch gesehen, Sever Squad die Mission als erfüllt markieren. Sie hatten die VIP gerettet und es vom Planeten geschafft.

Die Helix-Wachen warfen ihre Logos ab und fragten, ob DefenseCorp einstellte.

DefenseCorp stellte immer ein.

»Aurora, woran denkst du?«, fragte Eponi, während das Schiff sich weiter von Dynas entfernte und an Geschwindigkeit gewann. Es würde schließlich in diese mysteriöse physikalische Anomalie eintreten, die als Überlichtgeschwindigkeit bekannt war. »Sollen wir die *Nautilus* finden?«

Das Heimatschiff von Sever sollte nicht allzu weit entfernt sein. Sie könnten einen Randplaneten ansteuern, ihre menschliche Fracht absetzen und weiterfliegen, um es zu treffen. Ihre Belohnung kassieren, ihren nächsten Auftrag erhalten und mit ihrem Leben weitermachen.

»Ist das, was du willst?«, fragte Aurora, mehr um Zeit zum Nachdenken zu gewinnen als aus einem anderen Grund.

Sie und Eponi waren die einzigen im Cockpit, obwohl Auroras Gedanken es überfüllt erscheinen ließen.

»Was ich will, kann ich nur mit Geld bekommen«, sagte

Eponi. »Aber ich würde genauso gern nie wieder auf einen Planeten wie diesen gehen.«

»Ja. Ich bin auch müde davon. Müde von allem, ehrlich gesagt«, sagte Aurora.

Sie hatte geplant, am Ende von all dem an die galaktische Autorität von DefenseCorp zu appellieren. Sie bitten, nach Dynas zu gehen und die Experimente des Planeten zu stoppen. Aber mit Anaskya, die auf diesem Schiff floh, und der ganzen Stadt, die sowieso am Rande des Zusammenbruchs zu stehen schien, was hatte es für einen Sinn?

Einen wankenden Turm umstoßen?

Besser, das Geld für eine weitere erfolgreiche Mission zu kassieren und dann ihre Finanzen neu zu bewerten. Den Schritt in den Ruhestand zu machen. Einen ruhigen, friedlichen Ort zu finden.

»In Ordnung«, sagte Aurora. »Wir gehen also nach dem Geld. Setz Kurs auf die *Nautilus*.«

Während Eponi an der Astro-Navigation arbeitete, ging Aurora zurück, um es den anderen zu sagen. Kashmal, Lani und Rovo waren bei dem Mädchen, wobei der Neuling Kashmal auf Armeslänge hielt und der VIP der Mission einen finsteren Blick zuwarf.

»Sie hat Angst, weil du sie in einem Schrank eingesperrt hast, du Monster«, sagte Rovo.

»Ich habe sie dort gehalten, um sie zu schützen!«, Kashmal wedelte mit den Armen. »Was hätte ich tun sollen? Den einzigen echten Erfolg, den Dynas je hervorgebracht hat, einfach herumlaufen lassen?«

»Einen echten Erfolg?«, fragte Lani und stand von Kaia und ihrem staubigen Löwenspielzeug auf. »Was meinst du damit?«

Kashmal sah bei Lanis Worten etwas krank aus, setzte

sich auf die Crash-Couch zurück und fuhr sich dann mit den Händen durch sein kurzes schwarzes Haar.

»Sie ist die Einzige. Seit der Geburt infiziert und hat keine negativen Anzeichen gezeigt. In ihrem Blut steckt die Antwort, nach der Anaskya gesucht hat.«

»Warte«, sagte Lani. »Du, ausgerechnet du, hast den einzigen lebenden Beweis, dass dieses Konzept funktionieren könnte?«

»Ja«, sagte Kashmal, »weil sie meine eigene Tochter ist.«

Aurora stellte sich zwischen Rovo und Kashmal, weil der Neuling aussah, als könnte er Kaia fallen lassen und jeden Moment zu einem mörderischen Angriff übergehen. Und wenn er anfinge, war sich Aurora nicht sicher, ob sie ihn aufhalten würde. Sie hatte Kashmal als Arschloch eingestuft, aber das ging weit darüber hinaus.

»Bitte«, sagte Kashmal. »Es ist nicht, ich bin nicht so. Du hast das Virus gespürt«, sagte er zu Aurora. »Es ist kaputt, ja, aber es macht dich stärker. Widerstandsfähiger. Sie wurde nicht gesund geboren. Sie brauchte Hilfe, aber du hast Dynas gesehen. Nicht gerade auf dem neuesten Stand. Das Virus hat sie gerettet.«

Zu Kashmals Ehrenrettung begann der Mann auf halbem Weg durch die Erklärung zu weinen, die in eine längere Geschichte ausuferte. Er hatte etwas von dem Virus gestohlen, die Dosis so weit reduziert, dass es ein Kind nicht sofort töten würde. Die Ärzte behaupteten, das Mädchen würde nicht lange leben, also erfand Kashmal die Ausrede, sie mit nach Hause zu nehmen, damit sie bei ihrer Familie sterben könnte.

Aber das tat sie nicht. Kaia überlebte, gedieh. Und niemand durfte davon wissen.

»Was ist mit der Mutter?«, sagte Rovo. »Wo ist sie? Oder hast du sie auch aufgedost?«

Kashmal schüttelte den Kopf: »Sie ist irgendwo in der Stadt, da unten. Sie konnte die Prognose nicht ertragen und ging. Konnte es auch nicht akzeptieren, als ich ihr sagte, was ich getan hatte. Das habe ich ihr verziehen.«

Lani blickte auf das Mädchen hinab, das allem Anschein nach alles Gesagte nicht mitbekommen hatte: »Für mich sieht sie normal genug aus.«

Als Squadkommandantin musste Aurora bereit sein, mit vielen verschiedenen Dingen umzugehen. Musste auf alles vorbereitet sein, was aufkommen könnte. Familienstreitigkeiten hatten es bisher allerdings nicht auf ihre Liste geschafft. Was auch immer sie von Kashmals Erziehungsmethoden hielt, spielte in Wirklichkeit keine Rolle. Auroras Job war die Squad, ihr Ziel war das Geld.

»Wir kehren zur *Nautilus* zurück. Kashmal, Sie werden die andere Hälfte Ihrer Zahlung leisten, wenn wir dort ankommen. Dann bin ich sicher, wird DefenseCorp gerne zulassen, dass Sie alle sich eine Passage woanders hin kaufen.« Aurora lieferte den Block ohne Atempause, in einem strengen und gleichmäßigen Ton, der keinen Widerspruch duldete.

Als sie sah, wie Kashmal einatmete und ein krankes Grinsen aufsetzte, wusste Aurora, dass sie versagt hatte.

»Dein Neuling hat meinen Koffer nicht gerettet«, sagte Kashmal. »Ohne ihn habe ich kein Bargeld mehr.« Er blickte zu seiner Tochter hinüber. »Sie ist das Einzige, was mir noch geblieben ist, das irgendeinen Wert hat.«

»Wert?«, schoss Rovo zurück. »Eine verdammt merkwürdige Art, über deine Tochter zu reden.«

»Er meint das Virus«, sagte Lani. »Das, was in ihr steckt.«

Auroras Blick wanderte zu dem kleinen Mädchen. DefenseCorp würde seine Zahlung eintreiben, es war dem

Unternehmen egal, wie. Wenn es eine Möglichkeit gäbe, Geld aus Kaia herauszuholen, würden sie sie finden.

»Du hast sonst nichts?«, fragte Aurora. »Keine Ersparnisse irgendwo?«

Kashmal schüttelte den Kopf: »Du siehst alles, was ich habe. Und ich bin alles, was sie hat.«

Eine Stunde später rief Aurora zur Abstimmung auf. Sever Squad versammelte sich um Gregors Bett, wo der große Mann sie mit einem drogenbenommenen Lächeln im Gesicht ansah.

»Das steht auf dem Spiel«, sagte Aurora, nachdem sie die Situation erklärt hatte. »Wenn wir zur *Nautilus* zurückkehren, wird Deepak Kaia als Kashmals Preis nehmen. Ich weiß nicht, was sie mit ihr machen werden, aber ich wette, sie wird keine schöne Zeit haben, während sie versuchen, das Virus aus ihrem Blut zu extrahieren. Herauszufinden, warum es bei ihr funktioniert.«

»Du fragst uns also, ob wir was tun sollen?«, sagte Eponi. »Einfach nicht zurückgehen? Kaia verstecken? Unsere Belohnung nicht bekommen?«

»Das ist die Abstimmung«, sagte Aurora. »Ich bin mir nicht sicher, wohin wir sonst gehen oder was wir tun sollten. Aber wir könnten nicht zu DefenseCorp zurückkehren. Eine gescheiterte Mission würde zu viele Fragen aufwerfen. Und ich würde Anaskya oder den anderen nicht vertrauen, dass sie nicht die Wahrheit sagen.«

»Das Mädchen aufgeben oder unser Leben aufgeben?«, sagte Gregor und lachte dann mit seinem gebrochenen Kichern. »Ich kann überall und für jeden kämpfen und sterben. Lasst sie leben.«

Aurora nickte und blickte zu Sai, der noch immer geschwächt von der Vakuumkälte an der Wand lehnte. Er hatte eine längere Exposition gehabt, notwendig wegen seiner höheren Viruslast, und sah ausgetrocknet und verschrumpelt aus.

»Ich habe Kinder«, sagte Sai. »Ich würde sie niemals aufgeben, für nichts in der Welt.«

»Eine Mission dabei, ich habe nicht viel zu verlieren«, fügte Rovo hinzu. »Ich möchte Kaia nicht auf meinem Gewissen haben.«

Zurück zu Eponi, die sich auf die Lippe biss, den Kopf schüttelte und seufzte: »Du weißt, dass ich die Einzige bin, die dieses Ding fliegen kann. Ich könnte uns zur *Nautilus* bringen, und ihr würdet es nicht einmal merken.«

»Aber das wirst du nicht tun«, sagte Sai. »Du bist nicht so eine Person, Eponi.«

Eponis Blick zur Seite zeigte, dass sie sich dessen vielleicht nicht so sicher war, aber sie nickte: »Okay. Ich bin dabei. Aber was bedeutet das überhaupt? Werden wir zu Verrätern? Sind wir Gesetzlose?«

»Nein«, sagte Aurora. »Wir sind tot. Für DefenseCorp, für jeden Offiziellen sind wir Opfer. Jetzt sind wir nur noch eine Gruppe, die für Geld arbeitet. Wie wir es immer waren.«

»Weniger Befehle, mehr Spaß«, sagte Gregor. »Das gefällt mir.«

»Dann ist es beschlossen«, sagte Aurora und war selbst überrascht, wie befreiend es sich anfühlte, DefenseCorps enge Fesseln abzuwerfen. »Wir steuern die nächste Welt an, setzen unsere Passagiere ab und überlegen uns, wie es weitergeht.«

Sie sah sich im Raum um und fing die zustimmenden Nicken aller anderen auf. Fünf Kämpfer, geschickt und bereit. Kein schlechter Anfang, zumindest bis DefenseCorp herausfand, dass sie noch lebten, und dann, nun ja, dann würde es interessant werden.

Aber das wäre später. Für jetzt?

»Wir bilden vielleicht eine neue Gruppe«, sagte Aurora. »Hat jemand etwas dagegen, wenn wir den alten Namen behalten?«

Niemand erhob Einwände, und Sever Squad, frei und freischaffend, schoss in die Sterne hinaus.

Für manche verfolgt sie ihre Vergangenheit. Für Sever Squad rächt sich ihre Vergangenheit.

Nachdem sie Dynas mit Geheimnissen und Verdächtigungen verlassen haben, gibt Sever Squad ihren Arbeitgeber auf und macht sich auf den Weg zu einer abgelegenen Bergbauwelt, um herauszufinden, wie es weitergeht.

Setze Sever Squads Abenteuer in *Hoffnungs Schuld* fort:

DANKSAGUNGEN UND ANMERKUNGEN DES AUTORS

Helix-Schlag begann als geradlinige Fortsetzung von *Drop Zone*. Aurora, Rovo und der Rest sollten einfach weitermachen und um sich ballern. Doch wie so oft, entwickelten sich beim Erzählen kompliziertere Handlungsstränge. Kaia zum Beispiel existierte anfangs gar nicht. Stattdessen tauchte Kaia auf, als sich Kashmal als etwas komplizierter als ein geldgieriger Feigling erwies. Sie versteckte sich in einem Schrank, eine Quelle der Schande und potenziell der Erlösung.

Einer riesigen Organisation wie DefenseCorp ein galaxieweites Gefühl zu verleihen, ist schwierig. Als Gregor auf Lani trifft, bekommen wir ein besseres Gespür für die vielen Teile von DefenseCorp, die getrennt arbeiten. Das ist ein Thema, das immer wieder auftauchen wird: In einer so weiten Galaxie, die (zumindest teilweise) an physikalische Gesetze gebunden ist, kann kein Unternehmen all seine Teile synchron in Bewegung halten.

Sever Squad wird weitergehen, und ich freue mich genauso wie ihr auf ihre Abenteuer.

Bücher wie diese, eigentlich Bücher jeder Größe, sind

das Produkt von Teams. Während ich den Großteil der eigentlichen Produktion mache, ermöglichen meine Frau, Familie und Freunde mein Schreiben. Auch mein neuer Sohn liefert Inspiration, die ich vorher nicht hatte.

Matt, ein Kindheitsfreund, dem dieses Buch gewidmet ist, öffnete meinem jungen Ich Welten, die ich mir nie vorgestellt hatte. Ob durch Computerspiele, endlose Fantasie beim Herumstreifen in der Nachbarschaft oder später bei Nächten in Madison, Matt hatte immer einen Witz parat und den Drang, das Nächste zu erkunden - Themen, die heute viele meiner Geschichten durchdringen.

Danke, dass ihr mit mir in diese Abenteuer eintaucht, und ich hoffe, ihr habt beim Lesen genauso viel Spaß wie ich beim Aufschreiben!

A.R. Knight spinnt seine Geschichten in einem frostigen Haus in Madison, WI, das hauptsächlich von zwei Katzen bewohnt wird. Nachdem er während der Wirtschaftskrise 2008 in den Arbeitstrott geraten war, fand er sich in langweiligen Meetings wieder, in denen er gedanklich durch den Weltraum flog und große Abenteuer erlebte.

Schließlich entdeckte er nach Erfahrungen mit Podcasting, Drehbüchern, Kurzgeschichten und anderen Romanen eine Geschichte, in die er eintauchen konnte, und eine Besetzung von Charakteren, die sowohl unterhaltsam als auch herzerwärmend waren.

A.R. Knight plant, in andere Welten zu springen und neue Geschichten zu erzählen, die in den grenzenlosen Weiten unserer Vorstellungskraft entstehen.

Wie immer, danke fürs Lesen!

Für weitere Informationen:
www.blackkeybooks.com

Für Matt

www.ingramcontent.com/pod-product-compliance
Lightning Source LLC
Chambersburg PA
CBHW030151310726
48970CB00005B/1683